トオチカ

崎谷はるひ

角川文庫
19561

目次

トオチカ

蟬の声が、四方八方から聞こえてくる。

水を撒《ま》いたばかりの庭から、土のにおいと緑のにおいが濃く漂う。強くまっすぐな生命のにおい。それを取りこむかのように、皮膚《ひふ》が呼吸しているのを感じる。とてもいい気持ちだ。

ぼうっと見あげた軒下には葦簀《よしず》がかけられ、夏の陽差しを遮っている。明珍火箸《みょうちんひばし》がりいんりいんと涼しい音色を奏で、蟬が一匹青空の向こうに飛んでいった。昭和の中期で時間が止まったような光景に、くすりと笑う。

「ニッポンの夏ぅ」

西風里《にしかぜり》葎子《つこ》は、日焼けして灰色に変色した古民家の縁側で脚をぶらつかせながら、目を閉じた。よどんだ身体に酸素が満ちていく。解放感にひたることで、身体にこびりついた疲れを逆に意識した。

まったく悟りをひらける気配もないのに、座禅を気取って瞑目《めいもく》していると、背後から、おば——じっさいは母のいとこである、礼美《れみ》の声がした。

「りっちゃん、日焼けするわよ」

「いいよ、べつに。しみなんか気にするタイプでもなし」

「よくない。あんた昔から、日焼けして火照ったあと熱だしたでしょう」

いつの話だと思いながら目を開け「平気だってば」と口を尖《とが》らせる。

「平気じゃありません。脚、見てごらんなさい」

ハーフパンツから覗《のぞ》いた脚は、たしかに赤くなりはじめていた。渋々縁側から引っこむと、外の明るさに慣れていた目が一瞬くらむ。礼美はあきれたように「ほらね」とため息をつく。

「熱射病にでもなったら、どうするの。自己管理くらい、ちゃんとしなさい」

「はぁあい」

間延びした返事をすると、礼美は「まったく」と苦笑する。その顔が里葎子は好きだった。いわゆる美人ではないが、礼美は雰囲気があってきれいなひとだ。

おばの仕事は海外小説などの翻訳だが、五年まえに癌を患ったあたりから依頼を受けるのはセーブしている。まだ闘病中で五十をすぎているのに、年齢より十は若く見えた。

「りっちゃん、なにか飲む？」

「ありがとうございます、おばさま。いただきます」

言いながら、里葎子は、居間の床にごろりと転がる。畳カーペットは昼寝にもってこいだ。

「お返事と行儀がちぐはぐですよ、里葎子さん。まったくもう」

里葎子の剝《む》きだしの脚をぺちんとたたいて、礼美は台所へと引っこんだ。

鎌倉《かまくら》の谷戸《やと》にある、平屋の一軒家。礼美は三十歳ごろからひとりで住んでいる。細々と翻訳で身を立てる女性がどうやってこの家を手にいれたのか、里葎子はいまだに知らない。

(誰とこの家に住む気だったの、とかね)

礼美のやわらかい陰をさわる気はなかった。他人が踏みこめない領域を、ひとそれぞれ、持っている。それはうつくしいおばのちょっとした謎として、胸のなかで転がしていればいい。

(なにも訊《き》かない、訊かれない。だから、わたしはここにいられる)

考えるうちにうとうとしかかった里葎子を、礼美の声が引き戻した。

「りっちゃん、うたたねしないのよ。寝るならお布団敷きなさい」

「布団？　わざわざ？　めんどくさい」

「なら起きなさい。ほら、飲みもの飲んでしゃっきりして」

起きあがったとたん、束になった髪が背中に落ち、肌にまつわる感触にいらだちながら肩に払う。テーブルのうえには、鎌倉彫の朱塗りのお盆と白い飲みもののはいったグラスがあった。

「カルピス？　子どもじゃあるまいし……」

「いいじゃないの、いくつになったって、あまいものはおいしいでしょう」

礼美がグラスを揺らすと、からからと氷が鳴った。里葎子にそれを手渡しながらおばは言う。

「ここにいる間くらいは、子ども扱いされておきなさい」

「はーい」

苦笑しながらひとくち含むと、氷のはいったほのあまい爽《さわ》やかさとは裏腹、とげとげした冷たい固まりが胃の奥を冷やした。子ども扱いされて嬉《うれ》しい、けれど自分はもう大人になってしまっている。

楽しいことと、楽なこと。好きなことと、きらいなこと。子どものころ、シンプルな感覚に満ちていたそれらが、すこしずつ濁ってわかりづらくなったのはいつからだったか。

生きることは複雑でめんどうくさくて、好きもきらいももうわからない。考えること自体を放り投げてしまいたい。いまの里葎子は、そんなふうに疲れてしまっている。

「ねえ、おばさん」

「なあに」

葦簀《よしず》の隙間から、屋根のうえの太ったねこが隣家に飛び乗る姿を眺めた。里葎子の視線を感じたのか、片耳がぎざぎざした黒ねこは、いやそうに目をすがめて姿を消した。

ねこの自由さがうらやましいと強烈に思った瞬間、告白したい欲求が止まらなくなった。

「わたし、会社やめたんだ」

里葎子は八月になったとたん、この家に転がりこんだ。盆休みでもないのに突然訪れた従姪《じゅうてつ》の真っ青な顔に気づいていながら、なにも問わずじょうずに放っておいてくれた礼美のやさしさにあまえるまま、ぼんやりすごして一週間。

空の青、翳《かげ》った葦簀、のどかなねこ。汗をかいたグラス、白いカルピス。夏の象徴のようなすべてがきれいで、だからこそ自分にはふさわしくないもののように思えて、哀しい。

里葎子は幼いころから優等生だった。いままできちんと自分なりに人生を歩んでいたつもりだった。なのに失敗した。ぜんぶ放り投げて、捨ててきた。

「やめたんだ。逃げたの」

声が震え、貧血のように目のまえが暗くなる。これが精一杯、細かい事情はとても言えない。冷たく追いつめてくる目が、いまも里葎子を見つめている気がする。口にしたとたん、それが実体となってあらわれそうな恐怖に震えた。

逃げ場として選んだ緑豊かなこの庭は、三方を隣家の庭に囲まれている。住宅街の奥にあるため、車の音すらめったに聞こえないし、誰からも里葎子が見られることはない。

それでも怖くてたまらないのは、おばにどう思われるかと不安だからだ。この場所からだけは、はじかれたくない。礼美にまで捨てられたら里葎子はもう、立ち直れない。

震えながらグラスを握る手に、白い指が添えられた。おばの手は乾いてあたたかく、日なたにいたはずの里葎子の身体は冷えきっていた。じわり、やさしい体温がしみてくる。

「ねえ。あなたは、誰かに叱られるような、なにか、わるいことをした？」

里葎子はかぶりを振った。五年まえの病で礼美はとても痩《や》せた。そんな彼女に里葎子は全身で頼ろうとしている。情けなく、瞼《まぶた》の裏がずきずきする。

「失敗して後悔して、ぐちゃぐちゃだけど、わたしはわるくない」

信じて、お願いだから見捨てないでと全身をこわばらせていると、礼美が口を開いた。

「りっちゃんは、いいこよ。むかしから」

腕を撫《な》でたやさしい手の持ち主は、やさしく言った。はっと顔をあげるけれど、夏の陽差しが逆光となったおばの表情はよく見えない。すべてが歪《ゆが》んで見えるのは、涙の膜のせいだ。

「そろそろ夕方ね。御《お》夕飯、なに食べる?」

「な、なんでもいい」

「魚清《うおせい》さんに、なにかいいのがないか訊いてみる?」

ぽんぽんと肩をたたいて、馴染《なじ》みの店に電話をしようとするおばに「刺身はいまいち」とわがままを言ってみた。おばは笑った。

「なんでもいいって言いながら、いやなものだけはあるのよねえ」

「……お肉が食べたいです」

「最初から、そう言いなさい。ああそうだ、だったら外食しましょうか。いい店があるのよ、名前のない、変わった店だけど。店長がちょっとすてきで。着替えて準備を――」

ほがらかに話しながら立ちあがるおばに、里葎子は唐突に抱きついた。彼女の身体は細く、きゃしゃだ。それなのにとてつもなくおおきく思えた。

「あはは、重たい、りっちゃん」

礼美の手が里葎子の背を、ぽん、ぽん、とあたたかなリズムでたたく。ほっと息がもれる。

春にはウグイス、夏は蟬。秋には風と木々がざわめき、冬の雪は世界を無音に変える。

ここにいれば、乾きひび割れてしまった心のなにかが、癒《いや》せるのだろうか。

「しばらくは、長い夏休みね。時間あるんでしょう? なにしようか」

「なにって……」

「毎日ごろ寝しててもつまらないじゃない。遊びましょ」

礼美は、笑う。その白くてきれいな顔に、里葎子もぎこちなく笑い返すと、赤くなった鼻を指のさきでつつかれた。

四年まえ、やさしい夏の思い出だ。

里葎子はこの街に根ざし、ちいさな雑貨店を開いた。その開店を間近にして、あらゆる意味での援助をしてくれた礼美は、空へとのぼってしまい、たくさん泣いて、感謝した。

そして里葎子は髪を切り、自分へと遺《のこ》された庭を、そっと封印した。

◎　◎　◎

里葎子がオーナー店長をつとめるちいさな雑貨ショップ《トオチカ》は、鎌倉駅から徒歩十数分。由比《ゆい》ガ浜《はま》通りから下馬《げば》の交差点を通りすぎ、海に向かって進む途中の脇道にある。

店の名前は、遠くからも近くからもお客さんがきてくれればいいな、という願いをこめたものだ。くわえて、ロシアの防御用陣地『トーチカ』をもじってもいる。だじゃれめいているのは否定しない。

本日は月曜日。時刻は、朝の八時四十分。開店準備のためせっせと窓ふきをしていた里葎子に、相棒である森平比奈《もりひらひな》が言った。

「里葎子が言ってた《あの店》、いってみたけど見つからなかったよ」

ちいさなくちをおおきくひらき、朝食のサンドイッチにかぶりつきながらの比奈の言葉に、里葎子は「えええ」と声をあげた。

「ちゃんと説明したじゃない！」

抗議する里葎子に「説明ね」と比奈は目をすがめてみせた。

比奈は童顔で、里葎子と同じ三十二歳とは思えないほどかわいらしい。小柄できゃしゃな身体には、やわらかな素材のロングスカートが似合う。髪型も、背中まであるロングヘア。

そんな彼女は、ミドルショートに長身、マニッシュな服装が多い里葎子とは好対照とよく言われる。しかし、ふわふわした見た目の印象とは違い性格はかなりクール。喜怒哀楽を激しくだすことはしない。そして舌鋒《ぜっぽう》鋭く容赦がない。

「岐《わか》れ路《みち》でバス降りたあと、ちいさい橋を渡って……とか言われても、それ大御堂橋《おおみどうばし》なんだか犬懸橋《いぬかけばし》かもはっきりしないし。バス停から五分くらい歩くって言われても、わたしと里葎子じゃ歩幅違うのわかってる？」

「う、それは、ごめん」

里葎子は身長が一七二センチ、比奈は一五五センチ。脚の長さも比例して差がある。体感をもとに説明したことは素直に反省したが、比奈のお叱りは止まらない。

「そもそもあのルートが正しいかどうかも怪しいよね。里葎子はいちど道に迷ったら、次にいくときも迷ったとおりの道筋とおらないと無理なんだから」

「最終的にはたどり着くんだから、いいでしょ」

尋常でない方向音痴ぶりをからかわれて拗《す》ねると、比奈はかすかに笑った。

「だいたい、道玄坂《どうげんざか》にある店にいくために、なんで246に一回でないとたどり着けないの。渋谷《しぶや》駅から向かう方向がぜんぜん違うし」

「だって右と左どっちか、いつも迷うんだよ」

「あれだけわかりやすいところで、どうやって迷うのか教えてほしい」

若かりしころの失態をあげつらわれ、里葎子は床にモップをかけるふりで「もういいでしょ」と顔を逸《そ》らした。

「ちょっと比奈さん、しつこいですよ」

「だってものすごくおなか減って、大変だったんだもん。一時間も歩きまわって、けっきょく由比ガ浜のイタリアンまでいったよ」

「由比ガ浜って……それ駅挟んで真反対じゃない。適当な店ですませればよかったのに」

「どうせ帰り道だし、口がイタリアンだったの。妥協したくないし、あんな時間まで開いてるのそこしか知らなかったし」

つんと比奈が顎《あご》をあげた。食べものの恨みは、げにおそろしいと里葎子はげんなりする。

「……比奈ってほんとに、食べるの好きよね」

「好きですがなにか？　里葎子だってそうでしょ」

「そうだけど、あんたはよくやるわ、ほんと」

比奈がもしゃもしゃ咀嚼《そしゃく》するハードタイプのパンにモッツァレラチーズとトマトの挟まったサンドイッチは、雪ノ下《ゆきのした》にある《ビゴの店》のものだ。ちなみに彼女の住まいは海側の材木座《ざいもくざ》。朝っぱらから自転車で片道二十分の距離を、サンドイッチひとつのために往復して走るというのはさすがに理解できない。

「一生のうちで食べる食事の回数は決まってるんだから、一食でもおいしいもの食べたい」

そう豪語する比奈が、目的の店でなく妥協して夕食をすませたことに、どれだけ怒っているかだけはわかった。

「わかった、悪かった。今度いっしょに連れていくって。ほんっとにおいしいから」

「歩きまわっていいように、運動靴履いて待機する」

「いっしょにいけば、一発でたどりつくってば。ついでにおごります。それで許して！」

おごりのひとことに、比奈は「ん、ならいい」とご機嫌になった。

「それにしても、《あの店》、名前がないってのもねえ。変わってるよね。タクシーに乗って案内してもらおうにも、説明のしようがない」

「まったく商売っけ、ないみたい。取材も紹介もお断りみたいだし」

さきほどから話題にしている《あの店》について説明しづらい最大の理由はそれだ。住宅街のまんなかにぽつっとある店で、しかも店名も看板もないため、一見《いちげん》さんはふつうの民家と思って通りすぎてしまう。

「もしかすると店長、もと芸能人とかじゃないのかなあ。すんごい美形だから、こっそりやってたいのかも？」

目の保養だよ、と告げたところ、「見てないもんは評価しようがない」と比奈はばっさりやってくれた。

「しかし、そんな隠れ家よく見つけたよね、里葎子も」

「たまたまあの日は、メニューを書いた黒板が外にあったから。そうでなかったら、まず無理だったと思う。道もわかりづらいし」

「そこに里葎子の方向音痴と説明べたがくわわったら最強だわ」

たぶん大学通りの近くで、たぶん住宅街のあたりにあって、たぶんイタリアンレストラン。こんな説明で探し当てられるほうが奇跡だと比奈がつっこみ「うるさい」と里葎子は拗《す》ねた。

「それにしても、越してきてだいぶ経つのに、まだ道おぼえないとはね。しょっちゅう鎌倉に遊びにきてたんでしょ？」

「……二年まえまでは、ナビしてくれるひとがいたからね」

ぽつりと言った里葎子に、比奈が「礼美おばさんか」と目を伏せた。

「うん。おばさん、アクティブだったからさ。任せちゃってたの。わたしと違って車も持ってたし、いっぱい連れてまわってくれて。……やっぱ、免許とるべきかな」

笑いながら言うと、比奈もほっとしたように表情をゆるめた。

「里葎子が免許ねえ。なんか、気づいたら静岡にいた、とかありそう」

失礼な、と笑った里葎子は、だいぶ薄れた喪失の記憶を噛《か》みしめる。

亡くなるまで独身だったおばは、あの家と自分の持つすべてを里葎子に遺《のこ》してくれた。わずらわしい法律上のすべての手続きもすんでいて、やったことといえばお骨を指定のお寺に納めることと、いくつかの書類にサインをすることだけだった。

「始末のいい人生だったよ。ああいうふうに死にたいなあ」

「死ぬまえに生きること考えて。そして目のまえの現実を見て」

「わ、やばい」

比奈に九時をまわった時計を指さされ、里葎子はあわてて掃除道具を片づける。

「比奈こそ、さっさとそれ食べちゃって、ディスプレイのほうやってよ」

「了解」

ちいさなくちに残りのパンを押しこんだ比奈は、齧歯《げっし》類よろしく頬を膨らませたまま椅子から立ちあがる。その姿がおかしくて、里葎子は声をあげて笑った。

ガラスのドアにかかった『CLOSED』のプレートをはずして一日がはじまる。

好きなものと好きな人間に囲まれて、穏やかに楽しく暮らす。それだけが里葎子の望みだ。

人生における安寧や平穏といったものは、得難く、また継続するにはむずかしい。

そして波風は、どうしたわけか、ひとのかたちをしてやってくる。

(でも、ここなら、平和)

里葎子の大事な《トオチカ》。元ネタにした『トーチカ』という言葉自体の意味は『点』。鎌倉の街のなかにある、ぽつんとちいさな店はたしかに、里葎子の防衛陣地なのだ。

❂

午後になり、《トオチカ》には冷やかし混じりの観光客が数人たむろしていた。比奈は昼食をとるため奥に引っこんだままだ。

「こんな店あったんだね」

「ブログで見たんだよ。最近、評判になってる口コミの店だって」

「あ、このリングかわいくない？」

「わたしピン欲しい……あーでも予算オーバーかな。あー、でも……」

二十代ふたり組と、ひとり客。ねらい目はひとりのほう。里葎子はにっこり笑って会釈した。

「色違いもございますので、ご希望ならおっしゃってくださいね。だしてまいります」

「あっ、はい！　じゃあ、あの、このバッグ色違いで」

はにかんだように言うひとり客に微笑みかけた里葎子は、バックヤードに向かう。

——ねーいまのブログに載ってた店長さん？　背高いね。美人だし、なんかモデルみたい。

——オーナー店長なんだよね。かっこいいな、うらやましー！

きゃっきゃとはしゃぐ声が聞こえ、里葎子は「そんないいもんじゃないっす」と赤面しながらバッグを引っ張りだした。ふと見ると、トンカツ弁当をほおばる比奈がにやにやしている。

「よっ、鎌倉の長身美人店長」

「やめなさい比奈さん。あと座るとき大股《おおまた》開きのくせは直して」

比奈が口にしたのは、地方の隠れた店という雑誌の特集に載った際のコピーだ。軽く睨《にら》んで店内に戻り、色違いのバッグを見せる。

「じゃ、これいただきます」

「ありがとうございます」

満足したらしい彼女はさっくりとお買いあげを決定し、楽しげな顔で買い物袋を抱えてでていった。さて、と見やれば残るふたりは冷やかし感満載で、自分たちの話に興じている。

（いっこでもいいから、買え……！）

こっそりと念じつつも、あれがかわいい、これが好き、とためつすがめつ見ている客の様子を微笑ましく見守っていた里葎子は、ドアが開いたために振り返る。

「いらっしゃいま、せ？」

「こんにちは、里葎子さん」

現れた背の高い男の顔を見るなり、仕事モードで微笑んでいた表情が、微妙に歪《ゆが》む。

「……敷地《しきち》さん、どうも」

ひきつり気味に応対の言葉を吐いた里葎子に、敷地千正《せんしょう》はけろりと笑った。

「いま、忙しい時間だったかな」

「まあ、ぼちぼち」

里葎子が見あげるほど長身の男というのはあまりいないせいか、彼が目のまえに立つと気圧《けお》されてしまう。さりげなく目を逸らすと、「相変わらず、無愛想ですねえ」という、あまい、しかし挑発と笑いを含んだ声が頭上から降ってきた。ちくり、負けん気が顔をもたげる。

「そんなつもりはなかったんですけど。失礼に見えたら申し訳ありません」

顔をあげて微笑む里葎子に、彼はさわやかな笑顔を向けた。一般人がこうも美形すぎるのは、いっそ嘘くさい。そんなことを思うと同時に、背中に刺さる視線を感じた。

――あれ、誰？　モデル？　ゲイノウジン？

――わかんないけど、イケメンだあ……。

ひそひそと聞こえた声に振り向いた彼は、動揺する女性客らに向けてにっこりと笑いかける。

ひゃ、と息を呑《の》んだお嬢さんたちは、頰を赤らめていた。

(なんか、この態度が、もう、ねえ)

見知らぬ女にじろじろ見られて、とっさに笑みを浮かべることができるとは、よほどモテ慣れているのか。呆《あき》れる里葎子のまえで、千正は女性客へ話しかけた。

「いらっしゃいませ、なにかお目当てのものでも？」

「あっあっ、いえ！　か、かわいいのいっぱいなんで、ついお店にはいっちゃっただけで」

「お兄さんは店員さんですか？」

「違います。この方はバイヤーさんでして……」

あわてて里葎子は口を挟んだが、うきうきしていた女性客からは、邪魔するなと睨《にら》まれる。

「バイヤーって、どんなお仕事なさってるんですか？」

「ここにあるような商品を買ったり売ったり。ネットショップやってます、こちらですが」

ちゃっかり営業する千正は、フリーでバイヤーの仕事をしている。リアル店舗は持っておらず、国内外で仕入れた商品をネットショップやオークションなどでさばくかたわら、いくつかのセレクトショップと契約してバイイングの仕事をしたりしているのだと女性客に語った。

「大手のネットショッピングモールにも出店してますので、よろしければご利用ください」

「わあ、見てみます」

「あっこの名刺のロゴ見たことあるかも」

(なんでうちで営業するかな、この男)

よそいってやってくれ、という言葉を必死に呑《の》みこみ、里葎子は顔に笑みを貼りつけた。

「それじゃ、お兄さん、またねえ」

「はあい、よろしくお願いします」

どうしたものかと思っているうちに、客たちは千正の名刺を手に去っていった。ひやかしだけかとがっかりしつつも、里葎子はほがらかに「ありがとうございました」と送りだした。

そして店には里葎子と千正だけが残った。一瞬で作り笑顔を消した里葎子は、隣の男に向き直り、こほん、とわざとらしく空咳《からせき》をする。

「あのですね、敷地さん。うちで営業されるのはちょっと、困り――な、なんですか?」

話の途中でずい、と顔を近づけられ、里葎子はとっさに顎《あご》を引いた。ちゃらい男が苦手だというのもあるが、千正の、この距離なし感もまた頭痛の種だ。ひどくきらきらした黒目勝ちの目は、妙に迫力がある。高い鼻、それと近づいたらわかる、品のいい香水のにおい。

（あ、これ好き）

嗅覚《きゅうかく》に気をとられたところで、千正が唐突なことを言った。

「里葎子さん。きのう、うまいもん食ったでしょう」

「なんなんですか、いきなり？」

「だって、顔つやっつやだもん。この間会ったときは、なんかへろへろしてたけど」

「……ダイエット中だったもので」

「ダイエットって、俺が言ったから？」

千正はにやっと笑った。里葎子はたちまち険悪な顔をする。あれは二週間ほどまえ。ふらりと店に立ち寄った千正は里葎子の顔を見るなり、よけいなことを言ってのけた。

――あれっ、里葎子さん太ったね。三キロくらい？

里葎子は唖然《あぜん》となったあと、胃の奥が煮えるほど腹が立った。この男はなぜ、たまに会う仕事相手の体重が増えたことに気づくのか。具体的な数字まで言いあてるのがまたいやらしい。からかわれた悔しさに食事の量を控えた。運動もした。けれど一日立ちっぱなしの仕事では、食べるものを食べないと身がもたず、けっきょく一週間ともたずにダイエットを挫折《ざせつ》したことで、自分の意志の弱さにも落ちこんだ。そのあたりの女性心理を、知り尽くしているだろうモテ男は、なおもにやにやしながら里葎子の顔を覗《のぞ》きこんでくる。

「へえ。気にしたんだ。かわいいとこあるじゃん」

「おおきなお世話です。あなたの言ったこととは関係ありませんから」

つんと顔を逸《そ》らした里葎子にめげず、千正はおかしそうに笑った。

「いいと思うよ。里葎子さん身長あるし、いまくらいお肉あっても」

肉とか言うな。思わず両腕で腹部をかばい、里葎子は言い返した。

「よくないですよ。わたしくらい背があって横に増えると、ひたすらでかく見えるんだから」

「えー、でも俺よりちいさいじゃない」

ほらね、と里葎子の頭あたりで手のひらを水平に振る千正に、むかむかしてしまう。

背の高い男は苦手だ。同時に、この程度の冗談すらかわせない自分のこともまた、好きではない。里葎子は目を伏せたが、じっとこちらを見ている千正の視線に気づいた。

「……なんですか？」

もはやとりつくろいもせず、上目遣いで顔をしかめると「すげえ顔」とまた笑われた。

「営業中はスマイルスマイル。……ていうか髪伸びたね、このまま伸ばさないの？」

唐突に伸びてきた手が、うつむいていた里葎子の前髪をいじる。

「ちょ、な、な」

「ほら、比奈ちゃんみたいに。里葎子さん、せっかくきれいな髪質だし、伸ばせば」

「わ、わたしはこのほうが好きなので！　くせっ毛だから、伸ばすとうねうねするんです！」

「……うねうね」

その言葉がどこのツボにはまったのか、一般人としては無駄すぎる容姿をもった男は「ぶくく」と顔を崩して笑いだした。

「すげ、それなんか想像つく、ゴルゴンっぽい。睨まれたら石になるね」

「し、失礼な……！」

思わず声を裏返した里葎子は、勢いで手を振り払う。ばちん！　思ったより大きな音がたち、里葎子の首にひやりと冷や汗がこみあげた。

「ご、ごめんなさい。痛かったですか」

青ざめひきつった表情に千正は驚き「どうしたの」と目をしばたたかせた。里葎子は無言でかぶりを振った。

「あの、俺が悪かったんだし、気にしてないですが？」

困ったように覗きこんでくる千正に答えられずにいると、めずらしく彼が口ごもった。

「あー、えっと。あのさ。里葎子さん、イタリアン系好き？」

唐突な質問の意味はわからないが、空気を変えようとする意図を感じて里葎子は顔をあげる。

「好きですよ。いきつけの店もあるし」

「そうなんだ。なんて店？」

「名前、ないんです」

里葎子は《あの店》のことを説明する。彼はめずらしく、眉《まゆ》をひそめたままため息をついた。

「岐れ路のバス停……それ雪ノ下のあたりだよな？　やべえ、まったく知らない」

情報通を自負する男が悔しそうに言ったので、里葎子はおかしくなった。

「地元でも、一握りのひとしか知らないと思います。わたしも偶然見つけただけだし。食事もおいしいし、店長さんがすっごい美形なんで、評判になりそうなもんなんですけどね」

かすかに笑った里葎子の表情を見た千正が「美形?」と繰り返す。

「はい。ちょっと外国の血がはいってるのかなあって感じの、ものすっごいきれいなひとなんです。雰囲気もいいですよ。ごはんもおいしいし」

あの美味を思いだしただけで、笑顔になる。つい先日訪れたときに食べたのは、子羊のカツレツ、チョコレートソースがけ。ちょっとくせがあって、あとをひく味だった。

「ふうん。里葎子さんってけっこうミーハーなんだ」

また食べたいなあ、とうっとりしていた里葎子は、千正のさめた声に我に返る。なぜかわからないが、ひややかな目で見おろされて、軽く混乱した。

「なんですか、ミーハーって」

「いや、美形ってだけでそんなうっとりするほど面食いだと思わなかったからさ」

いきなりの攻撃に、せっかく忘れようとしていたむかむかがまたこみあげてきた。

「あの、敷地さんって、なんでそう、いちいち感じ悪いんですか?」

「感じ悪い? 俺が? 言われたことないけど」

顔にだまされる女が多いんだろ。口にはしないまま、これみよがしにため息をついてやる。

「まあいいや。その店いってみたいし、もうちょっと詳しく教えてよ」

「無理です。わたしの説明だと他の人がたどり着けないのは、比奈が証明してくれたので」

なぜだか、《あの店》のことを千正には教えたくないと思った。あれは里葎子の大事な場所だ。女にいい顔をするために――やたら情報通なのはそうとしか思えない――利用されたくない。そんな本音を知ってか知らずか、彼は食いさがってくる。

「だからさ、里葎子さんが連れてってくんない？」

「なんでわたしが？　だいたい敷地さんを連れていく理由がないじゃないですか」

冷たく突っぱねる里葎子に、千正は目をまるくしている。自分の誘いを断る女などいるわけがないと思っていたのだろうか。だとしたら図々《ずうずう》しいにもほどがある。

「あのさ、里葎子さんって……」

つっけんどんに「なんですか」と返すと、彼はなんだか情けなく眉をさげていた。

「いや、いいや。比奈ちゃんは、その店いったの？」

「まだですけど」

「まだってことは、そのうちいくよね。じゃあ彼女に教えてもらおう」

不愉快だけれど、それを止める権利はない。鉢合わせしないようにだけ、気をつけよう。

里葎子はせめてもの仕返しにと、これ見よがしのため息をついて話を本題に戻した。

「それで、本日のご用件は」

「ああ、そうそう、そうだった。比奈ちゃんいる？」

気安く親友の名を呼ぶことにわずかないらだちを感じつつ、「お待ちください」と告げた里葎子は、バックヤードで休憩をとっていた比奈を呼びにいった。

「比奈、敷地さんお見えになりました」

昼食を食べていた彼女は、「はあい」と答えて口のなかのものを飲みこみ、顔をだした。

「どうも、比奈ちゃん。きょうもかわいいな。そのスカートって、ハニーバニー?」

小柄な姿を見るなり、ふわりとした木綿プリントのロングスカートを褒める。あまったるく微笑む千正を、比奈はいつものしれっとした顔でたたき落とした。

「御成《おなり》の商店街で買ったノーブランド品です。つるしのイチキュッパ」

里葎子はその温度差に噴きだしそうになったが、ふたりはまったく平然としている。

「まとめてアクセ仕入れたいってお話なら、もうお断りしたと思いますが」

「そう言わずに、もうすこし点数増やせない? このとおりだからさ」

拝むようなポーズをとった彼との、もう何度目かわからないやりとりに、比奈はやれやれとため息をついた。

千正は、半年ほどまえにはじめてこの店に訪れ、比奈の作るシルバーアクセサリーに「ひとめぼれした」と言った。以来、週に一度は顔をだし、渋る彼女を熱心にくどき続けている。

「増やせないかと言われても資金はないし、制作数の限界もありますから」

「だから、出資するクライアントと工房、紹介するって言ってるじゃない」

「量産品を作るつもりはないんです」

比奈のシルバーアクセサリーはすべて手作りの一点モノだ。メインはクレイシルバーだが、彫金や七宝など、作品にあわせて自在に技術を駆使し、自宅の工房で納得いくまでじっくり作る。比奈本人は単に不器用で融通がきかないのだと言うが、里葎子は、デザイナーというよりも芸術家肌だからだと思っている。

千正もそれは承知のうえらしく、この日は妥協案をだしてきた。

「じゃあせめてストックだけでも頼めないか？　なんなら、ほかの商品もいっしょに引き取ってもかまわない。こっちのビーズネックレスとか、だいぶまえから残ってるし」

棚に目をやった千正は、カラフルな彩色のベネチアンビーズネックレスを手にとる。

（あ、それ）

長い指でビーズをいじる仕種《しぐさ》はどこかなまめかしく、まるで自分にふれられたようにひやっとした。そんな里葎子の動揺も知らず、千正はネックレスを眺めたあと形のいい眉を寄せる。

「てかこれ、ごちゃついてない？　ビーズステッチはいいできだけど、盛りすぎってか」

「……盛りすぎ？」

「うん。トゥーマッチになっちゃってて見た目に重たい感じ」

里葎子の鳩尾《みぞおち》は、まるで氷をつめこまれたかのように冷えた。直後、かっと頭が煮える。千正が手にしているのは里葎子の作品で、ひとを選ぶデザインだということもわかっていた。

（おちつけ、わたし）

里葎子は自分に言い聞かせた。有名ブランドから声のかかる比奈の作品に較《くら》べれば、里葎子のビーズ細工は素人《しろうと》が工作した域を出ない自覚はある。それでも自分の作品をバーター扱いされたうえに、いきなりだめ出しをされる覚えはなかった。

「敷地さん。当店にはオーダーメイドシステムはございませんので、ご希望のものがなければ、ほかをあたっていただいたほうが」

頬を引きつらせた里葎子の冷ややかな声に対して、千正はからりと笑った。

「オーダーメイドってそんなおおげさな。ちょっとした提案じゃない」

「だから、提案とかそういう——」

「いっそセンターのチャームだけにして、あとはシンプルなチェーンと組みあわせたりっていうのはどうなの」

里葎子の反論を遮り、いくつも連なったビーズを指でもてあそびながら千正は言った。

悔しいことに彼のアレンジアイデアを思い描いてみると、いま完成しているそれよりずっと洗練されたデザインになるのは間違いなく、里葎子はこっそり歯がみする。

（センスだけは、いいのよね。この男）

ただでさえ打ちのめされているのに、千正はさらにたたみかけてきた。

「このデザインはひとを選ぶんだ。そりゃ、里葎子さんみたいな背の高いタイプなら似合うとは思うけど、大抵はもっときゃしゃなほうを好む」

「……どうもすみませんね、ごっつくて」

「ん？　べつにごつくはないよ、押しだしの強いデザインだなとは思うけど」

言葉の意味を取り違えたのか、それともわざとスルーしたのか、千正はそんなことを言った。

（いま、すっごくいやなこと言っちゃった）

含みを感じたのは先日の太った発言を根に持っているせいだ。彼にこちらを貶《おとし》める意図などないことくらいわかっていたくせにと、里葎子は自分が恥ずかしかった。

(なんか、ほんと、このひとといると自分がどんどんみっともない人間になる)

似たようなことを比奈に指摘されたときには、素直にうなずくことができたのに、千正相手だとかたくなになってしまう。けっきょくは里葎子の問題だ。わかっている、だからいらだつ。

「もったいないし、作り直したほうが……里葎子さん?」

黙りこんだ里葎子に、千正が一歩踏みだし、軽く首をかたむけてくる。視線があうようにするつもりだと気づいたとたん、里葎子はびくりと身体を震わせた。

「どうしたんですか」

「なんでも……」

驚いた相手は目をしばたたかせる。やっちゃった、と里葎子は唇を噛《か》んだ。

男ぎらいだとか、この歳で言っているのは情けない。けれど千正の容姿が、高い上背が、どうしても里葎子のなかにある記憶を刺激する。さきほどはたき落とした手の大きさ、その音、感触。

(このひとのせいじゃ、ない。このひとは〝彼〟とは違う。でも)

どうしようもなく相性の悪い相手というのはいる。いいかげん千正もそれに気づいて、里葎子のことなど無視してくれればいいものを。

「敷地さん、口だしすぎ」

突然、比奈の手がそっと腕に添えられ、里葎子ははっとする。細く軽いその感触に、ふとおばを思いだした。

「わたしは、里葎子なりのセンスが好きだし、それでいいと思ってます」

「でも、比奈ちゃん」

なおもなにか言いかけた千正の口をふさぐように、比奈が目をきつくする。だが里葎子は親友の手をそっと押し返した。

「いいよ、比奈。ご指摘、ごもっともって感じだしね」

でも、と言いかける彼女の目を見てかぶりを振る。比奈に庇《かば》われているようではだめなのだ。なにより目のまえの男に、自分のもろい部分を知られたくはなかった。

「敷地さん、それ、返していただいていいですか」

「え、ああ」

顔をあげ、手をだした里葎子に対し千正は素直に従ったが、ネックレスを手渡す瞬間、ひとことつけくわえるのも忘れなかった。

「俺、いちゃもんつけたんじゃないよ。このままでも悪くはないけど、もったいない」

食いさがる千正に、里葎子はあえてあかるく笑ってみせた。

「貴重なご意見、ありがとうございます。でもね、一般的でないものがお好きな方に、好まれるものがあってもいいでしょう？」

にっこりと言いはなった里葎子に、千正は気まずげな顔で「そりゃ、まあ」ともごもごした。

きっちり作った壁に、さすがに気づいたらしい。

なによりその言葉は、反発心からだけでなく、里葎子の本音だ。メジャーなラインというものがあるのは重々わかっているけれど、必ずしも女性の好みは一律ではない。瞬間の流行を追うわけではなく、おしゃれすぎず、ダサすぎず。自分にとってちょうどいい、そういうものを里葎子は売りたいのであって、誰もが好きそうなものにはあまり興味がない。

（わたしは、わたしが好きなものを信じたい）

とはいえ、店長としては商売的な面も考えないわけにはいかないだろう。

「さて本題に戻って。敷地さん、何点ほどご要望なんですか」

ビジネスモードになった里葎子に対し、なんとなく消化不良な顔をした千正が「できるだけいっぱい」と告げる。具体的な数字を問うと、「最低でも二十」と指を二本立てる。

「わかりました。比奈、奥にあるストックだすね」

里葎子は彼らに背を向けた。比奈がかすかに眉《まゆ》をひそめるのが視界のはしに映る。あえて気づかないふりをしたが、背後から聞こえてくる声までは防げなかった。

「……あのね、敷地さん。あんまり里葎子いじらないでくれます？」

「え、べつにいじってとか、ないけど」

「それでとぼけてるつもりならばかだと思うし、無自覚ならもっとばかですよ。あの子、わたしよりずっと繊細なんですから」

クールな態度でずけずけ言う比奈の援護射撃がありがたくも情けなく、里葎子は苦笑した。

(流せばいいだけなのに。大人って、いくつになったらなれるのかしら)

呑《の》んだため息の数だけ分別がつけばいいと心底思う。彼らの声が届かないよう、できるだけ聴覚を遮断しながら、薄暗い奥へと向かった。

二畳ほどのごく狭いバックヤード。積まれた段ボールをかきわけるようにして奥の金庫を開け、アクセサリー類を保管するトレイを引きだす。握りしめたビーズがじゃらりと音を立て、ネックレスを持ったままだったことに気づいた。

「トゥーマッチ、か」

体温であたたまったビーズに触れると、気分が萎《しお》れた。千正には強気に言い返したものの、自分のセンスは野暮《やぼ》ったいのだろうかと思うと、やっぱりつらい。

ふとしたとき、自分が、自分の人生のなかでもっとも邪魔者のように感じるときがある。大抵はバイオリズムのせいだと割りきることにしているけれど、思った以上にへこんでいる事実にまた腹が立った。要するに図星だからだ。

足りないセンスを補おうと、どんどん盛ってしまうのは悪いくせだと自覚もしている。けっきょく自信がないのだ。比奈のように「これでよし」と言いきれる強さは、里葎子にはない。

(まあ、そこも含めてわたしですよ)

商品をとりだし、店に戻った里葎子は、目を眇《すが》めた。比奈の手を握り、なにやら熱心に話しかけている千正の姿があったからだ。

「……だからさ、お願いします、比奈ちゃん。今度つきあってよ」

「時間があったらいくかもしれませんけど、そもそも、わたしじゃそこ、わかりませんし」

「でもさ、見ておきたいんだよね。比奈ちゃんには協力してほしいわけ」

「知ったこっちゃないですよ、そんなの」

比奈自身はこのとおり、毎度しらけた態度で撃退しているけれど、千正は仕入れの件だけでなく、比奈自身についてもいっこうにあきらめる気配はないらしい。

「仕事ついでにナンパすんの、やめてほしいんですけど」

「あれ、里葎子さん戻ってくるのはやいね」

あきれた里葎子の声に振り向いた千正が、わざとらしくにやりとする。挑発的な笑みに、里葎子はうんざりとしたため息を呑みこんだ。

「遅かったら、なにする気だったんですか。とにかく、踊り子さんには手をふれないように」

「ダンサーの衣装なら里葎子さんのほうが似合いそうだけど？」

「あいにくとリズム感はないんです。比奈、このへんぜんぶだしちゃってOK？」

里葎子は商品トレイを差し出す。蘭の花と蝶《ちょう》をモチーフにしたネックレスとピアス、指輪のセットが二セットに、半貴石《はんきせき》と組みあわせたブローチが三点。

「ほかに在庫は？」

「店にあるのはこれだけ。夏休みだし観光客も多くて。比奈の作品は回転がはやいから」

千正の問いに、自宅兼工房には、試作品を含めればあと二十点ほどある、と比奈が答える。

「それもぜんぶもらいたい」と千正は言い、比奈も里葎子も目をまるくした。

「ぜんぶって……ものを見てもいないのに」

「比奈ちゃんブランドなら間違いないだろ。いきなり棚がすっからかんになるのが困るなら、売約済みのタグつけてディスプレイしててもかまわない。通販の注文きたら引き取るけど」

なんともおおざっぱな話だが、それもフリー営業の強みなのだろう。いくつか条件をつけて商談がまとまる。伝票を切る里葎子の手元を覗《のぞ》きこんで、千正が口を開いた。

「あれ。なあ、さっきのビーズネックレスは？　書いてないけど」

「ああ。あれについてはお気遣いなく」

そっけない里葎子にやれやれとため息をついた千正が、比奈に向けて首をかしげてみせる。

「ねえ比奈ちゃん、ここの店長さんて商売ヘタだよね？」

「里葎子は素直な性格なので、わたしは好ましいと思ってますよ」

しれっとした比奈の言葉に、千正はおもしろそうに笑った。

「ほんとにきみら、いいコンビだよね。はいりこむ隙間がない感じ。関係性ができあがりすぎてて、彼氏できなそう」

「ご心配には及びません。いまのところ、必要ないですから」

べつにはいりこまんでもよかろう。いまのところ比奈も里葎子も束縛の種になる男はいない。というか、自主的に能動的に、いらない。大変に、まったくもって、巨大なお世話だ。

内心多弁に語っていた里葎子に、千正がぼそりと言った。

「……美形店長なら？」

「は？」

「お気に入りの店の、きれいな顔の男眺めてるだけでいいわけ？」

なんでここで、《あの店》の話がでる。思わず顔をあげると、千正は読めない表情でじっとこちらを見つめていた。その視線の意味がまったくわからず、里葎子は目をしばたたかせる。

「……あの、わたしはごはんを食べにいってるのであって、べつに顔を眺めにいってるわけではないんですが。ついでに言うと、あのひと、男か女かも謎なんで」

里葎子の言葉に、今度は千正が「は？」と目をしばたたかせた。

「謎って、どういうこと」

「なんていうか、きれいすぎて性別も謎なんです」

「だって、名前とか、声でわかるでしょ」

「名前知りません。声も男性にしては高いとも、女性にしちゃ低いとも言えるし。こう、人間としてステージ違いすぎて、生身なのかも疑わしいくらいなんで」

会話の意図がさっぱりわからないままそう答えると、千正は困惑顔を見せた。

「ステージ違うって、なんだそれ……」

「だってほんとにそんな感じなんですよ。このひと存在してんのかしらとか……」

嚙《か》みあわないやりとりに、比奈がぶふっと噴きだした。千正は顔をしかめて比奈を睨《にら》む。

「ちょ、比奈ちゃん笑うことないだろ」

「え、いや、笑うところでしょ。か、かっこわるい」

ふたりの会話に、里葎子は完全に置いていかれた。ただ、なんとなく自分が笑われていることだけは察せられる。

「なんなの？　いったい」

「なんでもない」

「うん、なんでもない」

息もぴったりのふたりに、なにを言う気も失《う》せた。乱暴な字で伝票を書き終えた里葎子は、むっつりしたまま「お支払い方法は？」と慇懃《いんぎん》に問いかける。

「振り込みするんで、確認したら発送してください」

「わかりました。じゃあこちら、控えになりますので」

請求書を突きだす里葎子に、千正は「愛想ないわあ」とつぶやく。里葎子は無言でバックヤードへ引っこみ、必要以上の時間をかけて、空き箱を整理した。

（誰のせいで愛想なしになってるんだか）

胸の内で毒づいて、あの男と出会った二年まえのことを思いだす。

❁

千正がはじめて《トオチカ》を訪れたのは開店してまだ半年足らずのころだった。

その日里葎子は「季節限定弁当がどうしても食べたい」と言い張った親友のために紀《き》ノ国屋《くにや》へと走っていた。目的のものを入手し、店に戻ったところで、女の子向けの雑貨屋には似つかわしくない、背の高い男が立っていて驚いた。

「……いや、ほんとにこんなかわいいひとがいるショップだとは思わなかったな」

ドアを開けたとたん聞こえてきた、どきりとするようなあまめの低い声。だがその声の持ち主は《トオチカ》の共同経営者である友人の手をしっかり握っており、その時点で里葎子の彼への評価は地に落ちた。

「作品もすばらしいけど、こんなきゃしゃな手で作られてるとはね。いや、いい出会いだな」

「わたしの手がちいさいのと作品とは、あんまり関係ないと思うんですけど」

「骨格が繊細だから、生みだすものも繊細なんだと思いますよ」

しらっと対応する比奈にもめげず、あまったるい言葉がどんどん投げかけられる。しかも、いま千正が褒めていたネックレスは、比奈の作ったものではなく里葎子の作品だった。

(なに、このちゃらい男)

顔がひきつるのをこらえ、接客用のスマイルを貼りつけた里葎子は声をかける。

「……いらっしゃいませ」

振り返った彼は、スーツを着ていた。デザイン自体はごくシンプルながら、質のいいものであるとひと目でわかる。ノーネクタイの襟元をすこしゆるめた、くずした着こなしもさまになっていて、最初に思ったのは「着道楽な男なんだろうな」ということだった。

「ごゆっくりどうぞ」

買い物袋を背中に隠し、休憩室に向かおうとした里葎子を呼び止めたのは比奈だった。

「店長、こちらバイヤーの敷地さん。うちの商品、ネットショップで扱いたいんですって」

思いがけない話に里葎子が驚くよりはやく、最悪なひとことが彼の口から飛びだした。

「こちらが店長さん？　えぇえっ、でかっ！」

里葎子はフリーズした。ちいさいころから「大女」とからかわれることの多かった里葎子にとって、完璧《かんぺき》なまでにトラウマをえぐるひとことだ。

凍りついた表情に気づいているのかいないのか、千正はしげしげと里葎子を眺める。

「いや、だってでかいでしょう。俺と視線あわせるのに、顔ほとんど動かさなくていい女のひと、はじめて見た。いやあ、新鮮！　お名前、なんて言うんです？」

「……西風、里葎子です。手の大きさと作品のナイーブさは、じっさい関係ないと思いますよ」

「え？」

こめかみに青筋を浮かせながら、里葎子は千正の手からネックレスをとりあげ、微笑む。

「だってこれ、わたしが作ったものですから。でっかい、わたしが」

店内の空気が凍ったその瞬間の千正の顔は、たぶん一生忘れない。

申し訳ないが、女は根に持つ生き物なのだ。

❁

「……やっと帰ったか」

片づけを終えて店に戻ると千正の姿はなかった。舌打ちせんばかりにつぶやく里葎子へ、

「そこまで毛ぎらいしなくてもいいじゃない」と比奈が苦笑する。

「だってちょっと目を離すと客は引っかけるし、あんたは口説くし。比奈も、もっときっぱり断りなよ。手まで握られて」

あれで好意を持てというほうが、むずかしいだろう。バイヤーとして使える男を無下に扱うわけにもいかないが、正直言えば、仕事ですら関わりたくなかった。

「手握られたくらいで怒るような歳じゃないよ。どうせ本気じゃないし」

「本気じゃないならよけいいやだよ。女見れば口説くって、イタリア人か。日本人ならもうちょっと、奥ゆかしくしてなさいってのよ」

「イタリア人が怒るよ。イタリアいったこともないくせに」

「誰彼かまわず色気振りまくと、そのうちトラブル引き起こすんじゃないの」

「だとしても、里葎子には関係ない話でしょ。ほっとけほっとけ」

親友は、どこまでも飄々《ひょうひょう》としている。他人の言葉を真正面から受けとってしまいがちな里葎子は、この性格がつくづくうらやましい。

「関係ないって、比奈は当事者じゃない」

「敷地さんがわたしにあれこれ言うのは、やりとりおもしろがってるだけだよ」

千正が最初に誘いをかけたときのことを思いだし、里葎子は「まあね」と口ごもる。

――比奈ちゃんかわいいね。そのうちデートしない？

――そういうのは、睫毛《まつげ》まっくろにして、くるくるしているひとに言ってください。

あれはたしかに里葎子も笑えたけれど、おかげで千正はますます比奈を気にいった気がする。

「相手にしなきゃいい話でしょ、違う?」

「仕事のついでにナンパするような男は好きじゃないの。手近でみつくろうようなのも最悪」

神経質な里葎子の言葉に、比奈は「手近でなきゃ、どこでみつくろうの」と苦笑した。

「身近にいる人間と恋愛するのは、べつに悪いことじゃないんじゃない?」

「……それは、そうだけど」

瞬時にこわばった里葎子の表情に気づいたのだろう、比奈は口調をわざと軽くする。

「ま、敷地さんも里葎子相手だと、いろいろ微妙なのは事実だけどね」

「悪気はないんだろうってわかってはいるんだけど……地雷、ばんばん踏むんだもの」

「あはは。彼氏できない、は、たしかによけいだったわ」

「わざと怒らされてるのかって思っちゃうわたしが、大人げないんだろうけど」

ため息混じりの里葎子の言葉に、比奈は「んん」と首をかしげた。

「わざとっていうか、ある意味、里葎子のことよく見てるとは思う」

困った顔で笑いながら、親友はやんわりとたしなめてきた。

「ねえ里葎子、あんまり相手に壁作るのもよくないよ。敷地さんも、発言に問題ないとは言わないけど、受け流せないのは自分が気にしてるの暴露してるようなもんだよ」

指摘されたことには重々自覚があるだけに、里葎子はうつむいた。

「里葎子の事情も知ってる。でもカリカリしてると、しんどいのは自分だよ」

「わかってる。ごめん」

静かな比奈の言葉に、いささかヒートアップしていた自覚のある里葎子はうつむく。

しばしの沈黙ののち、比奈がぽつりと問いかけてきた。

「里葎子、なんかあったの？」

「なんで」

「きょうはどうも、彼氏うんぬんについての反応が過敏だったから」

隠しごとの通じない親友に里葎子は眉《まゆ》をさげ、げんなりとため息をついた。

「……母がまた、見合い写真、送りつけてきたの。ことわってるのに、きりがなくて」

三十代未婚もめずらしい時代ではないけれど、まったく無風というわけにはいかない。

「心配されてるってこと、わかんなくはないんだ。でも、ほっといてほしいって思うのは、だめなのかなあ」

「そっか。お疲れ」

ちからなくつぶやく里葎子の腕を、比奈がやさしくたたいてくる。やさしい手に慰められ、これで比奈のほうが背が高ければ頭のひとつも撫《な》でられているだろうなと里葎子は思った。

（やっぱり比奈、おばさんに、似てる）

父母が不仲だったせいか、一般的な家族というものが里葎子はよくわからない。すくなくとも家のなか、身近に男性がいる状態というものが、いまひとつ呑《の》みこめていない。異性を意識する年ごろになり、彼氏を作ってもみたが、距離感を失敗して別れることが多かった。

男のひととうまくつきあえない――それは恋愛においての意味だけでなく。数年まえの〝あのこと〟が、それをさらにひどくした。

「だめだね、わたし」

「里葎子はなんにも、だめじゃないよ」

すべてを理解してくれている比奈は、もう一度だけ軽くたたいて手を離した。

「ほら、お客さんいないからって、へこんだ顔しない。黙ってにこにこしてれば、里葎子は美人なんだから」

「ありがと。比奈さんくらいですよ、そう言ってくれるのは」

どうしても苦笑いが浮かぶ。話題を変えたくて、里葎子はふと思いだしたことを口にした。

「美人といえば。最近、うちのアパートの近くで下着泥棒でたんだって。狙われてるの、きれいなひとばっかかで、顔見てターゲット決めてるのかって、大家さんが噂してた」

比奈は「いやだ、なにそれ」と顔をしかめた。

「ちょっと里葎子、美人といえばとか暢気《のんき》なこと言ってないでよ。怖いじゃない」

「うーん、でもべつに被害にあったわけじゃないし」

関係ないよ、と笑う里葎子に比奈は怒った顔をした。

「これからあうかもしれないでしょう。もういいかげん、もとの家に戻ったら？」

おばから相続した家ではなく、同じ市内の２ＤＫのアパート暮らしをする里葎子を、比奈はまえまえから「無駄だ」とたしなめていた。

「でもさあ、まだおばさんの荷物とか片づいてなくて」

「住みながらおいおいやればいいじゃない。手伝うって言ってるのに」

週に一度は風をとおしにいくあの家は、部屋が四つあり、間取りも広かった。女ひとりで住まうには持てあます空間だが、おばは仕事柄蔵書も多く、あちこちが本棚だらけだった。それらを処分できずにいるのは感傷のせいだとわかっているが、生きていたときそのままの部屋に、手をつけることが、二年経ってもまだ、里葎子にはできない。

「……広すぎるのよ、ひとりじゃ」

色濃く残る礼美の気配に囲まれてひとり暮らすほどには、思い出は色あせていない。

ぽつりとこぼした里葎子に、比奈ははっと口をつぐんだ。

「ごめん、よけいな口だした」

「ううん。……そうだ、いっそ比奈がいっしょに住む？」

「それは断る。あの家じゃ、工具持ち込めないでしょ。無理」

あっさりとふられたけれど、これだから比奈はつきあいやすい。親身になってもべたべたはせず、必要な距離をちゃんととってくれる。

「ああしかし……非モテとして静かに生きる権利がほしい」

「権利はなくても生きていけるよ。自分がいいなら、それでいいでしょ。まあ里葎子の場合、モテてもまったく気づかなそうだけどね」

比奈は不思議な顔で笑う。いまひとつ腹のなかが読めない親友だけれど、やはり大好きだ。

仕事、趣味、ごはん、友人。これで完結したい、男はいらない。とくにあんな、むかつく男はなおのこと。千正のにやけた顔に向け、里葎子は胸の奥で思いきり、舌をだした。

三十二歳、まだ若い。でも世の中がハッピーエンドで終わらないことは重々知った。苦い思いもさんざんした。女を捨てるほどの覚悟はまだないが、臆病《おくびょう》にもなった。四年まえについた心の疵は礼美のおかげでだいぶ癒《いや》されたけれど、もとのとおりにはならなかった。

それでもいまは、自分が誇れる仕事もある、友人もいる。たまに訪れる隠れ家のようなレストランバーも知っている。

逃げていると言いたくば言え。自分自身の物語なんか、はじまらなくていいのだ。

❁　❁　❁

好きもきらいも考えたくない怠惰なおとなでも、絶対的な好き、というのは存在する。たとえば、理屈はさておき舌を満足させる、美味だとか。

「特製コンソメスープです」

やわらかな声とともに現れたものを見て、里葎子は「きたきた」と顔をゆるめた。

しろいボウルのなかには、ものすごく透明度の高いコンソメスープ。器のなかに具材はなにも見えず、かすかに赤みのある黄金色の波紋が、ふわっとすてきな香りを立ちのぼらせている。

おそるおそる、スプーンですくって口に運ぶと、舌触りはどこまでもなめらか。ごくんと動いた喉《のど》と舌のうえに残る、ふくよかな滋味。鼻腔《びこう》から香ばしくて複雑な香りが抜けていき、エキスだけを抽出された姿の見えない野菜たちの存在を感じた。

「お……おいしい」

里葎子は思わずうめいて、目を閉じる。無意味に手足がじたばたしそうになるのをこらえたのは、うつくしいひとの目のまえで、見苦しい真似をしたくなかったからだ。

ちらりと上目遣いになりつつ、軽く咳払《せきばら》い。「おいしいです」とあらためて告げたところ、カウンターのなかでグラスを磨いていた店長は、上品に微笑んでくれた。

「お口にあって、よろしゅうございました」

前菜のバーニャカウダをつつき、アンチョビとニンニクの香りを愉《たの》しみつつ、スパークリングの白をごくりといった。炭酸が喉を抜けていく刺激に、目がちょっとつんとする。

幸せだあ、と息をついていると、いいタイミングでメインをすすめられた。

「本日の里葎子さんはお疲れのようなので、メインは鶏のさっぱり煮でいかがでしょう?」

「お任せします。ここのお料理、ほんとに最高」

「ありがとうございます。それが売りですから」

控えめながら優雅に微笑む店長につられて、里葎子もにっこり笑った。

(あーほんと、癒される)

ふわっとけぶるような頬は染みひとつなく、白磁のようなきめ細かさ。髪も睫毛《まつげ》も眉毛《まゆげ》もあまい栗色で、やんわりとカーブを描いた唇はほの赤く、妙になまめかしい。

すらりとスレンダーな身体にいつも白いシャツと黒いパンツをまとったそのひとは、うつくしすぎて彼なのか彼女なのかは判別がつかない。

(このレベルで美形すぎると、イロコイうんたらは埒外《らちがい》だわ)

つやつやぴかぴかの美形のまえにいる、自分の疲れたお肌の具合が気になるばかりだけれど、そこは客商売、じょうずに見逃していただけるだろう。

目の保養と舌の快楽を味わえるここは、比奈にすすめて見つけることができなかったと文句を言われた、《あの店》だ。

店内は狭くて、カウンター席が五つのみ、テーブル席はない。店長の立つカウンターの奥に厨房《ちゅうぼう》があるけれど、店長の腰あたりの高さに料理の皿をだすための空間が空いているだけ。ほどよい音量で流れるBGMは、ボサノヴァ。日によってはジャズだったりポップスだったりもするけれど、不思議と毎回里葎子の気分にぴったりだ。

こんないい店なのに、いつきても、里葎子のほかに客の姿を見たことはない。おかげで毎回、貸し切り気分を味わえるのだが、奇妙でもあった。そしてその奇妙さは、なぜだか一度もたどりつくことのなかった、礼美『おすすめの店』を連想させる。

――いい店があるのよ、名前のない、変わった店だけど。店長がちょっとすてきで。

ここが、おばがおすすめだと言っていた店と同じかどうかという確信はない。だが、事実をはっきりさせようとは思わなかった。なんだか野暮だし、もしかしたらの可能性を胸で転がしていたい気分でもあったからだ。

むしろ、おばといっしょにこの店を訪れたことがあったならば、里葎子はこの店に通いつめることはなかっただろう。あの家に住めないのと同じ理由だ。すべてが礼美の記憶と重なっていて、いまだにせつなくなってしまう。

無意識に顔が曇っていたらしい。うつくしいひとがやさしく目を細め、気遣わしげに問いかけてくる。

「里葎子さん、どうなさいました？」

「ああ、いえ、なんでも」

あわてて手を振った里葎子は、ごまかすようにワインを飲んだ。詮索《せんさく》することはなく、店長は新しい皿を目のまえにさしだしてくる。

「鶏のさっぱり煮です。ほろほろに煮込んでありますので、お箸《はし》でどうぞ」

「うわ、いいにおい」

メインのメニューは鶏の部位をあまさず使った洋風煮込みだった。輪切りのブラックオリーブとローズマリーが絡んだ肉を口に運ぶと、とろりとした舌触りと濃厚な味。そして名前のとおりさっぱりしたあとくちがひろがる。

「すっごくさっぱりしてるけど、なにで煮込んでるんですか？」

「林檎《りんご》酢とシードル。肉がやわらかくなるんです。よろしければ、レシピもお教えします」

「いや……教えていただいても、きっと再現できないから」

比奈は料理上手だが、里葎子は〝ごはん〟が作れる程度の腕だ。無理無理と手を振って、鶏肉をつつき、口に運ぶ。

「うーん……」

ほのかにぴりっとするのは鷹《たか》の爪がいい仕事をしているかららしい。恍惚《こうこつ》と肉をほおばっていた里葎子に、店長が「ふふ」と笑った。気づいた里葎子が「なにか」と目顔で問う。

「いえ、いつもおいしそうに召しあがってくださるので、嬉《うれ》しいんです」

赤くなりながら、里葎子は「食い意地、はってるので」と肩をすくめた。

「いいことですよ。最初に来店されたときより、顔色もよくなりましたし。はじめてお見えになったときは、倒れるかと心配しました」

「……あのころは、ダイエットしてたから」

ふたたびいやなことを思いだして、思わず顔をしかめてしまう。美貌《びぼう》の店長が浮かべる、ソフトでやさしい笑顔と対照的な、ちょっと皮肉っぽい千正のにやにや笑い。

この店でまで、あの男のことを考えたくはない。だがここを発見できたきっかけがきっかけだけに、どうしても連想してしまうのはしかたがないのだろう。

❂

――でかっ!

二年まえの里葎子は、あのひとことの直後にダイエットを開始した。基本は食事制限、そして運動。しかしジムに通うような時間はない。結果、仕事あがりに帰路を歩くことにしたわけなのだが——その初日、方向音痴の里葎子は、曲がる場所を思いきり間違えた。

（ここ、どこなの）

最悪だったのは、鎌倉の夜は早く、道はこみ入り、これといった標識もないことだった。細い道の左手には、うっそうと繁った木々がざわめく。街灯は申し訳程度に存在するだけで、【ちかん・ひったくりに注意】と書かれた立て看板がよけいに不安を煽《あお》る。

夜の迷子は心細い。疲れているし、足は痛いし、なんだか心まで痛くなってきた。三十すぎて、こんなことでおろおろしている自分にも腹がたった。

（もういい、無事に帰れたら、しっかり食べてやる。ダイエットなんぞ知るもんか！）

半泣きで考えた里葎子の心を読んだかのようなタイミングで、曲がりくねった道のさきに、ぽっと明かりがともされた。

外国の街にあるような、洋風のちいさな建物。全体はツタで覆われていて、壁面の素材がなんなのかも一瞬わからない。夜道で見つけるには、正直、ちょっと不気味だ。

けれど入口まえに置かれた、黒板に書かれたメニューと『ＯＰＥＮ』の文字がライトに照らされている。夜に浮かぶ不思議な店は、里葎子の目にきらきらと輝いてみえた。

ガーリックと肉が焼けるにおいが漂った。かすかに混じるのはハーブかなにかだろうか。

その瞬間、体重計も千正のむかつく言葉もすべて忘れ、里葎子は残りの全体力を振り絞ってダッシュした。

（この店が、わたしを呼んでる）

根拠もなにもなく、そう感じた。ほんのりあたたかなひかりは、「ここにおいで」とやさしく手招いているかのようだった。

そして半泣きの顔で飛びこんだ里葎子はこのきれいな店長の笑顔に迎えられ、胃袋と目の栄養をたっぷりといただいたのだ。

❁

記憶に沈みこんでいた里葎子を、やわらかな店長の声が引き戻した。

「ダイエットなんか必要ないでしょう。里葎子さんはとてもすてきだと思いますよ」

「そんなこと言ってくれるの、店長さんくらいですよ」

おっとりとした笑顔に、ほっとする。サービストークとわかっているけれど、万人向けの淡いやさしさは里葎子にとってちょうどいい。

「女性はしっかり食べるかたのほうが、わたしは魅力的だと思います」

「そうですか？　じゃあがっつり」

「ええ、いくらでも」

店長の言葉も物腰も、優雅でやわらかい。あの男とは本当に正反対だとしみじみしてしまう。

――いいと思うよ。里葎子さん身長あるし、いまくらいお肉あっても。

あの言葉には、いまさらなにを、という冷めた気分がこみあげた。ひとをでかいとか言ったのはどこの誰だ。本人はすっかり忘れているようなのが、さらにむかつく。

（下腹がでてくるのはしょうがないのよ。女も三十超えれば肉質が変わるんだから）

誰にともつかず、内心で言い訳をしていた里葎子の耳に、店長のやさしい声が染みこんだ。

「バゲットのおかわりはいかがですか？」

「あ、はい。いただきます」

反射的に答えた里葎子は無意識に下腹へ視線を送るが、けっきょく差しだされた焼きたてバゲットのにおいに負けた。ぱりぱりの皮、ふっくらした生地。バターなしでもおいしいバゲットに、「いいんだ、あしたからまた歩く」と小声でつぶやいた。

メインをほぼ食べ終えるころになっても、やはりほかの客は訪れる気配がない。

（……それにしても、これで経営は成り立っているのかしら。人件費削ってるのかな）

いつも静かな店のなか、店長と自分以外には厨房《ちゅうぼう》の料理人のみがいるだけ。カウンターのうしろにある小窓から皿をだす手以外見たことはなく、男か女かもわからない。

ときどき、料理をだすときのサインなのか、厨房がわからでた手の甲を、店長が指でとんとんとたたき、相手も同じ仕種《しぐさ》を返していたりする。長くしなやかな指で交わす、ささやかな、声のないやりとり。それを見つけるたび、なんだか里葎子はどきどきした。

あれが恋人同士のサインだとしたら、ちょっとロマンティックな気がしたからだ。

仕事も、プライベートもともにするパートナー。年齢も国籍も性別も不詳な店長なら、相手は若くても年寄りでも女でも男でも、日本人でも外国人でもOKな気がする。

勝手な想像は下世話だと自覚するが、酒の肴《さかな》に他人の恋話ほど楽しいものはないだろう。たとえそれが語る相手もない、ひとりの妄想でも、誰に迷惑をかけているわけじゃない。

さっくり軽い口当たりのロマンス小説を読んだあとの満足感に似た、ちょっとだけオトメゴコロを思いだすこの時間が、里葎子はけっこう好きなのだ。

誰にも内緒の空間で、きれいなひとを眺めて悦にいる、幸せなひととき。リアルな恋愛について考えるだけで疲労するアラサー女子にはちょうどいい。

「デザートは、胡桃《くるみ》と黒糖のムースです」

ふわふわのやさしい色をしたムースのなかには、端切れのようなシフォンケーキが埋まっていた。ほどよく水分を吸ってしっとりしたケーキとムースが口のなかで同時に溶けていき、里葎子はまたもや多幸感にみまわれる。

(おいしい、しあわせ)

マイセンのカップに満ちたコーヒーをひとくち。あしたから、またこのコーヒーのように苦い現実が待っているとしても、この瞬間だけはがんばれると信じられた。

たとえ、ひと晩も経たないうちに薄れてしまう魔法でも、ないよりはましだ。

❂　❂　❂

水曜日は《トオチカ》の店休日だが、この日の里律子は商品撮影のため出勤していた。ふだんはディスプレイ用に使っている棚のうえ、ブツ撮り用にセッティングした、ごくちいさなホリゾント。

一眼レフのデジカメを固定し、プレビューを覗《のぞ》きこみながらシャッターを切る。レンズのさきには比奈の作ったアクセサリー。千正への納品リスト用の写真だ。ついでに、忙しさにかまけてサボっていた管理用台帳の整理もすませるため、ストックを片っ端から撮影していた。

朝から延々、こまごまとしたブツ撮りを続けているせいで、背中に馴染《なじ》みの痛みがあった。筋肉の繊維一本一本に疲労物質が絡みつき、正しくないかたちによじれているような、働く三十代女子に馴染みのあの痛みだ。

よじれによじれた筋肉をばらしてほぐして、きれいさっぱり疲労をクリーニングして組み立て直すような、そんな魔法のマッサージ屋さんがいますぐほしい。

（仕事終わったら、ロミロミにでもいこうかしら）

四十点は撮影をすませたところで、カメラから顔を離す。中腰で屈《かが》んでいる体勢が長く続いたため、身体を起こすとひどく痛む腰をたたいていると、いきなり店のドアが開いた。

「あ、すみません。本日は休みで――」

里律子は愛想笑いを途中で消した。そこにいたのは、毎度最悪なタイミングで顔をだす男だ。

「おー、カメラマン。かっこいい」

いちいちばかにされているような気がするのは、いまの自分が「かっこいい」とはほど遠い姿だからだ。Tシャツにジーンズ。手抜きメイクに、ゴム製のヘアバンド。はっきりいって、女を捨てた作業モード。なぜこの男は、他人に見られたくない格好のときに現れるのだろう。

（いや、べつにこのひとに、どう思われてもいいんだけど）

いちいちぴりぴりするのは、さすがにおとなげがない。里葎子はこほんと空咳《からせき》をした。

「敷地さん、本日はどのようなご用で？」

「ん？　用はべつに。近くにきたから顔だしただけ。比奈ちゃんは？」

案の定、親友がお目当てかとあきれつつ、里葎子はカメラを覗《のぞ》きこむ。

「制作で家にこもってます。大量に注文いただいたおかげで、休日返上です」

「ふたりとも働き者だね」

誰のせいだと思いながら、シルバーリングを台座にセットし、シャッターを切る。「そっか、いないのか」となにかを考えるような声がしたが、とりあえず無視だ。

（集中集中）

ひたすらパシャパシャやっていると、ふわりと覚えのある香りがする。

「これ自分で組んだの？　すげえ」

びくっとして振り返ると、ひどく近い位置に彼がいた。どうしてこの男はパーソナルスペースをすぐ侵犯するのだろう。身がまえながら、里葎子はそっとあとじさる。

胸がどきどきするのは、緊張のせいだ。至近距離の端整な顔にうろたえてなどいない。

「えっと、これってなんですか」

「あ、この撮影セット。見た感じ、台とかカメラセットしてるポールとか、自作だよね？」

千正が眺めるセットは、ライトボックスと厚いプラスティック板に百均の組み立てラックをあわせて改造したものだ。あまりきれいなできではないし、しげしげと見られると気まずい。

「できることはなんでもするんです。プロカメラマンに頼めば、もっときれいに写せるんだろうけど、そこまでの余裕はないし」

「でも、いまってデジカメの性能いいから、トリミングとか構図どり以外はプロもアマもないっていうじゃん。それに里葎子さんの写真、センスいいし、充分なんじゃない？」

「え……」

その言葉に目を瞠《みは》って驚くと、「なに、その顔」と千正は苦笑した。

「単なるブツ撮りに、こういう演出するあたり、いかにも里葎子さんだなって思うけど」

千正が指さしたのは、撮影セットにある小花だ。プラ板の裏にトレーシングペーパーを貼りつけ、商品からすこし距離をあけて撮影すると、いい具合にぼやけた花が背景に写りこむ。

「DMとか、サイトに載せる写真にも使ってるんで……単なる白背景だと、つまらないし」

「うん、そういうとこ女のひとだよね」

またなんだか微妙な感じの発言だ。商品台帳や納品リストに掲載するだけの写真に、よけいなことをするなと言いたいのか。

(いや、いくらなんでも悪くとりすぎだ。落ちつけ、わたし)

苦手な相手だからといって、身がまえすぎはよくないと、比奈にも言われたではないか。里葎子はもそもそと口ごもるように「ありがとう、ございます」と言った。

「どういたしまして？　って、お礼言われるようなこと、なにも言ってないけど」

軽い口調で言われて、なんだかおかしくなってしまった。ふっと笑ってしまった瞬間、千正が目を瞠《みは》る。めずらしい表情に小首をかしげると、彼は「いや」と口ごもった。

「里葎子さん、そういうふうに笑うのはじめて見たから」

「わたしだって、人間だから笑いますけど」

眉《まゆ》を寄せると、「あ、いや」とまた彼は困った顔をする。なんなんだ、と思いながらカメラに向かうと、ピントあわせとシャッターを切るタイミングがずれて、画面がぶれた。

「あ、あー。失敗」

もう、とつぶやいて撮ったばかりの画像を消す。その間、なぜか千正は無言のままこちらを見つめるばかりで、いったいなんだろうと里葎子は怪訝《けげん》に思った。

「……あの、きょうは比奈、いませんよ？」

「さっき聞いたから、知ってる」

「店も休みだし、お取引については、この間お話ししたと思うんですけど……」

困り果てた里葎子が言うと、彼はよくわからない表情を見せた。

「それ、用がないならでてけってこと？」

「いえべつに、そういうわけじゃ」

なんだか話が変なほうにねじれた。眉をさげた里葎子がデジカメをいじるふりでうつむいていると、千正が突然言った。

「里葎子さん、ツイッターやってる？」

「ツイッター？　なんですか急に」

「フォローするから、アカウント教えて」

「はい……？」

唐突な話題に里葎子がぽかんとしていると、千正は逆に驚いたような顔をする。

「この店のサイト、自分で更新してるだろ。ネットやってるのに、ツイッター、知らない？」

「いや、知ってます。でもわたし、そういうのは、やってないので」

「そういうの？」

「言語を外に出したり見せたりする場に、わたしは近寄らないようにしてるから」

言ってしまったあと、里葎子は妙な焦りを覚えた。単に、インターネットはあまりやらないとか、当たり障りのないことを言えばよかったのに、本音に近い言葉を、しかも反感を持っている相手にあっさりこぼしたことが信じられなかった。

背中を向けて、撮影に戻る。首筋に千正の視線を感じた。また沈黙だ。なんだか気まずくて、沈黙を埋めるためのひとり語りが口をついた。

「顔を見て話したり、電話で話すぶんにはいいけど、わたしはわたしと相対していない時間の、相手の思考を見せられるのは好きじゃないんです」

考えすぎだとばかにされるかと思ったが、千正は静かな声で問いかけてきた。

「それって、たとえば傷つくようなことを知ることもあるから？」

「悪意でも好意でも同じ。いやなんです」

電子情報で人間関係をつなぐやりかたが里葎子はどうにも好きになれない。ひとの感情など同期しきれるはずもないのに、『つながっている』という幻想への期待が大きすぎるように思えて、息が苦しくなる。なにより、文字で綴《つづ》られ可視化される、内側のことばが怖かった。

（へんなこと言う女だ、とか思ってるんだろうなあ）

大抵のひとには考えすぎだとか、感受性が強すぎだとか言われる感覚。こういうオープンな男にはわかるまい、と決めつけていたから、千正の発言には驚いた。

「他人の頭のなかを覗《のぞ》き見ている気がして、きもちがわるいのかな」

「え、……あ、はい。そうです」

驚きすぎて、素直にうなずいてしまった里葎子は、続く言葉にさらに目をまるくする。

「ネットって、いろんなひとの言葉が、どばっと溢《あふ》れてるから。見たいものも見たくないものもいっぺんにやってきて、戸惑うことは、俺もある」

はじめて共感されたことに、胸がざわざわした。けれどそれはいやな感覚ではなく、里葎子は自分のなかでもやもやしているものを唐突に吐きだしたくなった。

「あの……ネットの掲示板とか見てると、ぎくっとするんです。放課後の教室で、クラスメイトが話をしてるところに出くわして、一瞬しんと静まりかえるとかってあるでしょ。あのときの『えっ』って感じに似てる」

「ああ、わかる。なんかまずい話してたのかなっていう、あれね」

「そう、そう。それ。聞いちゃいけないことなら、見られない場所でやればいいのにって」

勢いこんで言うと、千正はくすりと笑った。さっきはひんやりしていた目があまくなごんでいる。いままで女の子をくどいてるときには見たことのない顔だった。

「里葎子さんっぽい。まじめだな」

なぜだか、いつものように、皮肉を言われたとは思わなかった。ただふわりと胸の奥になにかが届いた気がして、こわばっていた背中から力が抜ける。

そして突然、自分が気を許しかけていることに気づいて、怖くなった。

「あ……よけいなこと話しました。すみません」

いきなり表情をこわばらせ、心を閉ざした里葎子に千正は目をしばたたかせる。

「よけいな、ってなに？　単なる世間話だと思うけど」

怪訝《けげん》な声にも答えず、ひたすら黙りこんでいると、千正がふっと短く息をついた。

「あのさ。里葎子さんのそれって、天然？　それともわざと？」

「……はい？」

突然、首筋がざわりとした。さきほどまでやわらかだった空気がぴんと張りつめ、千正の目も、もうなごんではいない。胃の奥が冷たくなり、里葎子は無意識に腹部へ手を添えた。

「いや、あなた店長やってるときはそつがないのに、男……つうか、俺相手だとおそろしくコミュニケーション力落ちるよね。すげえ壁があるっていうか。それってなんで？」

里葎子は無言になった。答えたくなかったし、突然踏みこんできた千正に気圧《けお》されたからだ。

「言語を外に出したり見せたりする場に、近寄らないようにしてる。それって、ネットだけじゃなくてリアルもそうしてるってこと？　だからいま、いきなり引いた？」

さらに無言でいると、千正はいささかじれたように「ねえ、訊《き》いてんだけど」と重ねた。里葎子は何度か呼吸を繰り返し、色のない声を絞りだす。

「すみません。態度が悪かったらあらためます」

「だから、そういうことじゃなくてさ……」

彼のあきれたような声に、身体のどこかが鈍くきしむような気がした。

（いや、怒るとこじゃないんだ。ここは。このひとは悪くないし、怒る理由はない）

ならばなぜ指が震えるのか。顔がひきつり、喉《のど》がつかえたようになるのか。

里葎子にとってさきほどの会話は、世間話のレベルではなかった。めったに他人に本音を言わないだけに、考えていることの片鱗《へんりん》だけでも見せるのは勇気がいる。

だが、それをいかにも世慣れたふうな男に言うのは、ばかにされそうで怖かった。

（怖い？　そう、こわい……）

やさしく笑って、理解を示そうとする言葉を吐く、背の高い男。それが唐突に彼とダブって見え、ぞうっと背中が総毛だった。

——里葎子さんって、そういうひとだよね。

（だめだ、わたし、これは）

そうしてまた間違う気か。心のなかで誰かが叫び、瞬時に里葎子のなかのなにかが凍る。

里葎子はこわばったままの手を伸ばし、次の商品をセットするためにトレイにふれた。その瞬間、撮影済みの商品を避け、適当に積みあげていた空のトレイが床に落下する。

「——！」

派手な音がたち、千正が「うわっ」と声をあげる。そして里葎子は、硬直した。

「あーあ、やっちゃった……里葎子さん？」

唐突に狭い店内を意識した。ドアの向こうは人通りもある。真っ昼間で、密室空間でもなんでもない。なのにいま、彼とふたりきりでいることが怖くてたまらない。

おおきなおと。おおきなおとこ。そして里葎子は、ひとり。

「里葎子さん、どうしたんだ」

いきなり震えだし、顔色をなくした里葎子に、千正が怪訝な顔をした。

「なあ、具合でも悪い？　だいじょうぶか？」

たぶん、なにげないつもりだったのだと思う。他人にふれること、距離をつめることをなんとも思わない、大人の男の、ふつうの気遣い。

だが、肩に伸びてきた大きな手に、里葎子はびくりと、身体が跳ねるほどに震えた。

長く骨ばった指。これはたぶん簡単に自分を掴《つか》んでしまう。振りまわし、たたきつけることも容易なほどの、つよい、つよくておおきい——。

「——近寄らないでください！」

うわずった声で叫び、千正の手を叩《たた》き落とした。自分の行動に自分でもぎょっとしたが、千正もまた啞然《あぜん》となり、あきれたような声を発した。

「あのさ、だいじょうぶかって言っただけだろ。なにその、極端なリアクション？」

「き、気遣ってくれとか言ってないです」

かたくなに言うと、千正はさすがに気分を害した顔になった。冷たい目に見おろされ、里葎子の震えはさらにひどくなる。相手のプライドを傷つけたのはわかっていたが、いまここにふたりきりだという事実と、放っておけばどんどん近づいてきそうな千正が怖くてたまらない。

「あの、本当に忙しいんです。きょうは、帰ってください」

「里葎子さん、だから」

「お願いします！」

金切り声をあげたあと、里葎子は唇を嚙《か》む。「……お願い、します」と頭をさげた。彼の大きな靴が視界にはいり、それだけでも冷や汗がでてくる。

「なあ——」

千正がなおもなにかを言おうとしたそのとき、ドアが開いた。びくっと里葎子は肩を震わせ、千正はとっさに来訪者へと鋭い目を向ける。

「お疲れ、里葎子。差しいれに《ルアーズ》でメンチカツ定食買って——」

袋を手にはいってきた比奈は、言葉を切ってふたりを見比べた。ひと目で状況を見てとったのか、めずらしいことににっこり微笑みながら千正へと向き直る。

「こんにちは、敷地さん」

「あ、ああ。こんにちは」

「せっかくきていただいたのに申し訳ないんですが、たてこんでいるので、本日はお引き取りいただいていいですか？　お昼、ふたりぶんしか買ってきてないし」

やんわりした口調ながら、有無を言わせないものがあった。千正はやや鼻白んだ顔になったものの「比奈ちゃんが言うなら」とうなずく。

「それじゃ、里葎子さん。失礼します」

返事すらできず、里葎子はうなずくだけだった。あきらめたようなため息が聞こえたが、千正を見ることもできない。ただ、唇を結んで立っているのが精一杯だ。

「敷地さん帰ったよ、里葎子。……里葎子？」

ドアが閉まる音も比奈が発した声も、里葎子には聞こえていなかった。棒立ちのまま、手が白くなるほどに握りしめる。震えは次第に全身に伝わり、すうっと目のまえが暗くなった。

気がつくと、小柄な比奈が身体を支えてくれていた。足が萎《な》えきっていて、眩暈《めまい》とともに寒気がする。

「え、わたし、なに……？」

「貧血でしょ。アドレナリンでたせいかもね」

冷静な声で言った比奈が、休憩用の椅子を引っぱってきて、座るようにとうながした。

「頭さげて、膝《ひざ》の間にはいるくらい。そうそう」

なにも考えられないまま、ただ言われたことに従う。脚の間に頭をいれるようなかたちでじっとしていると、徐々に血の気が戻ってくるのがわかった。

(なに、してたんだろう。わたし)

すこし落ちついてくると、パニック症状に陥っていたことがわかった。いまさら、挙動不審もいいところだったと情けなくなる。

「……ごめん。仕事相手に、テンパって失礼なことしちゃった」

座っていても、いまだに膝が笑っていた。何度か浅い息をつき、ようよう顔をあげた里葎子が謝ると、比奈は無言のまま袋からペットボトルのお茶をとりだした。

「ごめんね、比奈」

「いいからだまって、これ飲む」

キャップを開けたそれを握らされ、再三うながされて里葎子はお茶を飲んだ。

椅子に座ったせいで逆転した身長が、比奈を大きく見せた。親友は、冷や汗をかいている里葎子の頭を軽く撫《な》で、いつもどおりの冷静な声で告げる。

「謝れなんて言ってないし、そんな必要もないの。……そして敷地さんも悪くない。彼は、違うんだよ?」

こくり、うなずいて「わかってる」と里葎子はかすれた声で言った。

大きな音や、大きな身体はひどく怖い。それでもずいぶん平気になったのに、いまだに怯《おび》えてしまう。どんなきっかけで『こう』なるのかわからないから、身がまえる。自分の弱さが本当にいやで、それを思いださせる千正が――身体の大きな男が、本当に苦手だ。

「ほんとにね、たいしたことじゃないのに……いつまでも引きずって、ばかみたい」

「たいしたこと、でしょ」

比奈はそう言うけれど、里葎子はかぶりを振った。自分が悪かったことを反省しないではいられない。あれは完全にやつあたりだ。男性相手に、ほんのわずかにとはいえ心をさらした。あれだけでも里葎子には大きなできごとだったし、そうしてしまった自分が怖かった。だがすべて、千正には、なんの咎《とが》もないことだ。

「ねえ。本当にいやなら、今後あのひとの相手、わたしがするよ」

あまやかそうとする比奈の気持ちはありがたい半面、情けなさが募った。

「ううん。いい。ちゃんとしなきゃ」

「……平気？」

こわばった顔で微笑むと、比奈はちいさくため息をつき、それ以上は追及しなかった。こういうところが彼女はありがたい。引いておきたいラインをけっして越えてこないとわかっているから、里葎子も弱音を吐ける。

「比奈さん、ごはん食べましょうか」

「あーうん。ちょっと冷めちゃったかも」

残念そうに顔を曇らせた親友の食欲に笑って、里葎子はどうにか自分をとりもどす。表情はまだかすかにこわばっていたけれど、手の震えは止まっていた。

◎ ◎ ◎

それからしばらくの間、千正は《トオチカ》を訪ねてこなかった。

たぶん里葎子のせいなのだろうと思う。メールででも謝罪しようかと思ったけれど、いざ文面を書こうとすると、どう切りだせばいいのかわからなくなってしまう。

――俺相手だとおそろしくコミュニケーション力落ちるよね。

図星を指され、腹が立って怖くなりましたとでも言えばいいのか。しかしそうすると、また彼に内面を見せることになる。一行も書いていないメール画面を消して、里葎子はうめく。

「だめ、むり」

いっそ里葎子の無礼に、このまま彼があきれてくれれば、また平和な日々に戻れる。それでいいのだと自分に言い聞かせつつ、なんだか息苦しさと罪悪感を感じていた。

終わったことというのは、望もうと望むまいと風化していく。ならばいちばん消したい記憶こそ、さきに消えればいいのに、心がままならない。

(はやく、忘れたい)

しばらくひとりで煩悶《はんもん》したあと、ベランダのカーテンの隙間から、ひらりと白いものがはためくのが見えて、はっとして立ちあがった。

「しまった。洗濯物……」

帰ってきたら取りこむつもりでいたのに、うっかりしていた。あわててベランダにでたとたん、隣からもサッシの開く音が聞こえ、ついでベランダの仕切り板がノックされた。

「……あの、西風さん、ちょっといい？」

隣は中松《なかまつ》という二十代の新婚夫婦だ。奥さんに声をかけられ、「なんでしょう」とベランダごしに顔をだすと、化粧気はないがつやつやした頰の彼女は声をひそめて問いかけてくる。

「その、パンツとか……そっちに飛んでないですよね？」

「こっちには、きてないですけど」

意味がわからず首をかしげた里葎子は、言葉の途中ではっとして彼女を見た。中松は、わずかに青ざめた顔でこくりとうなずく。

「おかしいの。ブラと、パンツ……何度か、足りなくて」

気持ち悪い、と顔をしかめた中松に、里葎子も同じような表情になった。下着泥棒のうわさを聞いたのはつい先日のことだ。そして狙われているのは若くてきれいな女性。ベランダごしに話す彼女も、充分それにあてはまる。

「中松さん、警察、届けた？」

「いいえ、ただおっこちただけかもしれないし、確証がなくて」

「それなら、したで誰かが拾ったって言ってくると思いません？」

自分でも信じてはいないのだろう、自信なさそうに中松は口ごもった。

「とにかく、気をつけたほうがいいですね。ここ二階だし」

「ええ……そこの桜の木もあるし……」

ふたり同時に、目のまえにある大ぶりの桜の木を眺めた。通りからこちらの室内を隠してくれもするが、これによじのぼればベランダに届かないこともない。

「警察がいやなら、大家さんにひとまず言ってみたら？」

「そうですね、そうします。いきなりすみませんでした」

お互いさまだからと里葎子はかぶりを振った。室内に戻ると一気に気が重くなる。比奈に世間話として言ったときには、まさかこんな近くで被害がでるとは思っていなかったのだ。

「いや、うん。わたしべつに、若くないし」

強がるようにひとりごとを言ってみせても、不快感は拭《ぬぐ》えない。

なんとなくぞっとするものを覚え、里葎子は乱暴にカーテンを閉めた。

◎　◎　◎

秋も深まったある日、里葎子はみなとみらいで開催される雑貨ギフトショーのために、パシフィコ横浜の展示場を訪れていた。

正確には、訪れようとして――迷子になっていた。

「……なんで迷うのよ」

桜木町駅《さくらぎちょう》で降りた里葎子は「ここから徒歩十二分」という携帯でのルート検索を信じて歩いたのだが、どこでどう間違ったのか、三十分以上さまよっているのにたどりつかない。あげく目のまえに見えるのは、横浜ワールドポーターズ。パシフィコ横浜とはまったく方向違いのにぎわう通りに立ちつくし、どうしてこんなところにいるのか、とぐったりする。

ろくに灯《あか》りもない夜の鎌倉で迷ったのとはわけが違う。行き先を示す標示がそこかしこに見える整備された街で、なぜとんちんかんな場所にたどりついてしまうのだろうか。

（仕事するまえに、心折れそうになってどうすんだっつうのよ、もう！）

千正のネットショップへと大量に在庫を卸したため、現在の《トオチカ》は品薄になっている。ギフトショーに訪れたのは雑貨の仕入れのためで、商談モードのスーツで気合いもいれた。

ひさしぶりに履いたパンプスに足が悲鳴をあげている。ずいぶん身体をあまやかしていたのだなと反省しつつ、こんなことならスニーカーか楽なブーツでくればよかったと後悔した。

とにかく、ナビはある。もういちどルートを検索しよう。足を止め、携帯のナビに情報を打ちこんでいた里葎子は、誰かが背後から近づいてきていることにまったく気づかなかった。

「里葎子さん、なにやってんの？」

びくりとして振り返ると、そこには千正が立っていた。意外な人物に驚きつつ、しどろもどろに答える。

「な、なにって、ギフトショー……」

「ああ、俺もいくところ。さきに買いものあったんで、こっちに寄ったんだけど、里葎子さんも？　偶然だな。用事すんだなら、いっしょにいく？」

「あ……」

里葎子はためらった。先月、彼を店から追いだして以来、謝ることすらできないままだった。しかし気まずく思っている里葎子をよそに、千正の態度は相変わらずだ。

いまさらながら、きちんと詫《わ》びるべきかと言葉を探していた里葎子を、彼は誤解したらしい。

「……なに、まだ用事終わってない？」

「あ、じゃなくて、ここに用事があったわけでもないし」

あせったせいで口早になり、つっけんどんな声がでた。千正は眉《まゆ》を寄せ、ため息をつく。

「じゃあ、なに。俺といっしょにいくのいやとか？」

「ち、違います、あの、わたしなんでここにいるのかわからなくて」

ぽろりと言ってしまったとたん、千正は目をまるくした。

「なんでここにって、ギフトショーにきたんだろ」

「はい。でも、べつにその、ついでがあって、ここにいるわけでは」

言いながらどんどん情けなくなっていると「まさか、迷った？」と千正が唇を歪《ゆが》める。笑いをこらえているのがわかり、里葎子はかっと顔が熱くなった。

（もうなんで、毎回こんな……）

およそ一ヵ月ぶりに顔をあわせたと思えばこれか。本当につくづく、タイミングというかめぐりあわせの悪い男だ。羞恥《しゅうち》を覚えつつ、言い訳がましく言葉をつづける。

「ふだんは、みなとみらい駅使ってるんです。でも別件で桜木町に寄る用があって」

「なるほど、慣れない道のおかげで、見当違いの場所にでたと」

半分も言わないうちに、したり顔でうなずかれた。むっと顔をしかめた里葎子だが、千正は気にした様子もなく――ついでに遠慮もなく、噴きだした。

「しっかりしてると思ったのに、意外なとこで抜けてんなあ、里葎子さん」

「そっ……ば、ばかにしてるんですか」

「いや、いいんじゃない？　隙のある女のひとってかわいいよ」

ますます頭に血がのぼった里葎子は、千正に背を向ける。そのままますたすたと歩きだすと「どこいくの」とおかしそうな声が追いかけてきた。

「会場です。ナビ見ながらいけば、なんとか」

「うん、でもそっち、正反対なんだけど。もしかして地図も読めないひと？」

ぴたりと足を止めた里葎子は、恨みがましい顔をして背後の男を見る。にやにやしている千正は、わざとらしい動作で顎《あご》をしゃくってみせる。

「よろしければ、迷子のご案内をいたしますが？」

「……お願いします」

歯ぎしりせんばかりに、里葎子は言った。

天敵のような相手と業種がかぶっているせいで出くわすのは最悪だ。そして弱みを握られたのはもっと最悪。

カジュアルなジーンズに長い足を包む彼は、歩みも速い。置いていかれまいとヒールを鳴らして早足になった。里葎子は大抵の男のひととは歩幅が同じで、男性と歩いていて、こんな努力をするのもめずらしい。

「あ、悪い。俺、歩くの速い？」

靴音で気づいたらしい千正が振り返る。「いえ、お気遣いなく」と手のひらを見せると、くっと彼は目を細めて笑う。

「迷子が意地張ってるし」

「べつに、張ってません」

からかわれてムキになりながら、「敷地さんはなんの用なんですか」と問いかけた。

「ん？　なんのって、仕事でしょう」

「だってあなたのネットショップ、服とかアクセがメインでしょう。それも海外の」

「本日のギフトショーは、雑貨がメインだ。基本はアクセサリーや衣服を扱っているインポートのバイヤーがなんの用事だと問えば、あっさり切りかえされる。

「そちらのお店でもいろいろ仕入れさせてもらってるのに、いまさらそれ言う？　それに、こういう催しをリサーチするのは当然ですよ。海外向けに販売するものの下見も兼ねてるし、フリーなんだから選んでられないでしょ。なんでもまめに見ておかないと」

意外に仕事熱心らしい。口にはださなかったのに、内心を読んだように千正は言う。

「里葎子さんのなかで、俺がどういう男かはともかく、仕事はちゃんとしてますよ」

その口調は、さすがに冷たかった。里葎子はうろたえる。

「わたしは、べつに……」

「迷子の案内は仕事じゃないけどさ」

とっさに謝ろうと思った言葉が、そのひとことで引っこんだ。むすっとしたまま無言で歩き続けていると、目的の会場と催事の案内がようやく見えてきた。

「あ、ついた……」

ほっとしてつぶやくと、肩の力が抜ける。その横顔をじっと見られているのに気づき、里葎子は千正へと目を向ける。

「えと、あの……」

礼を言おうと口を開きかけた里葎子に、千正はぼそりと言った。

「あんたって、ほんと、よくわかんないな」

「え?」

「なんでもないですよ。それじゃ、俺はこれで」

ふい、と顔を背けて千正は立ち去っていく。ぽかんとしていた里葎子は、その歩みがさきほどよりずっと速く、かなり気遣ってくれていたことをいまさらに知った。

そしてまた謝り損ねたことに気づいて、唇を噛《か》みしめた。

(いやな態度、とっちゃった)

迷子になったのを助けてくれたのに、感謝の言葉も口にしそびれたばかりか失礼な態度を見せた。自分にあきれるけれど、よりによってのタイミングだったというのは否めない。

「ほんと、間が悪いなあ……」

ため息をついて、里葎子は自分の額を指でおさえた。

ただでさえ、きょうは機嫌が悪かった。昨晩、洗濯物を取りこんだ際に、あきらかに足りなくなっているものに気づいたからだ。

——おかしいの。ブラと、パンツ……何度か、足りなくて。

もしかしたら本当に、下着泥棒なのだろうか。比奈には、ただの世間話として口にしたけれど、あれはよもや自分は狙われまいとの慢心があったからだ。自分の持ち物が、性的な犯罪のターゲットになったなどと信じたくないし、真実を知りたくないとも思ってしまう。

けっきょくは、意気地がないのかもしれない。ものものしいことに関わるのが怖いし、きのうと同じあしたがくると信じていたいからかもしれない。

だから、その平穏をかき乱すような行動をとる、千正のことが——。

「……っあ」

「すみません！」

急ぎ足の誰かにぶつかられ、よろめいたことで我に返る。

目のまえには、本日の目的地がそびえているのに、いったい自分はなにをしているのか。

(仕事。そうだ、仕事だ)

軽く頬をはたいて気持ちを切り替え、きっと顔をあげた。

歩きだすと、ひさしぶりに履いたヒールの音が高鳴る。すこし攻撃的ですらある女の戦闘靴に励まされ、里葎子はまっすぐに会場へと向かった。

◎
◎
◎

パシフィコ横浜の展示ホール。オフィシャルの説明によると、総面積は二万平米。柱がないスペースとしては、日本一の広さを持つらしい。その広い空間に、パーティションで区切られたいくつものブースが並び、趣向を凝らしたディスプレイで来場者の目をひいていた。にぎやかで活気のある空気のなか、来場者に向けてパフォーマンスするためのディスプレイを眺めて歩くだけでもわくわくする。

仕事は抜きにしても、里葎子はこういう大型展示イベントが好きで、よく足を運ぶ。

さすがにきょうの催しはバイヤー向けの企業ブースばかりのため、非常に洗練されていた。ビジネススーツを着た大人たちが、商談をしている光景も見かけ、遊びの場ではないということを知らしめるけれど、里葎子はフリーマーケットやデザインフェスタなどのお祭りイベントと同じ感覚で「楽しい」と感じる。

さまざまなブースの並ぶイベントの光景は、祭りの屋台に似ている気がするのだ。こうした空間はなぜか、おさないころおばといっしょにはしゃいだ、花火の夜を思わせた。パーティションで簡易に組まれた店構え、催しがある間だけしか存在できない、レアな空間。そういうものに、子どものころ楽しんだ『お店やさん』や『秘密基地』的な感覚を覚える。数日間で終わるイベントのために、はなやかに装ったさまが、どこかはかなく思えて、いとおしいのだ。

（そういえば、あのひとは誰だったのかな）

里葎子が小学三年生の夏のことだ。おばに連れられて由比ガ浜の花火大会を見にいったとき、おおきな男のひとが肩車してくれて、夜空に咲いた花を見た記憶がある。

里葎子は長いこと、あれは父がいっしょにいたのだろうと思いこんでいたが、父母の仲違《なかたが》いが子どもの目にもあきらかになるころには、あり得ないことだと理解した。

そして、「おばさんといっしょにいたおおきな男のひと」について、誰にも言ってはいけないことを、本能的に悟った。

もしかしたら、という予想がついたのは、里葎子が高校にあがったころ。『恋は、遠い日の花火ではない。』というキャッチコピーが有名になったお酒のCMを見た瞬間、当時の記憶が自分でも驚くほど鮮明に浮かびあがった。

屋台のあかり、焼きそばや焼きイカのにおいが漂う夜。大玉の花火が打ちあがり、肩車のうえで首がいたくなるほど空を見たそのとき、細いすねを摑《つか》んだ左手のリングが硬かったこと。それと同じリングは、おばの指にはなかったこと。

想像力たくましい思春期に組み立てた推察が、事実かどうかいまだに知らない。

ただ、おとなでも、恋をするのだということが、十五歳の里葎子には衝撃だった。

おばの花火はきれいに打ちあがったのか。どんな色をしていたのか、それとも不発に消えたのか、けっきょく最期まで知ることはなかった。

ただ、葬儀のとき、名前も知らない誰かから、ひときわ大きな胡蝶蘭《こちょうらん》が届き、それが『あのひと』だったのではないかと里葎子が想像しているだけのことだ。

（……っと、いけない。仕事、仕事）

ビジネスモードに切り替えた里葎子は、ざっと眺め歩いていたブースをもういちど熱心に見てまわる。ステーショナリー、アクセサリー、食器にファッショングッズ。

大抵は熱心な営業トークをするスタッフばかりだが、なかには来場者そっちのけでおしゃべりに興じる者もいた。

ステーショナリー系では中堅どころの制作会社のブース内、女の子ふたりが髪をいじり、聞こえてくる会話は彼がどうの、コンパがどうの。ひとが近づいてもろくに挨拶《あいさつ》もしない。

あまり近寄りたくなかったが、展示されていた新作の革手帳は、かなり里葎子の好みだった。とりあえずリーフレットがほしいと近づいたものの、くるくるした髪の彼女らは、インビテーションカードなどが置かれた棚の真ん前でずっとしゃべっている。

「あの、そちらのリーフレットいただけます？」

声をかけると、姿勢を正すどころか話をじゃまするなとばかりに睨《にら》まれる。長い爪でリーフレットをつまんだ彼女は、それを突きだすようにしてよこした。

「どうぞ」

里葎子は「どうも」とにっこり微笑む。だが彼女は「それでさー」とすぐに仲間内の話に戻ってしまった。常識外の対応に度肝を抜かれつつ、そっとその場を離れる。

（……スタッフ変わったのかな）

里葎子は首をかしげた。いままであの会社がギフトショーに出展していた際には、大変熱心な営業をしていた記憶がある。

今回の展示会はあまりメジャーなものでもないため、もしかすると駆りだされてきたアルバイトかなにか、だろうか。もしかして新入社員だったらどうしよう。他人事ながら青くなった。

「人材育成って、大事だよねえ」

つぶやいて、残念な気分になる。モノさえよければ、ひとのことなどどうでもいい、という商売もあるだろうけれど、里葎子はそうは思えない。自分の気持ちよいと思えるものをひとに提供したいし、それにはかたちの見えないサービス——心遣いを、大事にしたい。

（うん、店長権限で。あれはナシ）

そんな感じでときどきちょっとむっとしたり、逆に営業トークのうまさに感心したりしながら、会場をまわっている途中、通路の斜め向こう、数メートルさきで賑《にぎ》やかな声があがる。

なにげなく視線をめぐらせ、里葎子は顔をしかめた。

千正が、ステーショナリーグッズのブース内で、女の子数人と笑いあっていたからだ。

しかもさきほど里葎子が立ち寄った、あの感じの悪いブース。里葎子の店で客を相手にしていたときと同じ、あまったるい表情をした千正の周囲では、さきほどの仏頂面が嘘のように、女の子たちがお花のように笑っている。

思わずあきれて目をしばたたかせると、視線に気づいたらしい千正が、ふっと笑って会釈した。その目がどこか、ばかにしたように見えるのは、気のせいだろうか？

（おモテになることで。っていうか、男相手であそこまで態度変えるのは、どうなの）

反射的に冷笑した里葎子だが、すぐに、そんな自分のひんやりした気持ちがいやになった。さきほど助けてもらったお礼も言えていないくせに、それを棚に上げて他人の行動をチェックするのはいやらしい話だ。第一、なぜこんなにいらいらするのかわからない。

女の子たちも、あの瞬間はたまたま機嫌が悪かったのかもしれないし、もしかしたら里葎子のほうが、なにか失礼な態度をとったかもしれない。

ひとのふり見てなんとやらだ。里葎子は気分を切り替えようと、その場を離れて歩きだす。

だが、なぜかその後も行く先々、目をつけているブースで千正と顔をあわせることになった。

「あれ、里葎子さん」

「……どうも」

つっけんどんにしか対応できない里葎子を相手に、千正はにやにや笑う。おかげで、何度も喉《のど》までこみあげる「さっきはありがとう」の言葉がでてこなくなり、そそくさとその場を去る自分が、なんだかみっともないと思った。

(なんか、自意識過剰かなあ)

それにしても、お互い避けようとするかのように真反対の方向に向かったのに、ぐるっとまわって同じ場所にたどりつく、というのはいったいどういうことだ。

企業ブースを離れ、同時開催された、アーティスト系の作品が展示されたクラフトコーナーにいくと、メイン会場よりもスペースが狭いおかげもあって、遭遇率がさらに高くなった。同時に同じ商品に手を伸ばしたり、振り返ったとたんに彼がいたり。これだけ広い会場なのに、なぜ千正と行動がかぶるのだとうんざりしたが、もっと最悪なのは、なぜか毎回タッチの差で狙った商品をさらわれることだ。

(だから、なんで、さきにもってくのよ!)

量産品のステーショナリーなどと違い、クラフトコーナーは革細工や陶芸、キルトなど、手作りの一点ものが多い。この展示会における、里葎子のメイン目的はこちらで、それだけに千正の後手にまわるのが悔しくてたまらなかった。

そしてその日、五回目のばったりが訪れたあと、さすがに千正が苦笑して声をかけてきた。

「なんか、よく会うねえ」

「そうですね」

「狙うとこ同じっぽい。里葎子さんと俺って、趣味かぶってんのかな?」

「偶然じゃないですかね」

否定してみせたものの、彼の手には、これまた里葎子が目をつけた、深緑と黒のチェックが上品な、キルトのパーカーつきケープ。だからどうしてそれを選ぶ、しかもなぜわたしよりさきに選ぶ。言えない言葉が喉の奥でぐるぐるまわった。視線に気づいた千正が、ちらりとキルトに目をやり、また里葎子の顔へと戻した。

「なんですか」

「里葎子さん、これほしい？」

あんたのじゃないだろ、という言葉を呑《の》みこみ、「べつに」とそっぽを向いたところで、千正が目を細めた。

「譲ってもいいですよ、これ」

「えっ……」

「ほしいですよね？」

ほら、と差しだされたキルトは、デザインも布の手触りも最高だった。個人的に里葎子がほしいとも感じていて、しばらく品を眺めていると、制作者らしいブースの女性がにこやかに話しかけてきた。

「こちら、本当に軽くてあたたかいですよ。これからの季節にはぴったりだと思います。よかったら、羽織ってみてください」

穏やかそうな女性に勧められ、「じゃあ」と里葎子はそれを肩にかけてみた。チェック柄の布を巻きつけ、襟元をベルトで留めると、なんだか嬉《うれ》しくなった。

「いかがですか？」

「なんか、ハイランダーになった気分ですね。すてき」

ちょっと照れながら告げると「でしょでしょ！」と嬉《うれ》しそうに女性が声をあげた。これはもう買うしかないだろうと里葎子も微笑んだところで、隣にいる千正を思いだし、はっとなる。

「いいですよ、今回は譲ります。それ里葎子さんに似合うし」

「え、でも……」

「俺はこっちの小物で」

千正が手にとったのは、まるい形に飾りのついたポシェットふうのバッグ。

「これ、スポーランですか？」

「あ、はい。ヒモは長くして、肩掛けにできるようにしていますけど」

さらりと問いかけた千正に、女性が驚いた顔をしたあと、嬉しそうに笑う。

「スポーラン？」

聞き慣れない単語に里葎子が首をかしげると、千正は「キルトとセットになった、民族衣装のバッグのこと」と簡単に説明をしてくれた。

「よくご存じですね！」

さらに嬉しそうな顔になった女性は、熱心に話しだした。

「キルトはそもそも、プレードと呼ばれる長い毛織物で、氏族ごとにその柄や色が違っていたんです。どのプレードをまとっているかで、出身がわかったんだとか」

こちらのブースは、どうやらスコットランドの民族衣装や小物がイメージモデルらしい。女子高生の制服でよく見かけるスカートも、もともとは男性の正装だ。そもそもタータン、という言葉自体が、チェックの布のことをさすのだが、日本ではタータンチェックと呼ばれるようになったそうだ。

「どうしても再現したくて、布を織るところから作りあげたんです。それこそ本家のスコットランドにもいってきて……」

女性は、熱心に愛するハイランドのことを語った。それだけ手の込んだものなら、価格も相当なものだろうと思ったが、里葎子はその作家としてのプライドと愛情に、笑みを誘われた。

「これ、いただいていっていいですか？」

ありがとうございます、と満面の笑みを浮かべた女性に提示された金額は、十四万円。さすがにぐらりときたけれど、こういうのは出会いものだ。覚悟を決めて、里葎子は買いつけ用に準備していた財布から現金で支払った。

「それじゃ、お包みしますので」

にこにこした女性に言われ、里葎子がケープを脱ごうとすると、千正が口を開いた。

「脱いじゃうの？」

「え、さすがにまだ暑いし……この服のうえからじゃ、変ですし」

すてきなケープではあるが、ビジネス仕様のスーツにはちぐはぐだ。なにを言っているのか、と隣の男を見あげる――本当にこの角度は慣れない――と、千正は「んん」とうなった。

「いや、それ着てる里葎子さん、かわいいからもったいないなと」

「……は？」

一瞬どきりとしたけれど、やはりそこは千正だった。

「てるてる坊主みたいで、似合ってたよ、すごく」

里葎子の機嫌が一気に降下し、目が据わった。どうやら会話を聞いていたらしい女性が、ぷっと噴きだす。思わずしかめた顔のまま見つめてしまうと、彼女はあわてたように、同じ布で作ったらしいちいさなポーチを手にとった。

「あ、す、すみません。あの、こちらサービスですので……」

「……ありがとうございます」

里葎子は脱いだケープを丁寧にたたみながら、ひきつり笑いを浮かべ、その後千正を睨《にら》みつけた。にやにやしている男の足を思いきり踏んでやりたい。そう思っていると、ケープのはいった紙バッグを手渡してきた女性が、にっこりと微笑んだ。

「楽しい彼氏さんですね。趣味もあうなんて羨《うらや》ましい」

「えーそうかな」

「違います！」

千正の調子に乗った言葉と、里葎子の叫びは同時だった。目をまるくした彼女に、大声をだしたことが恥ずかしくなり、里葎子はあわててバッグを受けとる。

「ど、どうもありがとうございました。わたしこういうもので……よかったらお取引させてください。それでは」

「あ……どうも」

口早に言って名刺を押しつけ、真っ赤になりながら里葎子は足早にその場を離れた。がつがつとヒールを鳴らして歩いていると、そのあとを追いかけてきた千正が「いまのはないでしょ」と苦笑する。

「誰が恥かかせたんですかっ」

「あんなの受け流しておきゃいいのに。べつに本当のこと言う必要はないし」

「誤解されるのはいやなんです！　だいたいなんですか。てるてる坊主って」

「そんな感じだったから」

「ほんっとに、なんでそう、ひとのことばかにしてっ」

腹立たしいのは、タイトスカートのせいで歩幅が狭くなることだ。おかげでばかばかしいほど長い足の千正はゆったりした歩みだというのに、早足の里葎子の隣に並んで歩けてしまう。振り払いたい。というかなぜついてくる。いらいらと歩みを進めていると、千正がぽつりと言った。

「かわいいって言ったとたん、顔ひきつらせるからだろ」

声音が急に変わった気がして、里葎子はうろたえた。だがブースの女の子たちと笑いあっている姿を思いだし、怒りで動揺を押しつぶし、隣の男を睨みつける。

「やたらと愛嬌《あいきょう》ふりまくの、いいかげんにしたらどうですか」

「……なにそれ」

歩きながらまえを見たまま、里葎子はろくに考えもせずに吐き捨てた。千正がその瞬間、どんな表情をしたかも、まったく見ていなかった。だから、失敗した。

「こんなとこでまでナンパするとか、ほんとにまめだと思っただけです。あっちでもこっちでも、そんなに女の子にいい顔したいんですか」

とたん、隣にいたはずの男がふっと離れる気配に気づいた。そして一気に、頭が冷えた。

(わたしいま、なに言った?)

あわてて振り返ると、怒ったというよりも、どこか冷たい目をした千正が立ち止まっていた。

「ほんとに里葎子さんって、俺のことアホだと思ってんだな」

会場にはいるまえのことを当てこすられ、ぎくっと心臓が跳ねあがる。口がすぎたと青ざめたけれど、だした言葉は引っこめられない。うろたえていると、千正が深々とため息をついた。

「さっきのはナンパとかじゃないですよ。取引するかもしれない相手に、仏頂面でいられないだろ。ばかじゃねえの」

いままで何度か、けんかまがいの会話になったことはある。だがこうも怒った顔はさすがに見たことがなかった。

「そこまで言われる筋合いないよ。どんだけ俺をきらいか知らんけど、さすがに疲れるわ」

里葎子がなにか言うよりも早く、言い捨てた千正はその場できびすを返した。やはり歩くのが速くて、あっという間にその姿がちいさくなっていく。

しばし、その場に立ちつくした。いまさら千正を追って謝るのも妙な気がして、里葎子は足取りも重く、反対方向へと歩きだした。

「な……によ。さきに、子どもみたいなこと言ったの、そっちじゃない」

弱々しくつぶやくけれど、自分が悪いのはわかっていた。踏んでいいラインを、里葎子のほうが越えてしまった。

あのひとが相手だと、どうしてこうなの。つぶやきは、もう声にもならなかった。

＊

それから数十分、里葎子は、気分の重さをどうにか切り替え、会場を歩きまわった。

買いつけた品は後日発送の手配をしてもらったものの、名刺やパンフレット、サンプルグッズなど、ブースをまわるたび増えるそれらが重荷になってくる。だんだん手が痺《しび》れてきた里葎子は、ちょっと荷物を置いてひと息つきたくなった。

（ちょっと、疲れたな。……いつもなら、平気なのに。トシかな）

内心で言い訳しても、千正とのやりとりで気力が萎《な》えているのはわかっていた。あれでは、ただめんどうな絡みぐせのある女だ。なぜ千正相手だといやな面ばかり出てしまうのか。

最悪なくらいに相性が悪い……とがっかりしたところで、ふわりといいにおいがした。

会場内には常設のフードコートのほか、参加企業出展のグルメコーナーもある。そのなかにベルギーワッフルを見つけ、腹の虫がくうと鳴った。

（そういえば、朝から食べてなかった）

すこしあまいものでも食べて、エネルギーを補充したほうがいいだろう。どこか座れる場所はないかと周囲を見まわしていると、不注意で誰かにぶつかった。

「あっ、すみません」

里葎子は謝罪して通りすぎたのに「でけえ女」と不快な言葉を吐き捨てられた。はっとして振り返ると、若そうな男がふたり、にやにやとこちらを眺めている。

どこかの新入社員なのだろう。顔も、若いと言うより幼いほどで、学生気分が抜けていない雰囲気だった。せっかくの新しそうなスーツもまだ着られている感が強く、なにより顔に緊張感がない。完全に、お祭り気分でこの場を訪れているようだった。

(なに、こいつら)

ふだんなら聞き流すところだけれど、千正の件でくすぶっていたせいか、いらっとする自分を里葎子は抑えられなかった。そのままぎろりと睨みつければ「こえー」と笑われる。

(ほんとに、きょうはだめだ)

同レベルで張り合った自分にもうんざりする。里葎子は左手にはめたアメジストのブレスレットにふれ、息をついた。小町のストーンショップで比奈が買ってくれたこれは、ネガティブなエネルギーを無効にすると言われる。効果を本気で信じているわけではないけれど、石の冷たさにすこしだけ正気づいた。

――怒らない、焦らない。かっとなったら、さわって気を静めて。

そのうちいつもクールな親友の声がよみがえって、ぷしゅっと肩から力が抜けていった。

（うん。たぶん生理前だから、いらいらするんだな）

となればここは、神経質になった女性に最大に効く薬、甘味を求めるしかない。里葎子はまっすぐ焼きたてベルギーワッフルのコーナーへ向かった。

「プレーンとチョコレート、ひとつずつください」

種類はプレーンとキャラメル、チョコレート、ベリー。フレーバーはそれぞれ生地のなかに練りこんだうえに、ソースをかけるものらしい。迷ったすえ、どうしても絞りきれなくてふたつ頼む。

「お待たせしました。プレーンとチョコレートです」

かりかりの焼きたてワッフルを二種類、海外の新聞に包んで渡される。写真で見ているよりちょっと大きくて、食べきれるかな、と思った。

でも、おいしそうだ。バターと砂糖の焦げたあまいにおい。さっとワッフルにかけられた、溶けたチョコレートのにおい。鼻《び》腔《こう》から吸いこんだ幸福に、やっと口角があがった。

（さて、どうしよう）

両手に大荷物を抱えたまま、これをかじるのはむずかしい。フードコートの端に空いているテーブル席はないか――ときょろきょろと周囲を見まわした里葎子は、またもや、コーヒーを片手にパンフレットを眺めている彼の姿を発見してしまった。

「あ」

距離は五メートルほどあったし、思わずあげた声は、とてもちいさなものだった。けれど千正はそれが聞こえたかのように、ふっと顔をあげる。思いきり目があってしまい、どうしようと固まっていると、彼が肩をすくめて目のまえの空いている席を手のひらで示した。

どうぞ、のポーズに逃げられなくなった。間の悪いことに、席はいっぱいで、里葎子は両肩にバッグや袋をさげ、両手にワッフルを持っている。

(ど、どうしよう)

気まずい気分は顔に出たのだと思う。ふだんならへらへらと話しかけてくる千正も笑わない。というより、さっきのいまでそうされたら、よけいに怖い。

「よろしい、ですか」

「よろしいですよ。知らない顔でもないし、遠慮しなくても」

読めない表情でうなずく千正が、なんだか不気味だった。とはいえいまさら逃げられもせず、里葎子はワッフルをテーブルに置くと、もぞもぞと大荷物を肩から降ろした。沈黙が重たく、椅子に座る動作ひとつでもおっかなびっくりになっていると、目を伏せたまままパンフレットを見ていた千正が、持っていた紙コップを掲げてみせる。

「……俺は、これ飲み終えるまでだから」

その瞬間、譲られたのがわかって、まいったと思った。相手は自分よりまっとうな大人だ。

顔を赤らめながら、里葎子は「ええと」と口ごもった。

「ごめんなさい」

「なんでごめん?」

「さっき失礼なこと言ったから。……ちょっといらいらしていて、やつあたりでした」

ぺこりと頭をさげると、千正が固まった。まじまじと見つめられ、居心地が悪い。「なんなのよ」と言ってしまいたいのをこらえていると、彼がふっと笑った。

「里葎子さんが素直だ。カワイーけど怖い」

「な……っ」

「俺もてるてる坊主は言いすぎでした、ごめんなさい」

謝罪する彼は、いつものようににやにやと笑っている。腹は立つけれどほっとした。けれど、笑う彼の顔がひどくやさしく見えるのは、本当に心底、困る。

「それおいしそうですね」

手にしていたワッフルを指さされ、里葎子は反射的に言った。

「あ……ひとつ、食べます？」

千正は驚いたように目をまるくして「いいの？」と言った。

「予想より大きいサイズだったんで。味が絞れなくてふたつ頼んじゃったけど」

どっちがいいですか、と差しだしたところ「はんぶんこは？」と首をかしげられる。大人の男がするには、ずいぶん茶目っ気のある仕種《しぐさ》だった。

（こういうところがモテるのね、きっと）

いつものように反感を持つと言うより、なんだか感心してしまった。女が失礼なことを言ったのに、あっという間に敵意を捨てて、やわらかく振る舞える男性はあまり多くない。

「えーとじゃあ、はんぶんこで」

「ん。じゃあ里葎子さん、そっち割って」

チョコレートのほうを受けとった千正は、新聞に包まれたワッフルをきれいにふたつに割った。だが、案の定かかっていたチョコレートソースが親指から手のひらまでをたらりと汚す。

「あ、やべ」

千正が子どものようにつぶやき、あわてて舐《な》めとる。指のつけ根を舐めるとき、舌が見えて、なんだかどきりとした。

(なんか、まずいもの見ちゃった)

まずいと感じる自分が恥ずかしく、里葎子は急いでバッグからウエットティッシュとポケットティッシュを差しだした。

「これ、使ってください」

「あ、ども」

あらかたを舐め終えた千正は、丁寧に手を拭《ふ》く。なんだか直視できずにプレーンのワッフルを割ると、大きさが完全に片寄ってしまった。どうしよう、と迷っている間に、千正がさっさとおおきなほうをとりあげ、「いただきます」とかぶりついた。

「ちょっと!」

「あ、うまいこれ。かりかりー」

目をつりあげた里葎子にとりあわず、千正はあっという間にそれを食べてしまった。

「ねえ、あの、もらう立場でしょ。ふつう遠慮しませんか」

「いいじゃない。ほんのちょっとのサイズの差なんて」

「ちょっとじゃない、七対三くらいでそっちがあきらかに大きかったっ」

「いいとこ六対四でしょうが。もう、里葎子さんのくいしんぼ」

じっとりした目で見つめると、しゃあしゃあと言った千正は「はいこれ」と自分がおごったかのようにチョコレートのついたほうを差しだしてくる。

「わたしのワッフルなのに……」

「くれるって言った時点で俺のもの」

ジャイアンめ、と睨《にら》みつけつつ、ワッフルに齧《かじ》りつく。チョコレートソースが生地に染みていて、口腔《こうこう》に拡《ひろ》がるあまみを感じると、眉間《みけん》のしわが勝手にほどけてしまった。

千正はといえば、もう片方もさっさと食べ終えている。手についたバターを、これまたぺろりと舐めるので、ふたたびティッシュを差しだした。

なぜだか、変に機嫌のいい顔をしてこちらをじっと見ている。食べているさまを見られるのは気恥ずかしく、里葎子はすこしだけ目を逸《そ》らした。

「戦利品、どんなもんでした？」

「まあまあ、です。そちらは？」

すぐに出ると言ったくせに、千正はのんびりコーヒーをすすりながら場内のブースの感想などを聞いてきて、仕事の話ならばと里葎子も冷静に話せた。

「今回、やっぱり出展数減ってるらしいよ。動員も」

「そうなんですか？」

「参加フィーのわりに、効果がいまいちって考える会社もあるだろうからね。とくにちいさいところなんかだと、ギフトショーにはでられても、この手のイベントぜんぶにでるのはきついところもあるんじゃないの。とくに……さっきのキルトみたいな一点ものとかはともかく、革製品とかは海外のほうが安いうえに、縫製もよかったりするし」

話の流れから、最近千正が買いつけにいっているのはインドが多いと知らされた。里葎子は安い外国産のものというのは質が悪いイメージがあっただけに、すこし驚く。

「それって、日本で通用するレベルなんですか？」

「ちゃんと見てちゃんと選べば、充分通用するもんはあるよ。いま、あっちは政府主導で産業に力いれてるしね。数年いかないと、びっくりするくらい街も発展してるし」

土埃《つちぼこり》の舞う、正直言えばいささか不衛生な街だったのが、たった数年で近代的なビルの建ち並ぶ都会的な街に変貌《へんぼう》したりしているらしい。

現在、インドの平均年齢は、二十代なかば。人口の半分がそれ以下と言われ、伸び率の期待値も高いそうだ。

「でも、日本ではインド製品っていうと、やっぱり安いお土産品のイメージありますよね」

「そうなんだけど、あっちの金持ちって本気で半端じゃないし、ジャパニーズデザインを高く評価してるひとたちもいるからね。外務省で選抜したデザイナーチームを派遣して、インドと組んだプロジェクトの話も持ちあがってたらしいよ」

「へえ……」

ふだん、へらへらと笑ってばかりの千正の真剣な表情に、里葎子は感心していた。さきほどのスポーランといい、ぽろぽろとでてくる知識にも驚かされ、話に聴きいってしまった。

「なにより、日本とインドでは、過去の政治的な因縁がほとんどない。商売を持ちかけるとき、これは案外でかい」

「そうなんですか？」

千正はうなずいた。

「日本にいると、十年前のことも忘れられがちになってるけど、外の世界はけっしてそうじゃないからね。よその国では、千年前の戦争のことを、まるできのうのことみたいに泣きながら語るひとだっている。そういうしがらみがあると、ストレートな商談はできない。相手もひとだし、こっちもひとだから。あまり、感情の部分を刺激するような真似は、俺はしたくない」

歴史の重さもわかっていなければならないと告げる目は、見たことがないものだった。

じっと見つめる里葎子の視線に気づいて、千正は目をまるくしてみせる。

「……なに？」

「いや、すごくいろんなこと知ってるんだなと思って。政治的なこと、とか」

「商売相手に、よけいなこと言って恨まれたくないしね。だからいろいろ、勉強しないと」

千正は茶化したけれど、本当は——不用意な発言で相手を傷つけたくないと言いたかったのではないか。そんなふうに感じる自分が不思議で、里葎子は戸惑った。

(なんか、知らないひとみたい)

女性向けのお洒落《しゃれ》グッズを扱って、ネットショップをやっている、愛想のよい二枚目。正直、ずっとうさんくさいと思っていた。こんなに真剣に、仕事について考え、調べて行動しているなどと予想もしていなかった。

勝手に思いこみ、侮っていたのだと気づく。猛省が襲ってきて、目を伏せた里葎子に、もう冷めたコーヒーを飲み干した千正がいきなり言った。

「というわけで、毎回俺が目の敵にされる理由を知りたいんだけど」

「え」

「いやほら。さっきもけんかしそうになったしさ？　地雷は避けたいじゃない。女のひとにきらわれるの、慣れてないんだよ、俺」

せっかく感心したのに、もうそれか。あきれた気分になったけれども、いつもほどに腹はたたなかった。それでも砕けすぎるのがいやで、里葎子はむっとした顔を作る。

「にやけた男はきらいなんです」

「顔は生まれつきだしなあ」

軽口とわかっているから、千正ももう怒らなかった。そして里葎子はほっとして、こちらもわざとつっけんどんにしてみせる。

「じゃなくて、表情とか話し方とかっ。だいたい、いつも比奈にちょっかいかけるし」

「ちょっかいって、ふつうの世間話でしょう」

「手を握ったり、かわいいかわいい言うのがですか?」

「俺的にはふつうですが」

千正は、たぶんわざとだろう、いつもよりもへらへらした笑いを浮かべた。ふざけているなあと思うし、やっぱりちょっと腹もたつけれど、さきほどのように切迫した不快感はない。

(このひと、わかりづらいけど、嘘はつかない)

むしろ、自分に正直すぎてめんどうを起こすタイプだ。ふだんは腹立たしい性格だが、なぜかこのとき、里葎子のなかにすとんと、彼の存在が落ちてきた。

意外な顔を見てしまったせいかもしれないし、そうではないかもしれない。わからないけれど、いまならば、朝の礼が言える気がした。

迷子になって、心細かった。連れていくと言ってくれたことに、感謝もしたし……嬉《うれ》しくは、あったのだ。

誰かに頼っていいと教えられたのは、ひさしぶりだったから。

「あの、敷地さん――」

「ん?」

思いきって里葎子が口を開いたところで、背後から悲鳴があがった。

「きゃあっ」

同時に、ぱあん、という破砕音。なにかが倒れ、壊れる瞬間特有の、耳障りな音。ひとがいきかい、ざわめきあう空間のなかに、不快なそれはやけに響いた。

そして、里葎子の心臓がどくんと激しい音をたてた。

——申し訳ありません！　すぐに片づけますので！

——ちょっとやだあ、コーヒーまみれじゃん……。

フードコートの店員が、大あわてで謝る声はかなり大きかった。しぶきが引っかかったと怒っている客の声もする。だが里葎子の耳にはすべてが不鮮明だった。

まるで、水のなかで聞く音のようだ。ノイジーで濁っている。わんわんと破砕音が繰り返し響き、さあっと血の気が引いていく。

「あ、びっくりした……なんだと思った」

音のしたほうを見やった千正は、硬直している里葎子に気づいて怪訝《けげん》な顔をした。不審がられているのはわかる。けれどこわばった表情が、うまく戻せない。

「どうした？」

「……びっくり、しただけ」

蚊の鳴くような声しかだせなかった。自分の反応を持てあまし、里葎子は唇を噛《か》む。

息が荒くなり、貧血のようにすっと手足が冷たく痺《しび》れている。どっどっどっどっどっ。忙《せわ》しなく心臓が高鳴って、こめかみに汗が浮いてきた。

（まただ）

ほどけかけていたものが、すごい勢いで固まっていくのがわかった。いったいどうして、この程度のことに反応してしまうのかわからない。

「里葎子さん、まじでどうしたんだ。顔色真っ青だぞ」

「なんでもないです。ちょ、ちょっと、……ご、ごめ、ごめんなさい、なんでもない」

たったそれだけ言うにも舌がもつれ、完全にパニックに陥ったことを自覚した。自分の不甲斐《ふがい》なさに涙が浮かんでくる。呼吸を整えたい。比奈に習ったとおり、目を閉じて息を深くして――けれど気持ちをかき乱す相手が目のまえにいるから、うまくできない。

（どうして？　なんでよ）

みっともなくなりたくないのに、逃げたくないのに、心の蓋《ふた》が何重にも閉じていく。

「なんでもなくないだろ。救護室にいったほうが――」

放っておいてほしいのに、空気を読まない男は里葎子の額に浮いた汗を、さっき里葎子が渡したティッシュでそっと拭《ぬぐ》った。硬い指の感触に、ぎくん、と身体が震える。

里葎子はおおげさなくらい身を引いて、立ちあがった。椅子の脚がコンクリートをかすめ、ガリガリと音を立てる。それにも神経を引っかかれ、もう限界だと声がほとばしった。

「なんでもない！　ほっといて、なんでもないから！」

怒鳴ったあと、目をまるくしている千正に、里葎子は息を呑《の》んだ。

（……あ）

周囲の人間も、なにごとかという目で里葎子を見る。

大きな音、男の手。視線、視線、視線――。

「……っ、ごめんなさい、帰ります」

「ちょっと、里葎子さん」

「ごめんなさい！」

大急ぎで荷物を抱え、里葎子は逃げるようにその場を去った。

（もう、やだ）

頼むから追ってこないで、放っておいて。

がつがつとパンプスを鳴らし、とにかくこの場から逃げないと――それだけを思って、小走りに走る。滲《にじ》んだ涙で、ろくにまえが見えない。自分がどこに向かっているのかもわからない。

恐怖と同時に感じていたのは、いちじるしい羞恥《しゅうち》だった。また、男に対して心をひらきかけた。それも、はじめは印象が悪く、そのことによってのちに数倍もよく見える男に。

（わたし、何回同じことするの。またなの。なんなの！）

息が苦しい。手足がずきずき痛んでいる。無理やり動かす膝《ひざ》は、ずっと笑いっぱなしだ。

まばたきしても視界は歪《ゆが》んだまま、そのうちに急激に視野が狭くなった。

しまった、と思ったときには足がもつれていた。両手には、摑《つか》むだけ摑んできた荷物。手をつくことはできない。

ぐるん、視界が回転して、地面が近づいてくるのがスローモーションのように見えた。

（ほんとにもう、ばか）

顔面から落ちることを覚悟した里葎子は、がくんと身体に衝撃を受けて目をつぶった。

けれど予想した痛みもなく、地面との距離は開いたままだ。

「……え？」

「ばか、なにやってんだよ！」

腕を掴んだ千正が、怒った顔で怒鳴りつけてきた。びくんと震えた里葎子が唇をわななかせると「あ」と彼は気まずそうな顔をする。

「ちょっと落ちつけよ。忘れ物」

差しだされたのは、この日買い入れたあのケープのはいったバッグだった。「ありがとう」とつぶやき、震える手で受けとろうとするが、千正はバッグのヒモを離そうとしない。

「あの……？」

「なあ、里葎子さんてでかい音、苦手？」

いきなり図星をさされ、里葎子はひゅっと息を呑む。答えるまでは返さないとばかりに、千正はバッグを高く――里葎子ですら届かないほど高く、掲げてみせた。

「それから、もしかして……俺だけじゃなくて、男も」

彼の唇に、里葎子は手のひらを押しつけた。涙目のまま絞りだした声は、かすれている。

「それ以上言わないでください」

とっさにとった行動だったが、手に息がかかってぞくりとした。唇のやわらかさ、意外なほどの皮膚《ひふ》のなめらかさが伝わる手のひらがむずがゆい。そして、怖い。

「口だし、しないで。ほっといて。なんにも言わないで」

千正は眉《まゆ》を寄せ、里葎子の手首を摑んだ。そして自分の唇から、ゆっくりと剝《は》がしていく。男の力だ。強かった。けれど不思議なくらい、摑まれた手は痛くない。

「あんた変だよ？」

「それは、わかってるから、ほっといてください」

なんだかひどく、みじめな気分だった。うつむいたまま「バッグ返して」と手をだすが、千正は無言で、荷物を返してくれる様子もない。

「あの敷地さん、ほんとに迷惑かけたのは謝るし、返し――」

目を伏せた里葎子の腕が強く引かれ、直後に鼻が、かたいなにかにぶつかった。驚いて息を呑むと、鼻腔《びこう》いっぱいに覚えのある香りが広がる。

（なに、これ）

ひとごみのなか、千正に抱きしめられている。状況に気づいた里葎子がもがくよりさき、おおきな手で後頭部を包まれ、髪につたわったぬくもりに、どうしてか一気に力が抜けた。

「なんも訊《き》かないからさ、警戒しないで。あと、ちょっと落ちつけ」

静かな声で言った千正は、頭を撫《な》で続けた。背の高い里葎子の頭を、とても自然に、なんの苦もなく。いっそやさしいくらいに。

そしてやっぱり、千正の手は、痛くない。どうして、と考えることを、里葎子はやめた。

何分たったのかわからないけれど、頭を撫でられるうちに恐慌状態はおさまった。

「ごめんなさい。もう、平気」

おずおずとつぶやき、離してほしいという意思表示に、目のまえの広い胸にそっと手をあてた。これだけやさしくされて、強く押し返すことはできなかった。まだ手も足も震えていたけれど、背中に添えられた手のひらが、低い声とともにそっと離れていく。とたん、彼のふれていた場所から寒気がこみあげ、里葎子はぶるっと震えた。

「だいじょうぶか」

はい、とうなずきながら、どうにか泣かずにすんだことに安堵《あんど》した。それ以外は自己嫌悪と羞恥で、ぐらぐらだ。口のなかでもごもごと「迷惑をかけました」とつぶやいて距離をとろうとしたけれど、千正の手に肩を強く引き寄せられ、かなわなかった。

「まっすぐ立ててないから、送ってく」

「あのっ……ひ、ひとりで」

勝手に駅へと歩きだす千正にうろたえていると、彼はいつものように、にやっと笑った。

「ひとりでって、里葎子さん、迷子にならずに帰れる？」

「か、帰りますっ」

「ふーん。じゃあ俺、いなくてもいい？」

半眼にした目でちらりと見られ、悔しく思うと同時に、含みの多い言葉に戸惑った。けれどまだ脚が萎《な》えているのも、帰り道に自信がないのも事実だ。一瞬だけ千正を睨《にら》んだあと、うつむいた里葎子はおずおずと頭をさげる。

「お……送ってください。お願いします」

「はは。里葎子さんがまた素直になってる。あしたは雨かな」

肩を抱いた千正が笑う。快活なその声が振動となって伝わり、距離の近さにいまさらどきっとしたけれど、いやな気分ではなかった。

彼は体温が高く、近くにいるとスーツの上着ごしにもじんわりとあたたかい。他人の――男性の温度やゼロに近い距離が不快ではないのは数年ぶりで、里葎子はそっと息をついた。

(なんでかな)

声も身体も大きくて主張の激しい男。里葎子にとっていちばん怖いものが固まったかのような存在に近づかれて、なのにいま、たしかに安心している。

肩にふれている手のひらのせいかもしれない。たしかに強引に支えられてはいるが、振り払って逃げようと思えば逃げられる程度の力しかこもっていない。

なんでかな。何度も自問しながら無言で歩くうちに、あっという間に駅についた。「え、もうついた?」と目をまるくした里葎子に千正は笑いだした。

「もうってなに。迷わなければこんなもんでつくよ」

驚いた理由はそれだけではなかったけれど、口にはださなかったし自分に対して追及もしたくなかった。そして、まだ離れていかない手のひらにちらりと目をやり、どうしたらいいものか、と迷っていると、千正がぽつりと言った。

「里葎子さんてさあ」

「なんでしょうか」

「俺が思ってたひとと、ちょっと違う気がする」

いつもなら「どういう意味ですか」とか、そんな感じで食ってかかっていただろう。勝手にイメージを持っておいて、勝手に違うと言われても困るだとか。けれどそのときの里葎子は、ぼんやりした声でこう返した。

「敷地さんも、わたしが思ってたのと違う気がする」

「はは、そう？」

笑って、千正は「これ」とケープのはいったバッグを差しだしてきた。里葎子ははっとする。荷物を持たせたまま歩いていたことすら、まるで気づいていなかった。

「す、すみません！　預けっぱなしで」

あわてた里葎子へ、千正はバッグを渡した。ヒモを握る手を包むようにして受けとらされ、息を呑んだ里葎子に、彼は苦笑する。

「指、まだ震えてるみたいだから」

「あ、ああ。そう、ですか」

反射的に手を引っこめそうになったけれど、どうにかこらえた。うつむき、かすかに痺《しび》れすら感じる手をぎゅっと握っていると、頭上からのんびりした声が聞こえた。

「俺、まだこのへんで用事あるから。ここまでで平気？」

「平気です、どうもすみませんでした」

気まずく、里葎子は頭をさげる。顔をあげるまえに、ぽん、と手のひらが乗っかった。

「……次に会うときも、そのまんまでいてくれるといいけど」

「え？」

「もうちょい隙作っていいから。つうか、作ってね」

意味のわからないことを言う千正に顔をあげると、すでに彼は背中を向けていた。ひらひらと手を振りながら、もときた道をまっすぐ歩くうしろ姿は、あっという間に遠くなった。

「あの、あ……」

ありがとう、を言いそびれ、駅前の雑踏のなか、里葎子は立ちつくした。

強く風が吹いて、髪が乱れる。そのふわりとした感触が、千正の残したぬくもりをさらっていき、やけに冷たく感じられた。

❁　❁　❁

ピンクがかったオレンジ色のサーモンマリネ。チコリにグリーンリーフなど数種類の野菜のうえにケイパーがぱらぱら。レモン風味のサラダ仕立てになっているそれをつつく手は、どこかのろのろしている。

「おかわり、いかがですか？」

物思いにふけっていた里葎子は、はっと顔をあげた。目のまえには《あの店》の店長がいて、いつもどおりのうるわしい顔をほんのすこし心配げに曇らせている。

目をしばたたかせ、時計を見ると、店にはいってから一時間も経っていた。そしてつきまわすばかりだったマリネはすでに乾きかけている。

「ごめんなさい、同じのをもう一杯お願いします」

喉《のど》だけは渇いていたからか、グラスの中身は空だ。けれどいつそれを飲み干したかさえ覚えていない。テーブルを占拠するだけの迷惑な客相手に、店長はやさしく微笑んだ。

「こちらこそ申し訳ありません。考え事のじゃまをしてしまいましたか」

「いえ……ほんとに、ぼうっとしてただけで」

「里葎子さんがぼうっとしたいなら、いくらでもなさればいいんです。食が進まないなら、きょうはおつまみだけにしましょうか？」

「はい、お願いします」

さっとグラスごととりかえられたのは、スパークリングワインの白。口に運んだグラスの縁がひんやりと感じて、里葎子はため息をついた。こっそり逃がしたつもりだったのに、すぐそこにいる店長には聞こえてしまったらしい。

「お疲れですか」

やんわりとした口調に、里葎子は弱く笑ってみせる。

「ええ。きょうはちょっと、イベントがあったので」

「それでスーツでいらっしゃるんですね」

足下にある大きな紙袋をちらりと見る。中身は、あのキルトのケープだ。手のひらがずきずきして、グラスの脚をぎゅっと握る。硬くてつめたいそれで、残った感触を振り払いたかったのに、真逆の触感が却《かえ》って千正の唇を思いださせ、唐突にうろたえた。

(中学生男子かってのよ)

いや、いまの自分はそれ以下だろう。

数時間まえ、千正のまえで取り乱したことを思いだすと、頬が熱くなってくる。

頭を撫《な》でられるという経験は、あまりない。三十も超えれば当然ながら、里葎子は幼いころからほとんど、親にすらそうされたことがなかった。これは小学生の中盤ころからぐんぐん背が伸びたせいでもある。

あの千正が里葎子をからかうどころか黙って慰めていたのは驚きだったが、いとも簡単に頭にふれてきたことにも驚いた。

ふっとため息をついたとき、鼻先に食欲をそそる香りがふわっと届いた。ニンニクと白ワイン、それから素人《しろうと》では一瞬判別がつかない、スパイスやなにかが複雑に入り混じったにおい。

「アサリのワイン蒸しとドライトマトです。それからバゲット。鶏の白レバーペーストを添えておりますので、どうぞ」

「わあ……」

萎《な》えていた食欲が一気に戻ってくる。里葎子はあつあつの殻つきのアサリに取りかかった。ドライトマトの滋味が溶けこんだ煮汁を口に含むと、身体中に栄養が染み渡っていく。バゲットに添えられたペーストはねっとりしてコクがあり、さほどの量を食べなくても満足感があった。

どちらもあたたかくてやさしい味で、胃がほっとする。天国だ、とうっとりしながら口を動かしていると、「ようやく顔色がよくなりましたね」と苦笑混じりに店長が言った。

「ずいぶん冷えていらしたようだから、こちらをおだししようと思ったんです」

「あっ、ごめんなさい……」

サーモンマリネのサラダは、里葎子が席につくなり注文したのだ。気分が落ちていて、あまり食欲がなく、さっぱりしたものなら食べられるかと思った。そしてはたと気づけば、食べかけでつつきまわしていたサラダの皿は目のまえから消えている。

自分の体調すらわからず、無駄に残してしまったことに恐縮すると、店長は「とんでもない」と手を振ってみせた。

「里葎子さんは好きなように食べてくだされぱいいんです」

「ありがとう」

微笑んで礼を言ったとたん、里葎子は顔をしかめた。

(このひとになら、簡単に言えるのに)

千正には、舌が貼りついたようにでてこない言葉。どうしてなのだろう。

いつもなら放っておいてくれる店長は、やんわりしたあの魔法のような声で言った。

「なにか、お話しになりたいことでも?」

かすかにうなずくと、ワインボトルをかたむけられた。この店では、酒の銘柄やうんちくは語られない。ただ「おすすめですよ」と言われるままに、里葎子はグラスをかたむける。伏せた睫毛《まつげ》が長い。色白の頬へと影を落とすそれに隠されて、店長の目が見えなかったことにほっとする。

自分のトラウマの元凶は、ごく近しい人間にしか語ったことがない。ましてあれ以来、男性については徹底的に避けてきた。それでも言う気になったのは、目のまえの店長がどこまでも中性的な、男か女か判別のつかない美形であることも大きい。

名前のない店、名前も性別も知らない店長。近くて遠い、やさしい他人。たぶん勝手な打ちあけ話を、このひとなら聞き流してくれるはずだ。

濃厚なレバーペーストのあとくちをさわやかなワインで洗い流して、里葎子は「むかしの話なんですけど」と口を開いた。

❁　❁　❁

いまから五年近くまえ、里葎子は大手の文具メーカーにつとめていた。

部署は、人事課。それなりに忙しかったが、それなりに平凡な仕事――のはずが、入社して数年が経つころ、社内の雲行きがあやしくなってきた。

「西風さん、《お父さん》からの指示書、こちらです……」

陰気な声で書類をだしてきたのは同じ部内にいるネットオタクの伊藤敏夫《いとうとしお》だ。ひきつりそうな顔をこらえて笑顔をつくり、里葎子は書類を受けとった。

「はい、どうも。議事録の清書ね。いつまでって言ってました？」

「ええと……聞いてません」

確認しとけや、という言葉を里葎子は呑《の》みこむ。「そうですかあ」と笑ってみせながら、後れ毛を整えるふりでこめかみをおさえた。頭痛がするのは、背中までの長い髪を結うクリップがきついせいだと思いたかった。

中途採用の伊藤は年上だが、里葎子よりも後輩の立場だ。神経が細く出社拒否症で、当時の里葎子がする朝いちばんの業務は、伊藤への社内メールで【きょうは元気？　つらかったら無理しないで】と声をかけることだった。本音は「しっかりしろよ」と怒鳴ってやりたいが、いまやめられては業務の手が止まってしまうので、ご機嫌とりも仕事のうちだ。

はーあ、と伊藤はため息をつく。聞いているだけで陰鬱《いんうつ》になりそうなそれにうんざりしつつ、やさしく声をかけた。

「どうしたの？」

「このシステム、ほんとにいやだなと思って……。なんでこんな家族ごっこしなきゃいけないんですかねえ。《お父さん》だの《お兄さん》だの……」

当時、里葎子の会社では社長の提言で『家族チーム』という、非常に変わった社内制度を作っていた。先輩社員には『兄』『姉』、上司には『父』『母』という役割を振る、というそれは、社長がテレビでとある会社の特集番組を見て、真似しようと思ったのだそうだ。

年齢は関係なく、社内の上下関係で立場が決まるため、里葎子より年上の伊藤でも『弟』という状態になる。ちなみにさきほど伊藤が言った《お父さん》とはこの部署の課長のことだ。

——会社の人間とはうちとけられなくても、両親、兄弟なら悩みはなんでも話せるだろう。プライベートのつきあいも仕事のうちだと主張するオーナー社長の命令で、この会社では部署ごとの定例飲み会すらスケジュールに組みこまれている。

「ぼく、いやなんですよ。プライベートはプライベートじゃないですか」

「まあ、うん。わかるよー」

本当にプライベートと仕事とをわけているのなら、就業時間のいま、伊藤が愚痴を垂れているのはどういうことなのだろう。などという本音はおくびにも出さず、里葎子は微笑む。

「とにかく、社長がこれに飽きるまでつきあうしかないですよ。伊藤さんも、あんまり気にしすぎると疲れますよ?」

「そうなんですけど……」

時計を見れば二十分が無駄にすぎている。周囲もあちらこちらで私語が飛び交うありさまだ。

『家族』の『だんらん』を推奨するおかげで、就業中のおしゃべりを咎《とが》める人間がいない。

(ほんとにいいのかね、これで)

テレビでこのシステムを取り入れていた会社はうまくいっていたかもしれないが、現状は最悪だ。微妙ななれあいに仕事はグダグダ、却って人間関係もややこしくなった気がする。

ふつうに仕事がしたい。内心でぼやいた里葎子は、中途採用希望者についてのリストをまとめるようにという指示書を眺め、のろのろとパソコンに向かった。

面接希望の日時を調整し、会議室を押さえ、担当者のスケジュールを調整する。まだ二十代なかばの若い里葎子が面接に直接関わることはなく、アシスタント業務がほとんどだ。

ずらりと並んだ面接希望者のリストを眺め、このなかの何人が使えるものやらと考えていたら、気が滅入《めい》ってきた里葎子は、気分転換をしようと立ちあがった。

「お茶淹《い》れてきますけど、いります？」

「……ありがとうございます」

もそもそと礼を言う伊藤に「いいえ」と微笑んで、里葎子はふと首をかしげた。

「そういえば、課長は？」

「きょうは社内面接……のはずですよ。きのう、会議室押さえてくれって頼まれて」

「え、なにそれ、聞いてない」

あわてて里葎子はスケジュールリストを確認する。たしかに第二会議室が使用中になっているけれど、事前の打診はなかった。

「突発で社内人事見なおすことになったらしくて」

「また勝手にそんなこと」

管理しろと言っておきながら、自分の都合で勝手に仕事を割り振る課長のやりかたは、いつものことだ。なんのために社内イントラで管理しているのだと里葎子が唇を歪《ゆが》めた。

「ぼ、ぼくも西風さんに確認しなくていいんですかって言ったんですけど……」

びくびくするくらいなら、すぐにわたしに報告しろ。里葎子はため息で憤りをおさめた。

イエスマンで神経の細い伊藤を怒鳴りつけても、また出社拒否になるだけだ。すくなくとも事務的には役に立つし、これ以上人手の足りない人事課の仕事をひとりで抱えたくはない。

「課長もしょうがないですね。……とにかく、お茶淹れてきます」

こめかみに青筋を立てつつも笑顔を作り、里葎子はフロアをあとにした。

❁

人事課は社外秘のデータも多く扱うため人員もすくなく、社長室と同じ最上階のフロアにある。そして給湯室があるのは、総務部と営業部がある階下のフロアだ。軽く肩をまわして鬱々《うつうつ》とした気分を振り払い、給湯室で電気ケトルのスイッチをいれた里葎子の耳に、ヒステリックな声が聞こえてきた。

「——つつしんでって言われたってわたし、べつに変なこととかしてません！」

「いや、だからね。《お兄さん》と仲よくしすぎるって話がね……」

困り果てた声を発しているのは、同じフロアにある総務部の《お父さん》である課長。そして涙声でわめいているのは、今年採用された総務部でいちばんしたの『妹』、尾崎未歩《おざきみほ》だった。

里葎子が顔をしかめたとたん、携帯がぶるると震えた。着信したばかりのメールは、うんざりした気配の同期からのものだ。

【毎度ながら、《お父さん》が『兄妹《きょうだい》の禁断ラブ』を咎めておりまーす。もうやだコレ】

営業事務にいる同期は、げんなりした顔文字で文章を締めくくっていた。パーティションで区切られ、プレートをさげただけである隣の部署の動向はまるぎこえらしく、彼女はよくこの手の愚痴メールをよこす。

【いま、お茶淹れにきてるよ】

返信したとたん【すぐいくわ】と返された。一分も経たずに給湯室へと現れた同期の永田真美《ながたまみ》は、周囲をうかがったあとに顔をしかめてかぶりを振ってみせる。

「どーなってんの」

「いつものことだよ。きのうもまたいっちゃいっちゃべったべった。もううちの会社、キャバクラになったのかって感じ」

里葎子が問いかけると、真美は指でバツを作りながら舌をだしてみせた。その間も、ぎゃあぎゃあと言いあう——というか未歩が一方的にわめいている——声は止まらない。

「にしても、あれで小学生の子持ちだってんだから、おそれいるよね」

苦々しい真美の言葉にフロアを覗《のぞ》きこむと、細いミュールにぴたぴたのミニスカート、谷間を強調するトップスに、ショールをかけた未歩がいる。相変わらず年齢とTPOを無視した格好だ、と里葎子は苦笑するほかない。

「問題の《お兄さん》のほうはどうしたわけよ」

ひそひそと里葎子がささやくと、真美はうんざりと顎《あご》を突きだす。

「いまはいないよ。だから注意できるんじゃん。ヤツがいたら話ややこしくなるだけだもん」

ヤツ、こと未歩の『兄』、三光忠《さんこうただし》は、三十歳の総務部社員。ぱっと見イケメンの、いつも笑っているような男だ。こちらは未歩より一年早く、転職によって入社してきた男だが、当初は面倒見もよく責任感も強いと、評判もよかった。

しかし未歩との出会いが、彼の人格も変えてしまったらしい。

「正直、最悪な組みあわせだったよね。面倒見いいマッチョ男と、頼りたがる女と」

「それに禁断愛って無駄に燃えるしねえ」

むろん、未歩と忠はまったくの他人だが、真美が言う『禁断愛』というのはなにも社内制度を揶揄《やゆ》しているだけではない。

未歩は中途採用後すぐに忠の部下、里葎子と伊藤におなじく、年上ながら『妹』となった。あっという間に恋に落ちたらしい彼らは、仕事中だというのに、ひとめもはばからずいちゃつき、咎められれば「家族が仲よくしてなにが悪い」と開き直るありさま。

おまけに未歩との関係ができた当時、忠には結婚まで秒読み段階になっていた彼女がいた。しかし子どもがいるのに健気《けなげ》にひとりでがんばる女性――真美にはたっぷり異論があるらしいが割愛する――にほだされたらしく、あっさりと長いつきあいの彼女を捨ててしまった。

その修羅場が進行する裏で、未歩が離婚調停で揉《も》めていたことも周囲に知れ渡っている。

「要は不倫じゃないのよ。人事もなんであんなの採用したわけ⁉」

「それは課長に言ってよ。わたしは反対したんだから」

離婚原因についても、未歩の派手な男性関係が問題だったのではないかとささやかれていた。人事課の里葎子のもとには、そうした噂が『苦情』となって届くことも多い。とはいえ採用を決めたのは里葎子の《お父さん》だ。

「あの乳にやられたのかしらね。はーやだやだ、エロオヤジ」

採用面接のときから、未歩はあの自己主張の激しい服装をしていた。どう考えても会社員として不適切なファッションだが、なぜか人事課長は彼女を採用してしまった。

見た目が派手でも仕事ができれば問題がなかったのだが、残念ながら未歩についてはそちらの方面も最悪。入社ひとつきもせずに忠との不倫騒ぎとなって、評判はガタガタだった。同じ部署の人間や真美をはじめとする面々からは、社内風紀を乱しているという苦情が舞いこんだけれど、それらに関して課長はすべて里葎子や伊藤に押しつけ、我関せずを貫いている。

「あんたんとこの《お父さん》、タヌキだもんね。……うわ、まーたメモとってるし」

真美が舌打ちしたとおり、むすっとした顔の未歩は手元のメモになにやら書きつけている。

未歩はサボりや仕事のミスなどで注意をされると、いちいちメモをとる。しかも、それは覚えるためではない。

——やめるとき、こんなこと言われたって訴えるために書いてるんです。

パワハラに対しての対抗策なのだと自信満々に言っていたそうだ。どうやらそれも忠の入れ知恵であるらしい。彼がその場にいると、未歩をかばって大騒ぎになることが多いのだ。

「……でもめずらしいね。ひとまえでお説教なんて」

アンタッチャブルな未歩には誰もなにも言わなくなっていたのだが、きょうはいったいどうしたことだ。里葎子が首をかしげると、真美は「あれ、知らないの？」と目をまるくした。

「きょう、問題の《お兄さん》は、社内面接やってんのよ。里葎子聞いてないの？」

「いや、知らな……くないかも。そういえば伊藤が、いきなり面接するから会議室押さえろって言われたとかぼやいてた」

「確定か。《妹ちゃん》が怒鳴ってるのもその件だね。わたしと《お兄さん》の仲を引き裂くんですか的なことわめいてたし」

「どこのメロドラマよ……」

不毛な井戸端会議をすませ、お茶のカップをふたつ抱えて部署に戻ったところ、妙ににこやかな課長の顔と、問題の《お兄さん》――忠の姿があった。

「西風くん、ちょっといいかな？」

手にしたカップのおかげで、立てこんでいますのひとことも言えない。里葎子は内心舌打ちしつつ伊藤へカップを押しつけ、手招く課長のもとへと近づいていった。

「なんでしょうか」

「ええとね、来週から彼、うちに配属になるから」

「……は？」

思わず仰ぎ見たさきでは、苦い顔をした忠がいる。里葎子よりも小柄な課長と長身の彼とは三十センチほどの身長差があって、見比べると首が大変忙しくなった。

「指導については、きみと伊藤くんでよろしくね。あー、三光くんのほうが年上だけど、この部署では西風くんのほうが《お姉さん》になるから。よろしく」

「え、ちょ、ちょっと」

話はすんだ、とばかりに課長は里葎子に背を向けた。忠はいまにも爆発しそうな顔をしていたけれど、不承不承、というのがまるわかりの態度で里葎子に頭をさげる。

「引き継ぎがすみしだい、こちらに配属になります。よろしくお願いします」

「ちょ……」

思わず背後の伊藤を振り返る。さっと目を逸《そ》らした彼を睨《にら》みつけたところで意味はないけれど、気持ちのやり場がなかった。

(なんって、年上の『弟』がふたりもできちゃうのよ！)

ただでさえ、役職らしい役職もない里葎子にとって、男の後輩は扱いにくい。しかもどちらも問題あり。本来ならば手綱をとるはずの課長は丸投げにするのが目に見えている。

どうなることかと頭を抱えた里葎子は、それが自分にとってとんでもない厄介を引き起こすことなど、予想だにしていなかった。

◎

どうにか課長をつかまえ、忠の異動について里葎子が追及したところ、やはり未歩との関係があまりにも目にあまるから、というのが理由だった。正社員として雇ってしまった以上、おいそれと解雇はできない。人事と総務はフロアも違うし、仕事上の絡みもすくない。物理的な距離を離せば、おそらく冷めるだろうとの判断だそうだ。

——西風くんはクールだし、そういうのちゃんとあしらえるでしょ。

「とかいって丸投げされたのよ！」

「そりゃまた、最悪だね」

くすくすと笑いながら愚痴を聞く比奈に、「笑いごとじゃないよ」と里葎子はむくれた。

この日は日曜日、里葎子が趣味で通っているアクセサリー教室で、指導講師を請け負っていたのが、美大の造形学科出身であり、フリーのデザイナーである比奈だった。

比奈の担当は彫金コース、シルバーやゴールドを使ったアクセサリーの講師だ。里葎子はビーズアクセサリーのコースを選んでいて、本来は接触のないはずのふたりだったが、たまたま人手不足のときに比奈がビーズコーナーの講師も任された際、同い年と知ったことから、初対面で意気投合した。

長身の里葎子に小柄な比奈。教室ではデコボコンビと呼ばれ、周囲からも仲がいいことを認められていて、プライベートでもなんでも話す間柄だ。大人になっても親友というのはできるのだな、と、里葎子は嬉《うれ》しかった。

「ごめん比奈さん、ここうまくできない……」

「貸して」

比奈はちいさな手であっという間にビーズを組んでいく。アンティークビーズにテグスを通し、センターにはブルートパーズをはめこんで小花の形に組む。アジャスターチェーンをつけ、引き輪の金具をセットする。

「ん、できた」

里葎子が小一時間かかってもうまく作れなかった、アンティーク風ネックレスは、彼女の手にかかればあっさりと完成した。しかもそのレベルは、あきらかに素人《しろうと》の作品ではない。もとは自分が考えたデザインのはずなのに、売り物として充分通用するパーツを見て、里葎子は感嘆の息をついた。

「……比奈はさすがだよねえ」

「里葎子も慣れればすぐ作れるよ。わたしは大学時代になんでも作ったから、慣れてるだけ」

おっとり微笑みながら、「これはあなたのデザインなんだからね」と比奈は言った。

「手先が器用なら、こういう細工は誰でも作れる。でも、色のチョイスや形のセンスは、やっぱりそのひと独自だし。わたしは里葎子のセンスが好きよ」

仕事でうんざりしていた心に、親友の言葉はあまく染みた。

「比奈、愛してるわあ」

ぎゅっと抱きしめた彼女は「あはは」と笑って里葎子の肩をたたく。

「それにしても、大変ね。会社ってもっときちんとしてるのかと思ってた。社内恋愛とか不倫とか、ほんとにあるんだねえ。昼ドラとか、レディースコミックみたいだ」

茶化されて、気分がすこし軽くなる。自然と微笑みながら、里葎子は問いかけた。

「比奈は、いちども会社に勤めたことないんだっけ?」

「うん。わたし、大学でてからずっとフリーだからね。契約社員みたいなものになったことはあるけど、大抵は出社しない。デザイン画だけ提出するとか、パーツ作成の下請けとか、そんなんばっかり。このお教室も不定期だし」

軽やかで、自由な比奈。どちらかというまでもなく、お堅い性格の里葎子にとっては憧《あこが》れの存在だ。だが、二十代後半になって、定職についていない事実は不安ではないのだろうか。

「今後も、フリーでやっていくの?」

問いかけた里葎子に、比奈は「一応考えてることあるよ」と言った。

「どんな?」

「ちいさくていいからお店持ちたいかな。できれば鎌倉に。いま住んでるのは藤沢《ふじさわ》だけど、引っ越しも検討してる」

「あ、いいね、素敵」

鎌倉と聞いて、里葎子は口元をほころばせた。そのうち、比奈を礼美に会わせるのもいいかもしれない。礼美のどこかふわふわした感じと比奈の淡々とした空気は、相性がいい気がした。

「いいなあ、お店か……」

「里葎子もいっしょにやる?」

さらっと言われて、心臓が跳ねた。うかがうように比奈を見ると、いつものとおり穏やかな、だが芯《しん》の強い目に見つめられる。

「わ、わたし？」

「わたし社会性ないから、お店ひとりでやるのは厳しいかなと思ってたの。里葎子しっかりしてるし、センスもいいし。これとわたしのアクセ、いっしょに並べたらきっとすごくいいよ」

これ、と言って比奈が掲げたのは、里葎子の自作であるビーズアクセサリーだ。「そんなまさか」と里葎子はあわてて両手を振った。

「比奈の作品と比べたら、こんなの子どものおもちゃだよ」

「謙遜《けんそん》しすぎ。この間のフリーマーケットでも、売れ行きよかったじゃない」

「でも、それはたまたまだから……」

考えもしなかった勧誘に、里葎子はどぎまぎしていた。アクセサリー作りはあくまで趣味で、売れるなどと思ったことはなかった。教室では制作のモチベーションをあげるためデザイン系イベントに参加もしているが、あくまで素人の『お店やさんごっこ』だ。

むかしから冒険的なことをしない優等生だった里葎子には、比奈の申し出は途方もないことのように感じられた。しかし、そういう道もあるのか――と、胸が震えたのも事実だ。

風紀の乱れた会社、責任をとらない上司のおかげでやる気をなくして不満だらけの社員たち。形だけのファミリーごっこで逆に窮屈になっている環境を改善したいと思っても、トップダウンの命令に逆らえるわけもない。

あの場所にいつづけることを考えるとうんざりする。でも、ほかにも道があるのなら？

とはいえ、思いきれるのか、店をやるなら資金は？　ちゃんと商売は成り立つの？

「もちろん安定した職を捨てろなんて言う気はないから。でも頭のすみっこに、おいといて」

「……うん」

怯《ひる》んだ気持ちを見抜いたのか、比奈はそんなことを言って話題を切り替えてくる。

「ところでさ、きょうのランチ、いってみたい店があるんだけど」

「ほんとに食いしんぼだな。今度はどこよ」

「この間発掘したんだけどね、創作中華。いちかばちかなんだけど、いっしょにどう？」

比奈は食べ歩きが趣味だ。小柄な身体のいったいどこに、というくらいによく食べる。生きざまが自由で、自分があって、まっすぐな比奈。その夢の片鱗《へんりん》に誘われたことは誇らしくもあったけれど、いまそれに乗るのは逃避のような気がしてならない。

それはとりもなおさず、逃げたいという気持ちが自分のなかにあるせいだ。

「……ねえ、いつか」

「ん？」

「いまはさ、わたし、逃げたくないんだけど。いつか、ほんとにいっしょに、お店やるときがきたら、お願いする」

比奈は「いつでも待ってるよ」とにっこりし、その男前な笑顔に里葎子は「ときめく！」と声をあげてみせた。

「西風さん、会議室押さえました」

快活な声で告げた忠に、里葎子は「ありがと」とうなずく。向かいの席にいる彼は、「メールも確認してください」と小声で告げた。

「メールって、なにか？」

「午後に連絡のあった中途採用希望者のデータ、見てほしいんです。確認したんですけど、どうも履歴書の内容と、つじつまがあわないところがあって……」

出身大学に確認をとったところ、雇用履歴と卒業年次に矛盾が感じられるという報告を聞き、里葎子は感心した。まだ異動して一ヵ月程度なのに、そこまで気づくとは。

「ちゃんと調べたんだ。すごいですね」

「いや、リサーチは基本ですから」

さらっと笑う忠は、素直にすごいと思った。もともと、まじめな頑張り屋だと評判だった男だ。恋に狂って見失っていた仕事への熱意を取り戻すと、かなり使えることもわかってきた。

当初はどうなることかと思ったけれど、ワンフロアぶんの距離とともに愛を引き裂かれた忠は、最初こそ不満たらたらだったが、新しい仕事を覚えることで落ちついたらしい。

「総務の仕事って単調だったし、俺こっちのほうが向いてるのかも」

「ちょっと仕事覚えたからって、調子に乗らない」

たしなめると「すみません、《お姉さん》」と茶目っ気のある顔で笑ってみせる。課長が言ったとおり、家族システムに則《のっと》って、年下ながら勤続年数の多い里葎子が忠の『姉』となっているためだ。そして彼もそれを不満がらずに受けいれていて、里葎子はほっとした。

「そういえば伊藤さんは？」

「あー……きょうはお休み、みたい」

心療内科に通っている伊藤は、最近出社拒否がひどくなっていた。里葎子は定期的な見舞いメールをだしているが、週のうち三日は休むようになっている。原因は目のまえの、押しだしの強い男だ。コンプレックスを刺激され「ぼくいらない子？」状態らしい。

「ここまで休みがちなのに、辞めさせられないんですか？」

自分こそが問題児であったくせして伊藤に対し憤る忠に、里葎子は内心苦笑した。

「休みがちだからむずかしいのよ。心も身体も弱ってるひと、おいそれと放り出せないでしょ」

いまどき、正社員雇用の『弱者』への配慮を怠ると、会社のほうが非難されかねない。すぐに気づいた忠は「あ、そうか……」と気まずそうな顔になった。

「伊藤さんは、病弱なひとなんだと認識してくださいな。あれでも、やればできる子だから」

「できる子かあ。西風さん、俺は？　できる子？」

「想定してたよりはね」

ひでえ、と笑う顔には屈託がなく、里葎子はほっとした。総務部にいたころには鬱屈《うっくつ》していることの多かった忠の変わりようには目を瞠《みは》る。今回ばかりは、あの使えない課長の判断がよかったと言わざるを得ない。

だが、片割れのほうは、そう簡単に割り切れてはいないらしい。

「……三光さん、携帯鳴ってるよ」

机のうえで放置された携帯が、ぶるぶると震えていた。さきほどから立て続けに着信しているのは、メールか電話かわからないけれど、忠はそれをずっと無視している。

「いいんです、就業中なんで」

かたくなな表情とつっけんどんな声。里葎子はこっそりとため息をかみ殺す。

（ラブラブなときはよかったのかもだけどねえ）

忠が異動になったばかりのころは、彼の携帯にひっきりなしに届くメールに驚かされたものだ。同じ部署で毎日顔をあわせ、仕事でもべったり、プライベートでもべったりだったふたりだ。未歩は異様なほど寂しがり、就業時間にいきなり泣きだしたこともあると聞いた。

だが忠のほうはといえば、はじめのうちこそマメに返信していたが、現在ではすっかりさめたらしい。バイブが止まったかと思えば数秒後に震えはじめる携帯の執拗《しつよう》さにうんざりしたのか、「うるっせ……」とぼやいたあげく、電源をオフにしてしまった。

「……いいの？」

里葎子がおずおずと問えば、彼はにっこり笑った。

「いいです。どうせ仕事の電話はこっちにはかかってこないんで」

あれだけ見せつけていたわりには、あっさりしたものだ。思わず目をしばたたかせると、忠はばつの悪そうな顔をした。

「西風さん、俺の、まえの部署の話も聞いてますよね」

「あ……まあ、はい」

あいまいな返事をする里葎子に、忠は深々とため息をつき、周囲を見まわしたのちに身をかがめてくる。距離が近づき、どきっとしたことをごまかすように里葎子は「なに？」と笑った。

「いろいろ、言い訳したいこともあるんですけど。きょうの夜って、暇ですか？」

「え？　ああ、ええ。時間はありますけど」

「ちょっと、相談……っていうか、愚痴聞いてもらっていいですかね」

なんだか疲れた顔をする忠に、里葎子はうなずいた。

「しかたないですね、わたし《お姉さん》だから」

「よかった」

ほっとしたように、彼は笑った。ひとなつっこい、明るい笑顔に里葎子は一瞬見惚《みと》れた。

忠は未歩に関しての悪評もひどかったけれど、社内で一、二を争うイケメンという評判もまた、高かった。

（ちょっとどきっとした。こういうとこがモテるのかね）

うろたえた自分に苦笑して、里葎子は反省した。そもそも相手は社内恋愛でめんどうを起こした男だし、執拗《しつよう》に携帯を鳴らす彼女もいる。なにより、里葎子のような長身の女は、男優先の認識が高い会社組織において、色っぽい対象とは見なされないことが大半だ。

（意識しすぎも、されなすぎも、哀しいよね）

慣れきった、乾いたあきらめを嚙《か》みしめていると、彼の大きな手が肩にふれた。不意の接触に、またどきっとする。

「それじゃ、終業後にロビーで。いい店知ってるんで」

「わかりました」

にっこり笑って、「ちょっとお茶淹《い》れてきます」と忠は席を立つ。ぬっと立ちあがった彼の大きさに驚いて、いまさらながら忠が自分よりはるかに長身だったことを思いだした。

そしてわざわざそんなことに気を留めている自分が、なんとなくいやだなと思った。

❁

終業後、里葎子と忠が向かったのは、会社からそれほど遠くはない、スペインふう料理が売りの居酒屋だった。リーズナブルな値段のとおり、そこそこの料理とそこそこの酒。客層は、オフィス街である場所柄を反映してか、仕事帰りの会社員らが目立つ。音楽もにぎやかであかるく、ざっくばらんな雰囲気があった。

仕事の愚痴を肴《さかな》に飲むにはうってつけの、気負わない店だ。異性の同僚をまえにしても、ここなら勘違いをされる可能性はない。うまいチョイスだな、と里葎子はこっそり感心した。

「西風さん、ここ、きたことあります？」

「ないですね。三光さんは？」

「何度か。ちょっとごちゃっとしてて狭いですけど、うまいですよ」

忠のおすすめは、熱々のエビのガーリックオイル煮に、アリオリソースであえたポテト、サルスエラという魚介の煮込み。たしかにメニューに載った写真はどれもおいしそうではあったけれど、説明書きを見て里葎子はうなった。

「ぜんぶニンニクはいってない……？」

「あ、そうですね。まずいですかね」

「んん、あしたは面接ないし、帰りにケア用のタブレットでも飲んでおくわ」

あわてた彼に「食欲の勝ち」と微笑んで、里葎子はサングリア、忠はスパークリングワインを注文した。店員がオーダーを受けてさがっていったとたん、忠はふっとため息をつく。

「なに？」

「いや。未歩……彼女はここの店では、ほとんど食べなかったんですよ。ニンニク臭くなるのがいやだとか言って」

本題にはいるのが早いな、と里葎子は表情を変えないまま、内心身がまえた。

(異動して間もないから、まだ自覚ないのかもだけど。だいじょうぶかしら、このひと)

里葎子はあくまで人事課の人間だ。今夜の話によっては、彼の処遇を再考する可能性もある。ふまえたうえでの話ならいいが、かなりあやしく感じていた里葎子は、今夜の飲みを提案された際、一応釘《くぎ》を刺してもいた。

——しかたないですね、わたし《お姉さん》だから。

あれを、言葉どおりの親しさをこめた揶揄《やゆ》にとるか、『家族チーム』のシステムにのっとったがゆえの受諾ととるかで、状況はまったく変わってくるわけだが、残念ながら忠は、前者の解釈しかなかったらしい。

「最初はね、かわいいと思ってたんです。俺も、頼られて舞いあがっていたんだと思う……」

(うわきたー)

里葎子は内心でこっそりため息をつく。顔を知っている人間同士のなまなましい恋愛事情は、正直気まずいしゴシップじみた話は趣味ではないが、社内調査だと割りきるしかないのだろう。サングリアをちびちびとすすりながら、忠が語る未歩との話に相づちを打った。

「いま思えばシチュエーションに酔ってたとこもあると思うけど……」

会社で知りあった、年上だが色っぽい部下から相談を受けるうちに恋に落ちたこと。離婚係争中だったことや子どもがいることは、抜き差しならない関係になってから知って、あともどりができなかったこと。同時期つきあっていた彼女との別れ、修羅場。

正直、さほどめずらしいなれそめでもなかったし、大筋のところは里葎子とて知っている。ありきたりで陳腐、と言われるたぐいの話だ。あからさますぎて周囲がどれほどあきれていようと、彼の主観では真剣でドラマティックな恋だったのだろう。熱っぽく、ときには目を潤ませながら、彼は彼の恋を語った。

（ラブイズブラインド、だわねえ）

しかしロマンティックな秘密の関係に現実の影がさしかかってくるくだりになるころ、忠の顔色は飲みすぎのサインを示しはじめ、里葎子はすこしはらはらした。

「……でも、頼りにされていい気になってただけで。ほんとは、わかってたんですよ。都合のいい男なんだろうなって。気づいたら彼女の仕事もぜんぶ、俺がやってるようなもんだって状態になってたから」

やっと本題だ。へべれけになるまえに話が到達したことにほっとしつつ、里葎子は「そうなの？」と同情的な声を作って話をうながした。

「ていうか……彼女からの着信すごいでしょう。あれぜんぶ、ヘルプコールなんですよ」

「えっ。ヘルプって、いまはもう三光さん、他部署の人間なのに？」

「なんなら、メール見ます？」

就業中電源を切っていた携帯のフリップを開き、彼は差しだしてきた。無造作にも思える仕種《しぐさ》で個人宛のメールを見ろという彼に、さすがに躊躇《ちゅうちょ》する。だが忠は引っこめる気配もないし、状況を確認したい気持ちも強い。里葎子が「それじゃ……」とメール着信画面を見ると、未歩からの未開封メールで埋まっていた。

「えっと、これって専用フォルダ？」

「違います」

里葎子はうそ寒いものを覚えた。タイムスタンプを見ると、すべて一日ぶんの着信だ。

件名は【いまなにしてる?】【さびしい】といったラブメールの体だが、末尾までスクロールすると毎回、質問やおねだりが書かれていることに気がついた。

——備品がどこにあるかわからない。たくさんありすぎてひとりで運べない。書類がわからない、あれを教えて、これをどうにかして。

要するに総務が手がける仕事のほとんどを、忠に手伝ってほしいというメールだった。それ以外にも、コーヒーをいれたばかりだとか、課長がうるさいだとか、まるで女子高生かのような内容ばかり。

(こんだけメールしてる間に、仕事しろよ)

未歩は仕事のめんどうをすべて忠に押しつけているという噂は里葎子の耳にもはいっていたし、そのために今回のような異動措置がとられた。だが内容は予想以上で、あきれをとおりこした里葎子はどっと疲れ、同時に感心した。

(それにしても、このメール……)

【お兄さんがいてくれたら、すぐにわかるのになあ……いつもあまえちゃって、ごめんネ。でもまた失敗して、お父さんに叱られちゃうかも。あなたがいないと、なにもできなくて……】

一見は恋人に向けて寂しさを訴えつつ、反省的な文章で締めくくってはいるけれど、女の目で読むと「あなたがいないせいで自分は叱られる」と婉曲《えんきょく》に責めているのがわかる。『いつもあまえちゃってごめん』の『ごめん』は、謝罪ではなく『当然やってくれるよね』の意。

学生時代によくこういう子がいたな、とふと思いだした。涙をちらつかせながらの責任のすり替え。きまじめで一本気な里葎子には到底できないわざだ。

「あの、まさかと思うけど、手伝ったりしてます？」

「それこそまさか。俺、いまの部署にきてから、昼飯のとき以外部屋からでてないでしょう」

ですよね、と里葎子はうなずく。気が利いてよく働き、フットワークの軽い忠は、経験は浅くても能力は高い。心が風邪をひきがちな伊藤より、むしろかなり使えるのは実感していた。

（もしかして、もともとまじめだから、トチ狂ったのかも？）

メリハリのついた身体を誇る未歩は、常にボディコンシャスな服を身につけている。一部の女性陣からは、年甲斐《としがい》もないと眉《まゆ》をひそめられているけれど、里葎子もスタイルのいい彼女が近くを通りすぎる一瞬、見事な谷間に思わず目を吸い寄せられたことはある。

あれが男性にとってはたまらない吸引力になるだろうことは、想像するまでもない。しかし魅惑の胸元も、離れていれば効力を失うらしい。すくなくともいまの忠は、苦虫を噛《か》みつぶしたような顔しかしていない。

「俺、ほんとなにやってたんですかね」

心底疲れたような忠に、里葎子はなにも言わなかった。その沈黙をどう受けとったのか、彼はひといきに内心をぶちまけた。

「最初は異動決まって、なんでだよって逆恨みしてたんです。でも離れてみて、いままで俺がどれだけ都合よく使われてたのかわかったっていうか。俺自身が彼女のぶんカバーすればいいと思ってたけど、それって俺の仕事の時間を彼女につぶされてたってことなんですよね」

「うん、まあ、課長たちもそれが心配だったみたいですし」

「直接口で言われてるときはわかんなかったけど、文字になると、すっげえろこつですよね。頼られてんだな、とかいい気になってた自分が情けない」

「……恋人同士の場合は、自分と相手の境目がむずかしいですから」

沈鬱《ちんうつ》な表情をする忠に、里葎子は声をやわらげた。わかってくれたならそれでいい。反省している人間を打ちのめしても意味はない。

「でもやっぱり、恋愛と仕事は切り離すようにしないとね。そのあたり、あちらに話してわかってもらえばいいんじゃ――」

「いや、もう別れます」

唐突にきっぱり告げられた言葉に、里葎子はぎょっとなった。

「い、いやなにもそんな、急いで結論ださなくても」

「自分のばかさかげんにも、あいつのずるさにもうんざりなんです」

もう決めましたと言った忠に里葎子はいささかあわてたが、彼は前言をひるがえそうとはしなかった。どころか、「正直、気持ち悪いんです」とまで言いだす始末だ。

「こんなひっきりなしにメールきて、まるで監視されてるみたいだし」

「監視って、そんな」

「さっきのやつ、午後からだけで二十通超えてたんですよ。しかも仕事終わったあたりの件名は【いまどこ】だとか【なにしてんの】とか……こうまで束縛されるの、怖いですよ」

それはいままでがべったりしすぎたせいではないのかと思ったが、里葎子は口にできなかった。妙に刺激して、自分が彼らを別れさせせただとか、そんなふうに責任を負わされるのは困る。あくまで里葎子が人事担当としてあらためてほしいのは彼らの態度であって、恋愛関係そのものではない。仕事さえちゃんとしてくれれば他人の色恋がどうなろうとかまわないのだ。

(まいったな、どうしよ)

一足飛びに結論をだした忠をまえに困り果てていると、忠がじっと見つめてきた。

「な、なんでしょう」

「俺、西風さん見ていて、いままでがどれだけだめだったのか、わかったんです」

「……わたし?」

未歩の話をしているとき、どこか投げやりに視線を逸《そ》らしていた忠は、里葎子にまっすぐに向きあっている。真摯《しんし》なまなざしに、思わずどきりとした。

「あなたみたいに、しっかりして仕事もきちんとこなしているひとを見てたら、いままでの自分がみっともないなって、すごく反省したんです」

「いや、わたしとか、それほどのもんじゃ」

里葎子が視線の強さと言葉にたじろいでいると「たすけてくれませんか」と彼は目を伏せる。

「たすけるって……仕事なら、同僚としては、むろん」

「じゃなくて。俺、たぶんいまのままだと、ずるずる流されると思うし。もっと仕事もちゃんと学びたいんです。だからまた、きょうみたいに話、聞いてもらえますか」

そういう顔をするあたり、ずるいな、とすこし思った。伏せた瞼《まぶた》に睫毛《まつげ》の翳《かげ》りが濃く、端整な顔立ちが寂しげに映る。これを見放したら、里葎子のほうが悪者だ。

「まあ、その、わたしができることなら」

「ありがとうございます!」

いままでの落ちこんでいた表情から一変して、忠はにっこりと笑った。ひとなつっこくてあまい、あの笑顔だ。思わず、里葎子も微笑み返してしまったあと、お互いに照れ笑いをする。

お開きとなり、ここはおごるという忠と、割り勘でという里葎子が会計のときにすこし揉《も》めたが、お互いの間をとって、食事代は割り勘、多く飲んだぶんだけ忠が酒代を持った。

「なんか、すみません、けっきょく愚痴ばっかりで」

「いやいや、聞くと言ったのわたしですから」

駅までの帰り道、忠はしきりに恐縮していた。たしかに面倒な話ではあったけれど、彼自身が過去の自分を悔いているように見えたので、悪感情は持てなかった。

(案外、悪いひとじゃないのかもね)

自分のなにがまずいのか反省しているようだし、未歩との別れについても、こちらがなにかを言うまえに、自分で決めていた。なにより人事に異動になってからは、きっちりとまじめに仕事もこなしているようだ。

「あの、西風さん、ありがとう」

多少の同情を覚えていた里葎子は、唐突な忠の言葉に胸がざわつくのを感じた。

「あ、ありがとうって、なにが？」

たいしたことなどしていないと言っても、忠はかぶりを振った。

「こんなに俺の話を聞いてもらったの、はじめてです。すごく、嬉《うれ》しかったです」

はにかんだような顔で「また話聞いてもらえますか」と言われては、断れなかった。

「いろいろ、うまくいくといいですね」

神妙な顔で「はい」とうなずく忠の顔は、すこしだけ頼りなく、だが変わろうとしている男のものに見えた。

いくら個人的な感情は抜きだと自分を律していても、見目のいい男がひどく疲れた表情で、おのがあやまちを懺悔《ざんげ》してくるとなれば、同情もわく。

「わたしでよければ、いつでも。ほら、《お姉さん》ですから」

そのひとことが、取り返しのつかない事態を招くとも知らず、里葎子は言った。

彼自身に、システムのなかの話だと言い聞かせているつもりが、距離を近くする言葉に惑っていたのは里葎子自身だった。

❂

未歩が忠と別れたというニュースは、あっというまに社内に広まった。というのも未歩がロッカールームの衆人環視のなか、大声で「捨てられた」と泣きわめいたからだった。

「いやあもう、すごかったよ。劇場型ってああいうのを言うのかね」

給湯室でコーヒーをいれながら意地悪く笑う真美に対し、「そういうこと言うのよしなよ」と釘《くぎ》を刺してはみたものの、聞きいれられはしなかった。

「里葎子だって迷惑こうむったじゃないよ。いまさらきれいごと言いなさんな」

里葎子はあいまいに笑う。じっさい未歩の行動は、いささか常軌を逸していたからだ。

「自分も人事課に異動させろとか、殴りこみしたらしいじゃない。おまけに、里葎子に向かってけんか売ったんでしょ？」

「そんなことまで知られてるの？」

耳が早い、と里葎子はげんなりした。真美いわくの殴りこみが起きたのは、ロッカールームでの号泣騒ぎの当日の朝のことだ。出社したとたん、人事課へと突撃してきた未歩は、課長を相手にわけのわからない理屈を振りかざし、自分も異動させろとわめき散らしていた。

——わたしはあのひとの《妹》なんだから、いっしょにいるのが筋じゃないですか！

——だからそれは、あくまでシステムの話であってね……。

——勝手に決めて、勝手に引き離すなんて、ひどいです！

そんな状況とはつゆ知らず、里葎子はたまたま忠と同時にフロアへ到着した。連れだって現れたふたりを見て、彼女は目をつりあげ、里葎子に食ってかかった。

——あんたがそそのかしたんでしょ⁉　こそこそ飲みにいって、ひとの男たぶらかして！

オフィスにはおよそふさわしくない言葉をぶつけ、摑《つか》みかかろうとした未歩をとめたのは忠だった。ただ茫然《ぼうぜん》とする里葎子のまえで、彼は「西風さんには関係ない」と言ってのけた。

——終わりだって言いましたよね。これ以上は会社でする話じゃないですよ、尾崎さん。

きっぱりと言い放った忠に未歩は泣き叫び、フロアをでていった。そしてロッカールームで号泣しながら、自分の愁嘆場をその場の人間に誰彼かまわず愚痴りまくった、というわけだ。

「おかげでいまじゃすっかり、人事の西風さんもソープオペラの登場人物ですよ」

「やめて、ほんとに」

無責任な外野でいたかったと言いつつも、里葎子はすこしだけそわそわしていた。見逃さず、真美は「ほんとのとこどうなのよ」とつめよってくる。

「いや、どうって、なにが」

「完全にヒロインポジションだったくせに、とぼけないでって。三光、まじで乗りかえ？」

「いやとぼけるもなにも、乗りかえとかないから」

苦笑してみせつつもあせる。本当のところ、忠の広い背中でかばわれたとき、どきりとした。だが、シチュエーションに驚いただけだと里葎子は自分に言い聞かせ、真美にもそう言い張った。

「ともかく、愁嘆場はもうごめんだし。平和に仕事できればそれでいいですよ」

「そうね、それは同意」

お互いがんばろう、と言いあって真美と別れ、里葎子はコーヒーを手に自分の席へと戻った。

（ほんと、色恋どころじゃないって）

この日も伊藤は午前中の出社を拒否した。毎度の【調子はどうですか】というメールを作成していると、手元に影がさした。

「おはようございます、西風さん」

「あっ、おはようございます」

振り返ると、さわやかな顔で笑う忠がそこにいた。彼はちらりと里葎子の隣を見やり「また伊藤さんは休みですか」と顔をしかめる。

「いちいち西風さんがなだめすかさないと出社しないのって変じゃないですか？」

以前にも伊藤が休みがちなことへの不服を述べた忠だが、それについてはすでに説明もすませている。いまさらなんだと思いつつ、里葎子は穏やかに告げた。

「まえにも言いましたけど、これはこれでわたしの業務だから」

しかし納得がいかないのか、忠は食いさがってきた。

「でもそれって、俺が彼女にしてたのと、大差がないですよね」

里葎子は眉《まゆ》をひそめた。本音を言えば里葎子とて、毎朝伊藤へ送るメールは面倒だ。だが会社が彼を切らないと決めている以上、様子伺いをするのも仕事のうちだと思っている。

「あなたが個人的な感情でやったことと、これとは、根本的に違いますよ」

たしなめる里葎子に、忠はあわてて「怒らせるつもりはなかったんです」と言い添えた。

「ただ伊藤さんにかまいすぎて、西風さんの時間が圧迫されてるの、納得いかなくて」

「だから、これも業務だし」

ちょっとしつこいぞと思っているのが顔にでたのだろう。なにかを言いかけた忠は、いったん口をつぐむと、里葎子の目をまっすぐ見つめ、低い声を発した。

「……すみません、それこそ個人的に、俺がいやなだけで。なんか妬《や》けるっていうか」

「え……」

「俺は西風さんにいいとこ見せようって頑張ってるんですけど、ダメになってるほうがかまわれるってのが、なんか納得いかないんです」

ちょっと待ってよ、と言いたかった。けれど視線から逃れることも、たしなめることもできないまま、里葎子のほうが目をそらすしかなかった。

「と、とにかく仕事への口出しはしないでください。そういうんじゃ、ないですから」

里葎子は背を向けた。忠はしばらくの間、物言いたげに里葎子の背後にいたが、振り返らずにいるとあきらめたのか、ため息をついて自分のデスクに戻っていく。

(なんなの、いまの。ていうか、どうなってんの)

あの表情はなんだ。そもそも忠の発言の意図は。動揺する里葎子に、社内メールが届いた。

【さっきはすみませんでした。俺はいろいろ間違えたけど、今度守りたいと思う相手は間違えたくないんです。西風さんはいまみたいに雑事にまみれているのがもったいないスキルの女性だし、尊敬もしてるから、つい口をだしたことは許してほしい。三光】

ふと顔をあげると、上目遣いでこちらをうかがう忠の姿があった。里葎子は真剣な目に、自分の顔が赤くなるのを知った。まだいささか混乱しつつ、届いたメールに返信する。

【私用で社内メールは使わないでください】

【じゃあ、携帯のアドレス教えてください。また相談したいことありますし】

正直に言って、迷った。なんだかよくわからない状況が、自分のまわりで起きている。胸がざわついて、それが不安なのか期待なのか判断がつかないほど浮つき、思考がまとまらない。

(なんか展開早すぎっていうか、これ、なに？　ほんとに相談したいだけ？)

里葎子は頭を抱えた。けれど、またあの強い視線を感じる。あからさまなほどのそれにどうしようもなくなり、迷った末に返信で自分の携帯メールのアドレスを送った。

直後、携帯に着信したのは【毎度相談ですみませんが】という忠からのメールだった。

未歩がどうにもあきらめてくれずしつこいのだという内容は、携帯からにしてはずいぶんと長いメールで、もしかしたら文面はすでにメモしてあったのか、と思った。

だが、その末尾に追伸として書かれていた言葉に、ぐらりとした。

【スルーされたみたいですけど、さっきの本気です。先輩としても女性としても、いま俺のなかで西風さん以上に大きくなっているひとはいません】

今度こそ、ごまかしようもなく里葎子の心臓が飛び跳ねた。息があがりそうになって、喉《のど》を押さえる。リンパ腺《せん》がふくらんでいるかも、と状況のわりに色気のないことを思ったのは、間違いなく舞いあがりそうな自分を押しこめようとする無駄な努力だった。

【とにかく、きょうの帰りにお話を伺います】

返信の末尾に、その代わり就業時間内は私用メールはしないでくれと忠に釘を刺した。これ以上会社でうろたえたくない。里葎子はため息をつき、ざわざわする胸を手のひらで押さえる。

現実感のないあまったるさ。こんなストレートな言葉をもらったのははじめてで、どうしたらいいのかわからなくなっている。混乱して、対処しきれない脳がオーバーヒートしている。

（仕事、そう、仕事しなきゃ）

自分を落ちつかせるものをと探してパソコンを見れば、伊藤あての書きかけのメール画面でカーソルが明滅していた。人間関係を円滑にまわすのも業務のうちだと割りきって、あたりさわりのない言葉を書き連ね、午後からは出社できるかという問いで伊藤へのメールをしめる。

そして顔をあげた。忠はまだこちらを見ていて、目があうなりにこりと笑った。ぱっと目をそらして、なにかが終わってはじまったのだという瞬間を、里葎子は噛《か》みしめた。

❂

振り返れば、里葎子はすこし思いあがっていたのだと思う。

二十代の後半になり、キャリアも積めばそれなりに仕事に自信もつく。若いと言いきれる年齢ではないと感じることが、実際以上に自分を世慣れた女かのように錯覚させ、誰かに頼られる自分というものに酔いがちになる。

ストレートな信頼や讃辞《さんじ》を向けられるというのは、蜜《みつ》であり毒だ。恋の睦言《むつごと》でなくとも、自尊心をくすぐる言葉は中毒性があり、知らず知らず同じほどの心を返してしまう。

あまい蜜につかってふやけた心はぜいたくになって、それが依存と気づくころには、飢餓感と不安に嘖《さいな》まれる。そうした怖さを、里葎子はまだ、知らなかった。

その後も続いた未歩の復縁要請は、かなりしつこいものだった。

さすがに殴りこみこそ二度となかったけれども、連日大量のメールが送られ、行き帰りには待ち伏せもされるらしい。日に日に滅入《めい》っていく忠を励ますうちに、里葎子はだんだん未歩に対する恐怖心すら覚えるようになっていた。

「いっそのことだけど、支社に異動とかってできないの？」

社内の人間相手にはおいそれと愚痴ることもできず、比奈に打ちあけたところ、電話ごしにも冷静な彼女はそう提案した。むろんそれは里葎子も考えなくはなかったことだ。

「無理。そもそも人事に彼を引っぱったのも、伊藤が休みがちなせいだし。かといって、彼女を飛ばすにしたって、ちょうどいいポストがないらしくて」

「でも、そのまんまじゃいずれ、事件でも起こすんじゃない？　ほとんどストーカーだし」

「やめてよ、怖いこと言うの」

顔をしかめたのは、比奈の言葉がまんざらおおげさでもなかったせいだ。

殴りこみ以来、未歩は里葎子を敵だと認定したらしく、社内ですれ違う際にもすさまじい目で睨《にら》みつけてくる。おまけにどこで見ているのか、忠が愚痴を聞いてくれと飲みに誘ってきた翌日には、必ずそれを咎《とが》めるメールがくるのだそうだ。

「そのへんも、一応うえには言ってるんだけどさ。恋愛絡みのいざこざは、自分たちで解決しろって……まるっきり、わたしまで当事者扱いだよ」

「だって当事者でしょ」

ずばりと言いきられ、里葎子は一瞬言葉をなくした。耳にあてた電話から、比奈の冷やかすような声が聞こえてくる。

「ここしばらく、ずっと里葎子の話聞いてたけど、三光さんとつきあってるんでしょ？」

「いや、まあ……つきあう、っていうか……」

じつのところ、先日の休みにはデートらしきこともした。たまたま封切られた映画の話をしていて、だったらいっしょにいかないか、と誘われ、断る理由もなかったからだ。

正直いって、楽しかった。自分より背の高い男と連れだって歩くのは新鮮で、ことあるごとにエスコートするような忠の気遣いは、完璧《かんぺき》だったと思う。

ことに、里葎子の心を動かしたのは彼のこんな言葉だ。

――西風さん、ヒールとか履かないんですか？　かっこいいと思うけど。

ウインドーをひやかしながら歩いていたとき、ふと目に留まったきれいな靴。ほっそりした流線とヒールのかたちがうつくしいそれに、忠も気づいたらしかった。

身長が一八〇センチ台後半という忠なら、里葎子がどれだけ高いヒールを履こうと背を追い抜くことはない。いままでつきあった幾人かのうち、身長差を気にするあまり絶対にヒールつきの靴を履くなと言われたことすらあって、好みのデザインが絞られることもままあった。

勢いにおされてショップにはいり、靴を試着してみると、しっくりと足になじんだ。デザインがいいだけではなく履き心地も抜群なそれに迷っていると、忠は言った。

――今度、これ履いてきてくださいよ。

さしてお安くもない靴を衝動買いしたツケは、来月のカード引き落としの際にやってくる。それでも大事に箱にいれたままのそれを思いだし、里葎子はひとりで赤くなった。

「……彼って、あの靴みたいな感じなの」

ぽつりと言うと、比奈が「どういう意味」と問いかけてくる。

「なんかちょっと、非日常な感じっていうか……気配り完璧《かんぺき》なのね。それこそ日本人の男じゃないみたいっていうか。仕事中もちょっと重いの持ってるとすぐ飛んできて助けてくれて」

「ふつうじゃない？　それ」

いったいその程度のどこが、と問う比奈に、里葎子は苦笑した。大柄ゆえに男のような扱いをされてきた里葎子のような経験は、きゃしゃな彼女にはないのだろう。

「ただまあ、里葎子がそのひとにやさしくされて嬉《うれ》しいってのはわかった」

「べつに、比奈が言うみたいに、特別になにがあったわけじゃない、けどさ」

あわてて言い添えると、比奈は「ふうん」と意味深な声をだす。

「ふうんってなによ、比奈」

「ただの相づちじゃない。ムキになることもないでしょ」

里葎子は顔を赤らめる。比奈の言うとおりだ。自分でも浮ついた気分になっているのは否めない。妙齢の女が異性と休日、わざわざ待ち合わせて映画を観て、食事をする。平日にも飲みにつきあう。はたから見れば、完全につきあっている状態だとしか言えないだろう。

（きょうの帰りとかもなあ……）

この日、会社帰り、思いがけず出口で待ち伏せされて、危ないから送っていくと言われた。

――遅いし、心配でさ。さきに言うと西風さん、遠慮するだろ。本当は黙ってついてこうかなって思ったけど。

――それじゃ、却《かえ》ってアヤシイわよ。

笑って返した里葎子に忠は怒った顔をした。

――またそうやってはぐらかすんですか？

それに対して、なんと返したのかよく覚えていない。とにかく、家にたどりつくまでの間、言葉のひとつひとつがまるっきり駆け引きのようで、どきどきしていた。

お礼にコーヒーでも飲んでいくかと言ったけれど、忠は「帰ります」と断った。玄関からはいろうともせず、紳士的に帰っていった彼のことが、よけいに素敵に思えているのも事実だ。

比奈に電話をしてしまったのも、要は浮かれている自分が怖いからだと思う。まるっきり、恋愛マンガかドラマのような筋立てに、どうしていいのかわからなくなっているのだ。

「すっかり恋しちゃってんのねえ、里葎子さん。ひさびさのカレカノ状態、楽しそう」

比奈のからかうような声に、里葎子は無駄なあがきをした。

「カレカノって、べつにまだ、そこまでいってない……」

「でもいずれはって感じなんでしょ。べつに咎めてないんだから、言い訳はいいよ」

くすくすと笑っていた比奈は、里葎子の気まずさを感じてもいたのだろう。すこしだけ、ためらうような口調で切りだした。

「わたしは口出しする気はないけど、ひとつだけ忠告してもいいかな」

「……なに？」

「里葎子の話を聞いていて思ったんだけど、三光さん、仕事できるんだよね？　頭も悪くなさそうだし。そういうひとが、未歩ってひととつきあってトチ狂ったのはなんでなのかなって」

それは彼女が、と言いかけた里葎子の言葉を制するように、比奈は言った。

「なんかひっかかるんだ、ちぐはぐなの、印象が。そりゃ、恋したらおばかになる、ってひとことですませることもできるんだけど、陶酔期がずいぶん短かったなあと思って」

「陶酔期ってなに？」

「ひと目もはばからずにいちゃついてたふたりでしょう？　第三者に引き裂かれたら、却って燃えあがるのがセオリーだと思うのね。なのに、わりと短期間であっさり、三光さんは冷めた。逆に未歩さんはヒートアップしてる。ふつう、逆のパターンが多いもんなんだけど」

比奈いわく、恋愛沙汰《ざた》においてあっさり割りきるのはどちらかといえば女性のほうらしい。さらには利用されていた側がさきに冷めるのはめずらしい、とも。

「逆じゃないの？　利用されてたって気づいたから冷めるんじゃない？」

「それを信じたくないのが男の心理なんだけどなあ。それに利用してたとしたら、他部署の三光さんはもはや使えない男のはずなのに、なんで食いさがるのか……」

「……それは」

　里葎子は言葉が見つからなかった。比奈の理屈は筋がとおっていて、ほころびが見つけられない。感情的には反論したいと思うのに、なにかが引っかかって、それができない。

「それに、妙に彼の動向に詳しいでしょう。ほんとにつけまわしでもしてるのかと思ったけど、デートのあとに特攻かけられたりはしてないんだよね？」

「それは完全にプライベートだからじゃ？　社内なら目にはいるけど、それ以外はさすがに」

　比奈はそのあと黙りこんでしまった。里葎子が不安をかきたてられ「比奈？」と呼びかけると、彼女は微妙な笑い声をたてた。

「ごめん、わたしの考えすぎかもしれないし。ひとそれぞれだよね、うん」

「やめてよ。比奈に言われたら怖くなるじゃない」

　脅かさないでくれと胸を撫《な》で下ろした里葎子に、比奈は笑いながら謝った。

「ともかく、今年のクリスマスはわたしひとりってわけなのかな」

「あー、それは……ごめん」

　素直に謝ると「なにそれ。クリスマスに約束してて、まだつきあってないとか抵抗する？」と比奈に笑われてしまった。さんざんにからかわれ、真っ赤になった里葎子は「もう切る！」とわめくようにして通話を終えた。

「……ほんとに、まだわかんないってば」

電話を切ったあと、すこしだけゆるんだ頬に気づいた里葎子はあわてて顔をひきしめる。

何度かデートもし、数えきれないほど飲みにいった。単なる社内の知りあいにするには濃い、個人的な話もしている。けれど手を握ったことすらないし、むろんそのさきの展開もまだ。関係の進展を阻んでいる理由のひとつは、未歩が執拗《しつよう》なアプローチを続けていること。そして大半は、里葎子自身の戸惑いのせいだ。

「恋愛、ひさびさだしなあ……」

若さにまかせ、立場もなにもなく振る舞えたころとは違う。社会人としての立ち位置が、自分の心を見えづらくする。つきあったところで、未歩とのように破局を迎えれば面倒も多い。なによりミイラ取りがミイラになってどうする、というためらいもあった。

（でも、男のひとにあまやかされるのって、気持ちいいんだよね……）

ちょっとしたお願いをきいてくれたり、さりげない気遣いをされたり。低い声のあまい言葉をもらったり。そういうものをずいぶん忘れていた。

（けど社内……そしてめんどうなマエカノがいる）

これは果たして事故物件か。物思いにふける里葎子は、携帯からの着信音で飛びあがった。

「は、はいっ」

「どうしたんですか、声裏返して」

「あ、いや……突然、電話が鳴ったんで、驚いて」

しどろもどろになる里律子に、忠がくすくすと笑った。低くあまい声が「電話は突然鳴るものでしょう」とささやいてくる。この声は好きだなあ、と胸がむずむずした。

「あ、それとも迷惑だったかな。なにかしてました?」

「いえ、さっきまで友人と電話してただけで、あとはぼーっと」

「……友人って?」

ぐっと低くなった声に驚きながら「まえに話した、比奈です」と告げる。忠はほっとしたように息をついた。

「よかった。伊藤さんとかだったら、いやだなと思って」

あからさまな嫉妬《しっと》をにおわされ、里律子は赤くなった。女心をくすぐられないとは言わないが、立場上たしなめなければという気持ちは残っている。

「あのですね、伊藤さんとは本当に、プライベートの接触はないですよ」

「でも、彼には毎朝メールしてるじゃないですか。俺にはないのに」

「だってそれは、……ほしいんですか?」

なぜか言い訳をする立場になっていることに気づいて、里律子は切り返した。一瞬押し黙った忠は「そうですよ」と拗《す》ねたような声をだす。

「あの、西風さん。俺ら、もう何度かデートしましたよね。クリスマスも、約束しましたよね」

ストレートに言われ、どきりとした里律子が黙りこんでいると、忠はじれったそうに言った。

「いろいろ迷惑かけちゃったし、俺のこと情けない相手だと思ってるかもなんですけど」

「べつに、そんなことは」

「じゃあ、俺たち、もうつきあってると思っていいんですよね？」

はっきりと念押しするような言葉に、気持ちが揺れた。一瞬、なぜかさきほどの比奈の言葉が頭をかすめるけれど、それを次の忠の言葉が吹き飛ばした。

「次に部屋にいれてもらうときは、あなたが俺のものだって思いたいです」

そのひとことで、マエカノだとか、社内恋愛の面倒さがどうした、という気分になった。

（しょうがないじゃない、ミイラ取りがミイラでも）

なにより相手にここまで言わせて、答えを引き延ばすのも、大人の女としていやらしい。ずっとひたすら理性的にやってきたのだ、たまに本能に付き従ってなにが悪い。

「そう……ですね。そうだと、思います」

「よかった！」

ぱっと、電話ごしにも彼の気配があかるくなったのがわかった。そのわかりやすさが、里葎子の胸に響くのだ。

（たぶんわたし、このひとが、好きだ。そのうちもっと、好きになるかも）

まだ彼ほどのテンションではないにせよ、好意ならいまの時点でも充分にある。なにより、ここまで思われるなんて女の人生でもめったにあることではない。

「じゃあ、あの。プライベートのときだけでいいけど、里葎子って呼んでもいい？」

あまえてくるような声に、恥ずかしさを感じた。心臓がざわざわする。ときめいている自分にこそ赤くなりながら、里葎子は「いいですよ」と答える。

「じゃあ、里葎子」

「は、はい」

心なしか口調まで変わったような忠に、思わず背筋が伸びた。

「たぶん、さっき即答してくれなかったのは、未歩のことがあるからだってのは、わかってる。それでも、いずれきちんとカタはつけるから、信じてもらえるかな」

「……うん」

自然、こちらもあまえるような声になり、自分が恥ずかしかった。くすりと耳元で――電話ごしなのだからあたりまえだけれど――忠が笑い、吐息がかすめたかのように耳がしびれた。

「じゃあ、もう遅くなるし。あしたまた、会社で。あ、ちゃんとカーテンは閉めてくださいね」

「なんですかそれ。……じゃあ会社で」

おやすみなさい、と言いあって、電話を切った。しんと静まった部屋のなかで、里葎子はまだざわついている心臓をなだめるように、胸をおさえた。

「彼氏、できちゃった……」

ひとりつぶやき、ベッドに転がる。そしてはたと窓を見れば、たしかにカーテンが半開きのままだった。

「ちょ、やだ。だらしないのばれてんのかな」

ひとりごとを言いながら、浮かれているはずの心にふっと、冷たいものが滲《にじ》んだ。だがきっと、こんな感情がひさしぶりだからだろうと、すぐに納得してしまった。

自分と未歩は違う。恋愛に溺《おぼ》れきり、周囲に迷惑さえかけなければいい。

何度も言い聞かせながら、それでもなぜか、かすかに覚える不安は去らなかった。

❂

のちになって思えば、その予兆は、忠からのクリスマスのプレゼントにあった。

「なにこれ、すごくかわいい」

かわいらしいドレス姿のお姫さまが閉じこめられた、アンティークのスノーグローブ。ペーパーウェイトにも使えるそれを忠からもらったとき、里葎子は単純に嬉《うれ》しかった。

台座の部分は凝った細工の木製で、黒光りするそれが過ぎた年月を思わせる。球になった部分はプラスティックなどではなく、硝子《ガラス》製だ。なかに閉じこめられた少女が、夢をみるような穏やかな表情で目を閉じ、雪のなかに座りこんでいる。

台座を持ってそっとゆらすと白い雪が舞いあがり、少女のうえにはらはらと降りそそぐ。手のひらサイズの球形のなかに映る、シンプルだが幻想的な情景を里葎子は楽しんだ。

「気にいった？」

「うん、すごく。でもこれって高いんじゃないの？」

スノーグローブ、日本ではスノードームの名前が一般的なこのアイテムは、一部には熱狂的なコレクターなどもいる。とくに硝子製のアンティークともなれば、それなりの価格になるはずだ。里葎子が問いかけると、忠は苦笑した。

「心配するほど高くないよ。それに、プレゼントの値段訊《き》くのは野暮だろ」

「あ、そうか。ごめん。ありがとう」

あわてて礼を告げると、忠はにっこりと微笑んでうなずいてみせた。

里葎子のお返しは、忠がよく身につけているブランドのネクタイ。まだつきあって日も浅い相手の好みなどわからず、無難な選択で失敗を避けたのだ。

(こんな凝ったものもらっちゃったんじゃ……気が引けるなあ)

なにより、よくもここまで里葎子の好みのものをプレゼントできるものだ、と驚いた。

「よくわたしがこういうの好きだって、知ってたね」

「だって女のひとは、こういうもの好きだろう?」

あっさりした返答に、里葎子は苦笑する。

「いや、でもほら……ねえ? わたし、こんなだから」

繊細で、いささか少女趣味なほどのあまい装飾品は、自分のイメージではないと里葎子は思っていた。長身ではっきりした顔だちのおかげか、ロマンティックなタイプに見えないらしく、いままでつきあった相手からは実用的な品をプレゼントされることが多かった。

里葎子自身、キュートなものが似合わない自覚はあったので、あまり表だってはそういうものに興味を示してみせたことはなかったのだけれど。

「里葎子は女のひとなんだし。こういうかわいいものが好きで、あたりまえだと思う」

「……ありがとう」

そのとき、忠の言葉は純粋にくすぐったく、照れを感じた里葎子は微笑んだ。

（ちょっと物言いがアレなとこもあるんだけど、……まあいいか）

忠が自分を思ってプレゼントを選んでくれたのは事実だ。言葉尻《じり》に多少引っかかる程度で、あまり神経を尖《とが》らせるのはどうかと自分に言い聞かせた。

「会社でのスーツもいいけど、そういう女らしい格好のほうが、里葎子は似合うよ」

この日はデートとあって、ニットワンピースを身につけていた。やわらかな素材が身体のラインを浮きあがらせているこれはきれいなデザインだと思うが、正直に言えば里葎子の好みではなかった。けれど忠がしきりに勧めてきたため、思いきって購入したのだ。

忠はかなりステレオタイプな好みの男で、デートのときはおろか社内でもパンツスーツなどのマニッシュな格好をすると、いい顔をしない。

けれどそれはそれで、単純に嬉しかった。どちらかといえば、頼れる姉御扱いをされることの多い里葎子にとって、忠のようにはっきりした女の子扱いをしてくる男はめずらしかった。新鮮だったし、ときめいた。自分が、ちいさなかわいいものになった気がして嬉しかった。

包むようにふれてくる大きな手も、身体ごと捕まえてしまう長い腕も、そのときには本当に、安心できて、気持ちのいいものだったのだ。

「里葎子は俺にとってはかわいいひとなんだから、もっと、素直になればいいんだよ」

気恥ずかしいような台詞《せりふ》とともにゆっくりと手を握られ、里葎子もまた絡んだ指を握り返す。いかにもなクリスマスムードの、ホテルのレストラン。ワインの香りと、静かな音楽。

繁忙期の名店を、よく押さえられたものだ、などという疑問はそのときには浮かばず、ただただロマンティックなデートに酔っていた。

そして帰り道。忠は人気のない夜の歩道で強引に里葎子を抱きしめ、キスをした。あらがうようにもがいてもほどけず、それがなんだか強い愛情のようで、陶酔を覚えさせる。

「謝らないから。もう、あなたは俺のものだろ?」

こんな芝居がかった台詞を言われることが、一生のうち何度あるだろうか。完全に酔っぱらったようになった里葎子は、そのままふわふわとした気分でこの部屋まで忠に送ってもらい、そこでまた何度か唇を重ねて。

「このままぜんぶ、閉じこめておきたい……」

首筋に唇をこすりつけてのささやきに、神経が焼き切れそうだったその夜が、忠とのつきあいにおけるもっとも幸福な一幕だった。

❁　❁　❁

歪みのはじまりは、つきあいはじめてから一ヵ月も経たないうちに訪れた。

「……あれ」

短い正月休みが終わり、またもや慌ただしい仕事に追われていた里葎子は、ある朝、デスクのうえの違和感に気がついた。

「どうしたんですか、西風さん」

ぼそぼそとした声で問いかけてきたのは、正月早々に二連発で休みをとった伊藤だ。再三、出社するようにと励ましのメールを送ったおかげでようやくでてきた彼は、あちこち探しまわっている里葎子の姿に気が散るようで、うっとうしげな目を向けてくる。

「ん、いや……書類がなくて」

「書類？ なんのですか」

「去年までの面接評定書。入力するつもりで、未処理棚にいれておいたはずなんだけど」

採用時のものと社内面接のものとでファイリングされていたそれが、まるっとないのだ。査定に関わる部外秘書類なだけに、取り扱いは課長以外は里葎子のみがおこなうことになっていた。ひどく焦っていると、伊藤が「えっ」と声をあげた。

「なに？」

「いや、それ、三光さんに整理頼んだんじゃないんですか？」

「……頼んでないですよ。どうして？」

里葎子が振り返ると、伊藤は気まずそうに「じゃあ、勘違いかなあ」と小声でつぶやいた。

「西風さん、朝イチで面接立ち会いだったでしょう。その間に、三光さんがその書類、持っていったんです。自分がやるからって」

「なにそれ？　伊藤さん、なんで止めなかったの」

「ぼくがいない間に、そういう話になったのかと思って……」

　そんなわけないだろうと怒鳴りそうになったが、これは彼の咎《とが》ではない。里葎子は意識的に呼吸を整え「なにか行き違いがあったのかもね」とだけ告げたのち、デスクに向き直った。

　頭のなかは疑問符だらけだったけれど、まずは確認と社内メールで忠への連絡を飛ばした。

【伊藤さんからいま聞いて、確認したいんだけど、面接評定書のファイル、そっちにある？】

【あるよ。もう整理終わったから】

　数秒で届いた返信は悪気のかけらもなく、あっけらかんとしていた。それだけに頭が痛くなり、里葎子はうなりつつ再度メールを書いた。

【その書類については、課長からなにか指示がでてたの？】

　基本的に人事課のこのチームについては、《お姉さん》である里葎子がリーダーだ。課長からきた指示についてメンバーに振りわけ、最終的にとりまとめるのが仕事でもある。

　本来なら、中途で部署を異動になった忠は立場上《末弟》になる。しかし、しょっちゅう休みをとる伊藤よりも彼のほうが実働時間も長いため、最近では課長も「これは三光くんに」と名指しで仕事を振ることが増えていた。そのため、里葎子を飛び越してなにか指示でもでたのかと思ったが、忠の答えに思わず眉《まゆ》が寄ってしまった。

【指示はないけど手持ちぶさただったし。里葎子が大変そうだったから、手伝っただけだよ】

悪びれない言葉に、どう注意したらいいものかわからなくなる。手持ちぶさた、と忠は言うけれど、年末から頼んだままの仕事がひとつ、終わっていないのを知っていた。

【過去の求人情報の書類整理、まだ終わってないよね？】

その後の返信は、ずいぶんと間があった。顔をあげ、すこし離れた席にいる忠を見ると、里葎子と目があわないように顔を伏せたままでいる。

【べつに急ぎじゃないって言ったから、いいと思って】

言い訳がましいそれが届いたのは、さきほどまでと違い、たっぷり十分は経ってのことだった。里葎子はこっそり、顔をしかめる。

（よくないな、これ）

やる気もあって使えると思われた忠こそが、最近の里葎子にとって悩みの種だった。気をまわして仕事を手伝ってくれるのはいいけれど、手を出しすぎるのだ。今回のように、頼んでもいない――しかも権限がないことを勝手にやるのは、これがはじめての話ではなかった。

おかげで里葎子は、彼がなぜ総務ではいまひとつな評価だったのか、徐々にわかってきた。たしかに仕事ができる面もあるが、単純な書類整理や片づけなど、要するに『雑用』と呼ばれる、誰でもできる仕事に関して、極端なほどモチベーションをさげ、あとまわしにするのだ。

（さて、どう注意するか）

里葎子のお手伝いより自分の仕事を片づけてくれ――などと言えばたぶん、厚意をないがしろにされたと忠はへそを曲げる。里葎子はできるだけやんわりとした口調でメールを送った。

【急ぎではないし、合間見て、って言ったけど、あとまわしにするとどんどんたまっちゃうよ。できたら、今期のうちに終わらせたいから、二月までには片づけてね】

またもや返信は遅く、戻ってきた内容に、里葎子はため息をかみ殺す。

【それって、命令？　俺のやりかたとか、段取りにまで口だされるのは、それこそちょっと違うと思うんだけど。彼女だからって、そういうのおかしくない？】

うわきた、と肩を落とす。業務上のことを感情論で切りかえされるのも、毎度のことだ。

忠にたいする里葎子の立ち位置は、明確な上下関係がないだけに厄介だった。

社内でも扱いが曖昧《あいまい》な家族制度に則《のっと》れば《お姉さん》と《弟》という縦割りの関係ができあがってはいる。しかし役職的に言えば里葎子も忠も同じ平社員であり、チームリーダーというのもあくまで便宜上のことで、強制権などはない。

（自業自得、なのかな……）

忠との関係が恋愛に発展してしまったせいで話がややこしくなったのは否めない。『自分の女』である里葎子にあれこれと指示をだされるのはかなり不愉快らしく、ことあるごとに皮肉を口にするのだ。

そしてさらに面倒なのが、もうひとつ。

【だいたい、なんで伊藤さんからそんな話聞いてんだよ】

隣の席の部下だから。それ以外になにがある。彼に聞かなければ、わたしはまだ書類を探してうろついていたところだ。

言えない言葉が腹にたまって、圧迫感すら覚えた。まだつきあいはじめて日も浅く、遠慮もある。だが同時に、なにかがおかしい、という気がしてならない。

（でも、なにが……？）

考えこんだ里葎子の様子に気づいたらしい伊藤が、こっそりとメモをよこした。

『だいじょうぶですか？』

彼は神経質すぎるが、そのぶん他人をよく見ている。些細《ささい》な変化にも気がつく。苦笑いでうなずいた里葎子をじっと見た伊藤が、視線をちらりと動かして眉を寄せた。

（なに？）

うながされた気がして、視線のさきをたどると、目を眇《すが》めた忠がこちらをじっと見つめている。剣呑《けんのん》な目つきに寒気を覚えた里葎子は、パソコンの画面に目をやるふりで顔を背けた。

（なんなの、あの顔）

忠との交際に関して、いまのところ里葎子は社内の誰にも話してはいないし、見破られてもいない自信があった。はっきり言ってしまえば、誰にも知られたくはなかったし、忠にも内緒にしておこうという話はつけてある。

――内緒にしないと、だめなの？

どうして、と不服そうな忠には「いろいろ突っこまれると面倒だから」と返したが、この狭い環境のなかでは当然の配慮だ。そういう質問をしてくること自体、妙だった。

（あのひと、なんで自分が異動したか忘れたの？）

もと彼女の未歩もまだ在職している状態で、監督する立場の里葎子とまでそういう関係になったと発覚すれば、完全な修羅場だ。上層部も今度こそそれなりの処置を考えるだろう。

けれどああもろこつな態度を彼がとっていては、いずれは周囲にばれてしまう。

どうしたらいいのか、と煩悶《はんもん》するうち、忠からのメールが続けて届いた。見たくない気持ちをこらえ、渋々開封した里葎子は、文面を見るなりさらにげんなりした。

【さっきから伊藤さんとこそこそ、なにしてんの？】

たったそれだけの短文なのに、こうも重苦しいメールというのはありなのだろうか。存外に嫉妬《しっと》深い忠は、同僚と里葎子が話しているだけで、いやな顔をしはじめるようになっている。なによりメモを一枚やりとりしただけで、こうも追及されるのはいきすぎだ。

恋愛って、こんなのだっけ。そんなことすら考えてしまう。

（ともあれ、仕事はさせないと……）

どうにかあたりさわりのない言葉で忠の機嫌をとり、『お願い』の形で仕事をふって――そんなくだらないやりとりのおかげで、小一時間近くも仕事の手が止まり、神経をわずらわされたことに、げんなりした。

一見はさわやかな彼が、こうまで地雷なタイプだったとは予想していなかった。

ただでさえ面倒な社内恋愛だというのに、ちょっとどころでなく忠はやりすぎている。

（……わたし、なにか間違えたかな）

鳩尾《みぞおち》のあたりに冷たいものを感じた里葎子は、背中からじわじわと押し寄せる不安に、ぶるりと震えた。

◎

それからさらに日が経ち、里葎子の不安と後悔を形づくったのは、未歩の存在だった。

かつては周囲が眉をひそめるほどのべったりぶり、あらゆる仕事を忠に任せていた、という彼女のその後について、里葎子はできるだけ耳にいれないようにしていた。

異動が決定した当初、里葎子が総務部を通りかかった際などは、恨みがましく睨まれることもあった。人事課に属している以上、ある意味『別れさせた側』と見なされているのはしかたがないとあまんじていたが、忠とつきあうようになってからは個人的に気まずくなり、なるべく彼女のいる総務に顔をださないようにしていた。

とはいえ社内のこと、本人と出くわす可能性もゼロではない。だが年が明けたあたりから、不思議なことに、まったく未歩の姿を見かけなくなり、それが妙に気になった。

(まさか、出社拒否、とか……?)

彼女が異動したわけでも、辞めたわけでもないことは人事ファイルで知っている。いったいどういうことなのかと訝《いぶか》る里葎子の疑問を解明したのは、したり顔をした課長だった。

「なんか彼女、憑《つ》きもの落ちたみたいになっちゃってるらしいねえ」

面接の打ち合わせのために会議室に呼びだされ、あれこれと指示を受けていた里葎子をまえに、課長はひとりごとでも言うかのようにつぶやいた。

話の見えない里葎子が「彼女？」と問う。

「ほら、あの……尾崎さん。尾崎未歩さん。いま、まるで別人みたいだそうだよ」

「へえ……」

この場にはふたりしかいないというのに、なぜか声をひそめてみせた課長の話によると、未歩の派手だった服装はなりをひそめ、茶色かった髪も黒髪に、メイクもごくナチュラルなものへと変化したらしい。そして変わったのは見た目だけではなく、勤務態度もだという。

「案外、やればできる子だったみたいでね。あれかなあ、三光くんが世話、焼きすぎちゃったのかな。いまも、西風さんの仕事、ずいぶん請け負ってるみたいじゃない？」

「それは……」

かつての里葎子であれば、未歩が一方的にあまえていたのだろう、としか思わなかったかもしれない。だがこのところ、忠が里葎子の仕事に手をだそうとする頻度はさらにあがっていた。しかもいままでどおりのやりかたではなく、自分ルールを設けての処理をしようとするため、衝突することも多くなっている。

「三光くんも落ちついてきたし、やっぱり引き離して正解だったみたいだね」

悦にいっていた上司は、ふと言葉を切って里葎子を見つめた。

「なんでしょう？」

「そういえば、西風さんもちょっと雰囲気が変わったかな」

「え……」

その言葉に、里葎子は自分でも驚くほどの動揺を覚えた。ざわっとうごめいた心臓を服のうえから押さえてみると、意味不明の鼓動の速さを手のひらに感じた。

「そ、んなに、変わってます？」

「いや？　女らしくていいと思うけど、イメチェンしたのかなー、なんつって」

ははは、と笑っている上司にあわせ、里葎子はあいまいに微笑んでみせる。だがあらためて自分の姿を見おろし、すうっと首筋に冷たいものを感じた。

スモーキーピンクのカシュクール。かつての未歩ほどのボディコンシャスなものではないにせよ、この色も、胸元のふくらみがはっきりとわかるうえ、角度によっては谷間が強調されるようなデザインも、以前ならばけっして選ばなかっただろう。

（わたし、まえはどんな服、着てたっけ？）

無意識に髪をかきあげる。頬に触れる長いそれがもたらす掻痒《そうよう》感が、一瞬で耐えがたいもののように感じられた。

最近の里葎子は服に合わせて、いつもアップにしていた髪もおろし、毛先をゆるく巻いている。書類仕事の際、垂れ下がる髪がじゃまでしかたないのに——忠の目があるせいで、まとめることすらできなかった。

あまりに唐突にやってきた違和感に対処しきれず、里葎子は茫然《ぼうぜん》となった。

——だって女のひとは、こういうもの好きだろう？

――そういう女らしい格好のほうが、里葎子は似合うよ。

深く考えさえしなければ、忠の言動になんらおかしいところはなかった。

ステレオタイプな女性への扱いも、やんわりとしていながら好みを主張する物言いも、そこまできついものではない。

(べつに強制されたわけじゃ、ないし。彼氏の好みにあわせるとか、ふつうのことだし)

けれどその『ふつう』は、里葎子にとってストレスのないものだっただろうか?

呼吸がうまくできないと気づいた瞬間、息苦しさというのはひどくなる。息を、吸って吐く、ただそれだけの、しかし身体にとって必須《ひっす》のシステムをひとたび意識したとたん、とりこめない酸素に喉《のど》は狭まり肺がこわばってしまう。

見えないものを探してあがき、『ある』はずのものが『ない』と怯《おび》え、そのうちにはそもそも、それが『あった』のかすら定かでなくなる――。

「西風さん? どうかした?」

「ああ、いえ、なんでも、ありません」

課長の声に我に返り、里葎子はまとめた書類を抱えてその場を辞した。

執着して見える未歩に対し、忠はたしかにずいぶんと冷めていた。それも恋愛ならばしかたないと思えていたけれど、なにかがどうしようもなく引っかかる。

変化した服装。仕事への取り組み。ベクトルの方向は真逆ながら、忠を軸に変化した女がふたりいる、この事実をどう受けとればいいのだろう。

足早に歩きながら、ぐるぐるとまわる頭のなかで、親友の声がこだまする。

——なんかひっかかるんだ、ちぐはぐなの、印象が。そりゃ、恋したらおばかになる、って
ひとことですませることもできるんだけど、陶酔期がずいぶん短かったなあと思って。

比奈が案じるようにつぶやいた言葉こそが、本質を見抜いていたのだろうか。

どっと、頭に押し寄せてきたのは未歩からきたという忠あてのメールの文面だ。

【あなたがいないと、なにもできなくて……】

あれを見せられた当時、なにをあまったれたことをと里葎子は鼻白んだ。しかしその一文を、
きのうの里葎子はたしかに入力したのだ。

【本当に頼りにしてるの。忠がいなきゃ、だめだから】

本音ではなかった。ことあるごとに怒ったり拗《す》ねたりする彼の機嫌をとるための文言で、と
にかく頼っているということを伝えてさえおけば、忠はにこにこしている。

未歩も、そうだったのだろうか。彼が去ったあと落ちついたというのなら、あのあまったる
いメールのすべてが、彼女の本意ではなかったのか。

(まさか、そんな)

考えすぎだと打ち消しながらも、頭のなかに浮かぶのは、プレゼントのスノーグローブ。

ガラスの球体に護《まも》られた——同時に閉じこめられた、か、わ、い、ら、し、い、お、ん、な、の、こ。

目を閉じ、たったひとりで座りこんだあの姿が、ひどくまがまがしいものに思え、里葎子は
そっと身震いした。

日を追って、忠の態度と要求は大きくなっていった。また仕事に関しても、忠は対外的に評価が見えやすい部分ばかりをやろうとし、ファイリングなどの地味ながらも重要な作業は里葎子や伊藤に押しつけようとしがちであることも見えてきた。

◎

むろんそれを通す里葎子ではなかったし、場合によっては《お姉さん》の立場を強調して押さえこむことすらあった。だが、そのつけは私生活のほうへとまわされ、恋人としての忠はかなり最悪な部類に変化していった。

嫉妬《しっと》深さを隠そうともせず、同じ部署内であるのをいいことに目を光らされる。たまに面接やそのほかの業務で席を外す時間があれば、帰ってきてから根掘り葉掘り、誰となにをしゃべったか、なにがあったかを訊《き》きだそうとされる。

プライバシーの侵害や、守秘義務を訴えても「恋人なら当然」と睨《にら》まれたり、かと思えば手のひらをかえしたようにあまえてみせたりと、ころころ態度を変え、里葎子は振りまわされた。

なかでも、火種になりやすいのは、同じ部署の伊藤のことだった。メンタルが弱い彼に対してのフォローは業務のうちであると里葎子は認識していたけれども、忠は違った。

「なんで、彼氏でもない男に毎日毎日、がんばれだとか、様子はどうだとか、そんなお伺いたてやらなきゃいけないわけ」

「言ったでしょう、これもわたしの仕事だってば」

「《お姉さん》だからやってあげないといけないって？　そんなこといいながら、本当はあいつにも気を持たせてるんじゃないのか？」

話が通じず、何度もけんかした。売り言葉に買い言葉でいやなことも言いあった。

というよりも、そのころにはあまい時間などほとんどなく、顔をあわせればもめるか、黙りこんでお互いをにらんでいるかのいずれかだった。

そして――そのうちに、『あれ』がはじまったのだ。

❁　❁　❁

重たい足音。背中に圧迫感を感じて、里葎子は胃がひやりとするような感覚に耐えた。

早朝の会社、部署内には里葎子と彼以外の姿はなく、しんと静まりかえっている。そのなかで忠の剣呑《けんのん》な存在感は痛いほどに感じられた。

（まただ）

伊藤あてのメールはあくまで業務だ、やめる気はないと言ってゆずらない里葎子に対し、忠は「メールするな」と口で言うことこそなくなった。けれどいつごろからか、忠は伊藤あてのメールを書いていると、必ずうしろに立ち、無言で睨んでくるようになった。

言葉をかけられることはなく、なにかしてくるでもない。ただ、じっと立っているだけ。沈黙と圧迫感に耐えかねた里葎子が「なにか用なの」と声をかければ、「べつに」と言って去る。

(言いたいことあるなら、言えばいいでしょ)

口に出したが最後、社内であろうと醜い言い争いになるのはわかっている。火種をこちらから作ることだけは避けようと、里葎子は押し黙った。

険悪な毎日の繰り返しに、神経はだいぶすり減っていた。けんかばかりの状態で、デートらしいデートはなく、顔をあわせてももめるばかり。

別れようか、という話を口にしたところ、忠が烈火のごとく怒り、里葎子を罵《のの》り倒したあげくに泣かせると、またあのあまったるい口調でなだめにかかるパターン。合間に、懐柔か、もしくは服従させるためだけのセックスを挟む関係に、里葎子はひどく疲れてきていた。

(なんなのよ、もう)

だからだろうか、いつもであれば無言のプレッシャーをかけてくる背後の忠にひとことかけるのに、その日はうしろを振り返ることはせず、黙りこんで伊藤あてのメールを書ききった。

【おはようございます! 本日の体調はどうでしょうか? 午後からは面接の予定もはいっていますので、都合が悪いようでしたら連絡をくださいね! いっしょに乗りきりましょう!】

精神状態は最悪で、顔は能面のようにこわばっているというのに、文面だけはあかるい。伊藤が入社してからずっと続けてきただけに、里葎子自身のコンディションには関係なく綴《つづ》ることのできる定型文だからだ。

けれどそれが、忠のカンに障ったのかもしれない。

「……にが、いっしょに、だよ」

地を這《は》うような声が、頭上から聞こえた。そして直後、背後から覆い被《かぶ》さるようにしてきた忠の手のひらが、ばん！　という音を立てて机に叩《たた》きつけられる。

最初は、なにが起きたかわからなかった。里葎子は硬直し、身動きすらできなかった。マウスを握った里葎子の手、その二センチばかり横に、忠の肉厚で大きな手がある。衝撃の余韻で、机がびりびりと震えていた。

甲に浮きあがった血管を見た瞬間、血の気が引いた。全身がこわばったまま、振り返ることもたしなめることもできない。

「……ひ」

無言で手のひらを引く忠の親指が、里葎子の小指をかすめた。瞬間、飛びあがるようにして手を浮かせたけれど、なにも言わず彼は身を離し、その場から去っていく。

里葎子は真っ青になったまま、未送信のメールを眺めた。こわばった指をどうにか動かし、クリックすると、伊藤にあてたメールは瞬時に送られる。いやと言うほど見慣れたその光景がひどく遠く、まっすぐ座っているはずなのに、身体が斜めにかしいでいるような気がした。

(な、に。なんだったの、いまの)

自分がショックを受けているのだと気づいたのは、それからずいぶん経って、伊藤がいつものとおり、陰鬱《いんうつ》な顔で出社してきてからだった。

「おはようございます……西風さん」

ませておく事務処理なども、なにもできていない。

時計を見れば、メールを送信してから三十分以上が経っていた。いつもなら、朝のうちにすませておく事務処理なども、なにもできていない。

「ちょ、ちょっと、お茶いれてくるね」

どうにか、自分を立て直そうと里葎子は無理に笑ってみせた。だが立ちあがるのすら億劫《おっくう》で、自分の身体が錆《さ》びた機械のように感じられた。そしてようよう振り返ったさき、信じられない光景を見た。

忠が、出社した課長と出入口まえで談笑している。ほがらかで、なんの屈託もない、さきほどのあの怒りをぶつけた男とは思えないほどさわやかな顔で笑っている。

そしてあろうことか、里葎子に対しても笑いかけてきた。

「ああ、西風さん。お茶ですか？」

「え、……ええ」

「よかったら俺たちのぶんも、お願いしていいですか？」

隣にいた課長はなにも気づかず「おいおい、だめだよそれは」とたしなめる。

「西風さんが自主的にしてくれるならともかく、お茶くみは頼んじゃだめだってば」

「いや、彼女はやってくれますよ。……ねえ？　そうですよね？」

「は、い」

ぎくしゃくしながら、里葎子はうなずいた。忠のそばを通りすぎるとき、刺すような視線を感じた気がしたけれど、振り返るとやはり忠は笑ったまま課長と話をしていて、こちらを見てもいなかった。

（機嫌、悪かったのかな）

無視されたと思ったのだろうか。謝るべきなのだろうか。けれどこちらはなにもしていないし、ここで譲るのは間違っていると思う。

これで別れるなら別れてもかまわない。仕事は、仕事。自分が間違っているとは、思えない。

——そう自分に言い聞かせ、里葎子はその日いちにち、忠に対して話しかけることもせず、彼もまたおなじだった。

退社時、待ちあわせの予定も、いっしょに帰るかどうかを聞くこともないまま、里葎子は黙って帰途についた。忠からは電話はおろか、メールの一本もない。このところのぎくしゃくを思えば、終わりのサインかもしれない、と思えた。

寂しくなるよりほっとしてしまうあたり、自分がひどく疲れていたのだと気づかされた。

（あすの朝、話だけでも、しよう）

いずれにしろ、いまのままでいいわけがない。いやな展開になるのは予想がつくけれど、それも自分で責任をとらねばと、里葎子は思った。

◎

翌朝、自分のデスクについた里葎子はパソコンを起動し、メーラーをたちあげた。そこで忠が背後につく。毎度のパターン化してきた一連の作業に、むなしいおかしさすら覚えた。

ごくり、と里葎子は息を呑《の》み、振り返らないまま口を開いた。

「……ねえ、あの」

ひとまず、話をしたいときりだそうとした、そのときだった。

――ばん！

里葎子の顔をかすめ、忠の手のひらが机をたたいた。風圧に、頬がひやりとする。結いあげていたこめかみの髪が乱れ、はらりと落ちた。

ふたたび、ばん！　と音がたつ。びくっと飛びあがったところで、もういちど。

わけがわからないまま、衝撃に口を閉ざした里葎子の背後から、忠はゆっくりと去っていった。ひとことも口をきかず、またどんな顔をしていたのかもわからない。

里葎子の手は、がたがたと震えながら、きつく握りしめられていた。

❂

それから、忠とのけんかは、いっさいなくなった。

おそろしいことに、朝の爆発的な叩《たた》きつけ以外については、むしろこじれるまえの忠が戻ってきたかのように愛想がよく、やさしくすら振る舞ってみせる。

ただし里葎子の朝の習慣に、あたらしい要素がくわわった。

忠はもう、伊藤のメールに対しても文句は言わない。これといって束縛するような、ろこつ

その暴発がいつ自分に向けられるのかと思うだけで、里葎子の神経は疲弊していった。

を脚で、ただとにかく三度、里葎子のデスクに向けてだけ、暴力をふるう。

最初は弱く、次に強く、三度目に、もっと強く。日によっては拳《こぶし》で、ときには机の引き出し

けれど、毎日、毎朝、ばん、ばん、ばん、と机を叩き続ける。

な台詞《せりふ》もなくなった。

※

季節は春をすぎ、初夏に近づいていた。そのころには、里葎子は忠の束縛めいた感情に疲れ果て、逃げだすことしか考えられなくなっていた。

「別れたいの」

何度目かわからなくなったその話を切りだすと、里葎子の部屋で煙草を吸っていた忠は「またその話？」とうんざりした顔で言った。

「また、じゃなくて。もう何回も言ってるよね？　どうしてうなずいてくれないの？」

「里葎子、本気じゃないだろ。疲れてるんだよ。最近仕事忙しいもんな。だいじょうぶ？」

誰のせいで疲れてると思うのだと、言いたいけれど言えなかった。表情だけは心底、こちらを案じているように見える彼のことが、怖くてたまらなかったからだ。

毎日続く、ものへのやつあたりに耐えかね、忠との別れ話を最初に切りだしてから二週間が経過していた。それを認めない彼との間は、当然ながらこじれた。会社以外での時間は極力避

けるように気をつけたけれど、そのうちに家まで押しかけてくるようになった。

居留守を使ってしのごうとしたが、これもまた毎日、無言のままずっとドアを——それも、あの大きな音を立てて叩き続けられた。きのうはついに近所から苦情を言われ、しかたなく、「十分だけなら」と入室を許可したのだ。

のちに思えばなんて無防備なと自分を叱りつけたくなるけれど、当時はまだ彼のやさしい顔と、その裏側に潜んだ暴力的な気配とに戸惑っていて、警戒しきることができなかった。

結果、話は平行線をたどり、十分どころか小一時間すぎても彼は帰ろうとしない。それどころか、だらりとネクタイをゆるめ、「ちょっと貸して」と里葎子のパソコンを使い、暢気《のんき》にネットサーフィンまでしている。

「……ねえ、ほんとに疲れてるの。きょうは帰ってくれない？」

「んー。この調べもの終わったら」

「なに、調べてるの」

「ちょっとほしいものがあって」

ちらりとブラウザ画面を見ると、ネットショップのページが開いていた。そこにはインポートの靴や服、雑貨類がずらりと並んでいる。

（顔だけは、暢気なこと）

タッチパッドのうえで、くるくるとまわる長い指。ひところは、やわらかく里葎子の肌にふれていたそれが、もはや怖くてたまらなかった。とにかく神経を刺激しないよう、彼の好きなコーヒーを淹《い》れ、ベランダ側のサッシ窓に寄りかかって里葎子はただ待った。薄いカーテン越しに、外気に冷やされたガラス窓。背中が冷えきって痛かったけれど、もっとも外に近い――逃げ場になるそこから、離れたくなかった。

「……うん、ありがとう。じゃ、俺帰るわ」

しばらく経って、持参したらしいフラッシュメモリになにかを保存した忠は、ようやく立ちあがった。ほっとして、里葎子もうなずく。

冷えきってこわばった背中を伸ばし、里葎子は玄関まで彼を見送る。そうしないと不機嫌になるし、いつまでも部屋からでていってくれないからだ。

「それじゃ、またな」

靴を履いた彼は、ドアの外にでるとあかるい声で言った。それが里葎子の神経を波立たせた。どうせ会社で会うことになる。「また」などない、会いたくないと言っても意味はない。それでも里葎子は、この不毛な状態をどうにかしたいという気持ちでいっぱいになり「ちょっと待って」と声をかけ、小走りに部屋の奥へと向かった。そして不思議そうな顔をしている忠のまえに戻ると、すでに用意済みだった小袋を差しだす。

「なに、プレゼント？」

一瞬嬉《うれ》しそうな顔をした忠が信じられなかった。何度も何度も別れたいというのに聞いてくれず、なぜそんな思いこみができるのか。

「じゃなくて。あなたからもらったもの、返したいの。本当に別れたいの。もうこないでほしい。お願いだから理解して。それじゃあ、さよなら！」

口早に言った里葎子は、忠がきょとんとしている間にそれを彼の手に押しつけ、急いでドアを閉める。逸《はや》る手で、鍵《かぎ》をかけ、チェーンをした。またあの、どんどん、という大きな音がはじまるかと思ったけれど、ドアの外はしんと静まりかえっていた。

忠の手に押しつけたのは、いつか彼にもらったスノーグローブだった。きれいに磨かれた、ガラスの球体のなかのお姫さま。あれが自分そのものに思えて息苦しくて、目にはいるのがつらく、数日前に包装し直して袋に突っこんでおいたのだ。

中身を、忠は見ただろうか。激怒するかもしれない。今度こそ殴られるかも。

心臓がばくばくと激しくなり、全身に冷や汗がでている。しばらくじっと様子をうかがっていると、足音が遠のいていくのがわかった。

「終わった……？」

つぶやいた声が震えきっていて、ずるずるとその場に崩れ落ちた。不安と安堵《あんど》とが入り混じった状態のまま玄関にしゃがみこむ。しばらく動けそうにもないと、膝《ひざ》を抱えてうずくまる。

それでも、どうにかひとつの決着はついたと思う。会社で顔をあわせるのは気まずいけれど、お互い大人なのだから、忠も問題を起こしたくはないだろう。

必死に自分に言い聞かせるけれど、重苦しい不安感は去っていかなかった。立ちあがる気力もないまま、里葎子は長い間、その場を動けなかった。

ことん、とかすかな音がして、目のまえにきれいな薄手のカップが置かれた。里葎子がはっとして顔をあげると、そこには美貌《びぼう》の主が穏やかな笑顔をみせていた。

「喉《のど》、渇いたと思いますから。どうぞ」

「……つまらないこと、長々話しちゃって、すみません」

ひとり客でもゆったり食事がとれるようにか、奥行きのあるカウンターテーブルのうえには、もう里葎子の皿は残っていない。鬱々《うつうつ》と過去に沈んでいる間に、またもや魔法のように片づけられてしまったらしい。

「大変な思いをなさったんですから、愚痴くらい言ったっていいと思いますよ」

カウンター越しに、微笑む店長は、きっと客の繰り言など聞き慣れているのだろう。それでも親身に耳をかたむけてくれているかのような錯覚をおぼえ、里葎子はぎこちなく笑みを返してカップを手にとった。

縁に金彩《きんだみ》がほどこされたマイセン、うす黄色く爽《さわ》やかな香りがするミントティーが湯気を立てている。ひとくち含むと、粘ついて苦い過去ごと洗い流してくれるかのようだ。それでもわずかに拭《ぬぐ》いきれないものが、里葎子の口を動かした。

「愚痴を言うのが苦手なんです。ひとに細かいこととか事情とか説明するのが、好きじゃなくて。……なんで、店長さんには話しちゃったのかな。ほんと、どうかしてる」

言い訳がましくすべる口に顔をしかめていると、店長はふわりとした口調で言った。

「お酒をだす店は、ひとの話を聞くのも仕事のうちですから」

「でもいくらなんでも、ここまで話すひといないでしょう？」

自嘲《じちょう》気味につぶやいた里葎子に「いえいえ、まだまだ」と店長はすました顔をした。

「なにしろわたし、カウンセラーの資格持ってますからね」

「えっ、嘘!?」

「はい、嘘です。本当は魔法使いで、さっきの食事には自白剤が混ぜてありました」

あっけにとられ、すこしいたずらっぽく笑った店長の顔をじっと見つめた里葎子は、思わず噴きだしてしまった。

「ちょっと、店長。魔法使いが自白剤って、設定が破綻《はたん》してますよ」

「いや。中世の魔女と呼ばれたひとたちには薬剤師的なひともいて、幻覚作用のある薬草も扱っていたそうですよ。ベラドンナなんかは自白剤の原材料にも使われたそうですから、あながち破綻もしてません。ちなみに、男でも〝魔女〟って言うんですよ。魔法使いとは根本的に違うんですって。知ってました？」

「なんですか、その謎のうんちく」

「役に立たない知識を集めるの、好きなんです」

しれっとした言いざまに笑ってしまいながら、たしかに目のまえのうつくしいひとが魔女だというのならば、妙に納得してしまうような空気があると里葎子は思った。

ひとしきり笑ったあとに、ふうっと息をついてミントティーをひとくちすすった。

「このお店、いつきてもひとりなのは、魔女が客を選んでるからですか？」

「そうかもしれません。すくなくとも、いまここは、あなただけのための場所だから」

茶化した物言いをしてみせたのに、やさしい口調で肯定されて、里葎子の心のたががゆるんだ。ついでに涙腺《るいせん》も疼《うず》いたけれど、泣くほどの痛みは襲ってこない。

「……別れるって、すっごく体力いるんですよね。たいしたつきあいでもなかったんだけど、会社絡みのせいでいろいろ、こじれて」

感情がぐらついている。まだ告白欲は収まりきっておらず、どこかでセーブしたいと思うのに、あまいミントティーが舌をなめらかにする。

それとも本当に、このなかにベラドンナのエキスが一滴、はいっていたりして。想像してみると、怖いような楽しいような気分になった。

店長は違うカップで、同じものを飲んでいた。持ち手をつまむのではなく、中指だけをくぐらせてカップ全体を手のひらで包むような持ち方は、妙にさまになっている。

「男のひとって、そういう持ちかたするひといますよね。手が大きいからかな」

「……ああ、これは、失礼。行儀が悪いですね」

「いえ、いいんです。むしろ、かっこいいなと」

咎《とが》めるつもりはなかった、と里葎子は両手を振ってみせた。そして、男性の男っぽい仕種《しぐさ》にときめいていた時期もあったことを、思いだした。

ちょっとした所作の違い、なにげない動作――そういうものに恐怖や嫌悪を覚えるのではなく、単純で淡い憧《あこが》れを持って見つめていたときも、ちゃんとあったのだ。

「わたし、男のひとの長い指って、すごく好きだったんです。十代のころ。自分は背が高いわりに、そんなにすらっとした手じゃないから」

どちらかといえば短い指を眺めて言うと、やさしい店長は「里葎子さんの手はかわいらしいと思いますよ」と言ってくれた。このひとの発するあまい言葉だけは、素直に受け取れる。遠い昔、大好きな学校の先生に頭を撫《な》でられたときのような気持ちに似ていた。

けれど、ほかの男たちは違う。里葎子を脅かし、怖がらせる。

「そのかっこいい手が、すごく大きい音を立てるのが、いやだったんですよね」

声を発したとたん、自分の顔から表情が抜け落ちるのがわかった。店長はなにも言わず、じっと里葎子を見ている。聞いているよ、というように、ただうなずく。

「思い通りにならないと、ものにあたるんです。たたくの」

「まさか、里葎子さんも……？」

眉《まゆ》を寄せた店長に、それはない、と里葎子はかぶりを振る。

「殴られたことは、ないです。でも、もっとひどいことされました」

「ひどい？」

無意識に、両手でカップを握りしめた。自分の指先が冷えきって震えているのを、ミントティーに浮かんだ波紋と、皮膚《ひふ》の表面だけが妙にひりひりすることで認識する。五感がうまく機能しない、これもあの時期からはじまったものだった。

「むかしのことです。終わったことだから」

昼だけが笑みの形を作る。笑いたくないのに表情だけ笑ってしまうのは、たぶん防衛本能だろう。笑い飛ばせることだと、自分をだましていたいのだ。

「……終わったなら、よかったですね」

店長は、里葎子の虚勢を崩そうとはせず、穏やかに「おかわりは」とうながしてくるのみだった。だからこのひとは好きだ。里葎子の怯《おび》えをやさしく放っておいてくれる。

「もう、充分です。おなかはちきれそう。おいしかった」

「そうですか。よかった」

カウンターのなかとそと、この距離感がありがたい。立ち位置をけっして崩さない店長の、やわらかい遠さは安心感がある。

千正ならばこうはいかない。たぶんこちらが隠したいことも、無意識に気づいていないことも、ぜんぶをあの強引さで引きずりだして、暴こうとするだろう。

だからあの男は苦手なのだ。そう考えて、苦い笑みが浮かんだ。それでもさきほどの凍ったような微笑みよりはずっと温度がある表情だということも、なぜ千正のことを考えてしまったのかも、里葎子は自覚していなかった。

「お気をつけて。ありがとうございました」

会計をすませ、外にでる。夜風は冷たく、アルコールと食事であたたまった身体を一気に冷やした。「さむっ」とひとりつぶやいて、帰途につく。通りにでるまではすこし小走りになるのは、薄暗い住宅街がちょっとだけ怖いからだ。

それでも、あのころ覚えた根元的な恐怖より、夜道のほうがずっとましに思えた。

忠にされた、ひどいこと。男が怖くなった、その原因。

「……監視、されてたんですよ。ずっと」

いまだに疵《きず》になっている過去を夜の闇に言葉として放つ。うつろな響きに、ぞっとした。

❁

終わりと考えた里葎子があまかったことは、忠との別れ話の翌週、血相を変えた人事課長から、会議室への呼びだしがかかったことで立証された。

「個人情報流出……って、どういうことですか」

里葎子が管理していた人事の個人情報ファイルが、まるごとネットに流出したと聞かされて、はじめはなにがなんだかわからなかった。内容は面接応募者の名前、住所、合否。それらがネット上の一部の掲示板にさらされているのが、会社の評判を確認するためのエゴサーチで発見されたそうだ。

「きみの管理下にあるものだったよね。どういうことかと聞きたいのはこちらのほうだ」

「なにをしたんだ！」

ぐるりと囲んだ幹部社員たちの顔に、憔悴《しょうすい》と憤怒が滲《にじ》んでいる。里葎子は貧血を起こしそうになりながら、詰問されるだけの時間に耐えた。インターネットやパソコンに詳しくない年配の彼らは、里葎子が意図的に情報を漏らしたと決めつけてかかり、そのことにも面食らった。里葎子自身、社内システムの使い方くらいは理解しているが、パソコンに精通しているわけでもなく、また突然の事態に頭が硬直してしまっているいまは、理論だてた説明をしろと言われてもうまくできなかった。

意外なことに、そこでフォローをいれてきたのは、同時に呼びだされていた伊藤だった。

「あ、あの。情報漏洩《ろうえい》がウイルスやスパイウエアのせいなら、うちの会社の端末を使ってる全員に、可能性が、あります」

「どういうことだ」

取締役部長に睨《にら》まれた伊藤は、びくっと肩をゆらした。だがおどおどとした口調ながら「システム担当に、説明されていませんか」と伊藤は食いさがる。

「いま、どこから漏れたのか調査中だ」

サーバーのログを洗い直して、外部の違法アクセスがあったかどうかを調べているという返答を受け、伊藤はうなずいたあとに言った。

「ファイルの管理は、西風さんかもしれませんが、保存先はイントラのサーバーですし。スタンドアロンでない以上、ネットから侵入することは可能で、誰かひとりのマシンがファイヤーウォール切ったりしてたら、そこに穴が……」

「よくわからんが、パスワードだかがあるんだろう」

「いや、だからパスワードもキーロガーなんか使えば、盗むのは案外簡単です」

「そんなゆるい警備体制なのか⁉　いったいなにをやってるんだ！」

怒鳴りつけた課長に、伊藤はむっとしたように顔を歪《ゆが》め、ぼそりと吐き捨てた。

「……課長こそ、パスワード書いたメモ、机のうえに貼りつけてたことあったじゃないですか」

ぎょっとしたような顔をする課長に、一同の疑わしい目が向けられる。

「待ってください。該当のファイルのパスワードを持ってるのは西風くんだけですよ！」

「だから問題はそこじゃなくて……！」

「だいたいきみのほうこそ、妙に詳しいじゃないか」

「ぼくを疑うんですか⁉」

いくら話しても平行線にしかならず、醜いなすりあいがはじまった。これがそれなりの企業のやることだろうかと、里葎子は遠い目になりながら思う。同時に意識の端で、管理不行き届き、責任追及、始末書――いままで縁のなかった言葉がぐるぐると頭をまわっていた。

(なんで？　なにが起きてるの？　どうして？)

真っ青になったまま、重い頭を必死にめぐらせているうちに、ふと気づいた。同じ人事課の忠だけが、この場にいないのはなぜだ。

「あの……三光さんは？」

「きょうは、具合が悪いから休むって連絡がありました」

皮肉なことに、ふだん休みがちな伊藤がその電話を受けたらしい。なにかがふっと里葎子のなかでつながったとたん、がくがくと指先が震えはじめた。

「い、伊藤さん。キーロガーって、どうやるの。ネットから、侵入するの？」

侃々諤々《かんかんがくがく》と怒鳴りあっている幹部をよそに、里葎子はこっそりと隣の伊藤へ問いかけた。

「それもありますけど、ソフトのはいったフラッシュメモリひとつあれば、できちゃいますよ。いちばん多い手口はそれなんで」

フラッシュメモリ。先週の記憶がよみがえり、里葎子は全身に鳥肌が立った。

――なに、調べてるの。

――ちょっとほしいものがあって。

妙に楽しそうだった忠は、いったいあのとき、なにをほしがっていたのか。

「パスワード……」

「え？」

「自宅の、パソコンで使ってるパスワード、と、会社のパスワード……同じなの……」

「誰か、盗んだ可能性があるんですか」

小声で問う伊藤に、里葎子はかすかにうなずくのが精一杯だった。

（ばかだ、わたし）

仕事ぶりもまじめな忠が、リスクを承知で個人的な話まで会社に持ちこむはずがない。そう考える里葎子は、あまりにあさはかだった。プレゼントを突っ返された程度で引っこむような男なら——本当にオンとオフを切り替えられる男であれば、そもそも未歩との恋愛沙汰《ざた》で異動などという事態を引き起こすわけがなかったのだ。

「なんのためか、は、わかんないけど。心当たり、ある」

「会社のひとですか」

里葎子はふたたびうなずく。わなないた里葎子の唇を見つめ、伊藤はさらに小声になった。

「……三光さんですか？」

消えいりたいような気分で、里葎子はただ深く、うなだれた。

❁

ほどなく、サーバーのアクセス履歴が割りだされ、問題のファイルにアクセスしたのは忠が使用している端末からだったことが判明した。

しかし忠は、会社に対しての背信行為をするつもりはなかったらしい。

——別れ話とかするから、行動を見張るつもりだったって言ってました。ネットで適当なソフト、拾ってきたりするから、おおごとになったみたいですね。

キーロガーを使ったのは、あくまで里葎子の社用アカウントにはいりこむためだったらしいが、彼自身知らず感染していたウイルスにより、情報が流出してしまったらしかった。

その後、伊藤の協力によって調べてみたところ、里葎子の携帯と自宅パソコンにも、行動追跡ソフトとスパイウエア、そしてメールの自動転送設定までもが仕込まれていたことがわかった。むろん、いずれもデータを廃棄したり、機種と電話番号を変更するなどの対処はしたけれど、そこまでいくともはや、ことを穏やかにおさめることなどできなかった。

行きすぎた嫉妬《しっと》心のおかげで大問題に発展し、ふたりの関係もまた社内に知れ渡り、当然ながら人事課全体が責任を問われた。

——西風さんなら、三光くんを任せてもだいじょうぶかと思っていたけれど。本当に残念だ。

皮肉まじりに課長に言われたとき、里葎子はただ頭をさげ続けるしかなかった。

◎

忠は不用意な流出の原因として懲戒処分になり、里葎子はみずから辞職を選んだ。

伊藤や、仲のよかった真美などは、里葎子のせいではないと引き留めてくれたけれども、もはや、会社に残るのは不可能だった。

「わたしがやらかしちゃったんだから、わたしが責任とらないと」

「それで辞めるのが責任とるってことなんですか⁉　おかしいでしょう、そんなの。だいたい、問題起こしたのはあっちでしょう！　西風さんがいなくなったら、ぼく、どうすればいいんですか！　あなたみたいに辛抱強いひとなんて、そういないのに！」

驚いたことに、伊藤は泣き怒ってくれた。徒労にしか思えない毎朝のメールで、本当に励まされていたのだと、やる気のない態度に見えていた彼に打ちあけられ、すこしだけ救われた気分になった。

けれど、辞表を提出してもいっさい慰留はされず、さっさと消えてくれと言わんばかりの態度をとった上司にも会社にも、もうなんの未練もなく、同時に自分自身にも愛想がつきていた里葎子は、ひっそりと会社を去るしかなかった。

(でももう、これで終わり)

これで、すべてを清算できたと思った。とにかくキャリアとともに、厄介な男との縁も切れた。これでよかったのだと里葎子は自分に言い聞かせ、つかの間の解放感を味わった。

――だが、悪夢は完全には終わらなかった。

❁

退職の数日後、なにをする気もせず引きこもる里葎子の部屋のドアが、乱暴に叩《たた》かれた。聞き慣れたそれ。忠のたてる音だというのが、直感でわかった。

ばん、ばん、という、あの机をたたくリズムに似た音は徐々に激しく強くなり、里葎子は耳をふさいでちいさく身体を縮めた。

「……やめてよ、もう」

終わったはずのものが、いったいいつまでつきまとってくるのか。もう自分など用なしではないか。いくつもの言葉が渦を巻き、けれど息をすることさえ怖くてただひたすらちいさくなっていた。

「うるせえぞ！」という声が隣から聞こえ、ドアをたたく音が一瞬止まった。だが、すぐにまた音は再開する。

ばん、ばん、ばん、ばんばんばんばんばんばん！

「もう、やめてよ！」

里葎子が叫んだとたん、ひときわ大きくドアが殴られ――直後、激しい破砕音が鳴り響いた。ぱあ――ん。なにかを粉々にするその音のあと、いらだたしげな足音が去っていった。

しん、と静まった気配に全身がひりひりと張りつめていた。もうなんの音も聞こえてこないことを確認した里葎子がおそるおそる外に出ると、玄関ドアのまえには、あのスノーグローブが粉々になって転がっていた。

奇妙なことに、まず思ったのは「掃除をしなくちゃ」ということだけだった。部屋のなかにはいり、ほうきとちりとりを持ってきて、ガラスの破片をかき集める。片づけをしていると、様子をうかがっていたらしい隣人がドアを開けた。

「……どうも」

うつろな顔で会釈すると、相手は短く「迷惑なんですけど」と吐き捨てたのち、すぐに顔を引っこめた。

容器のなかにはいっていた水で、廊下のコンクリートが濡《ぬ》れていた。そのせいで破片を掃き集めるのがちょっと面倒くさかった。ちりとりのなかには、あちこちが欠けたお姫さまの人形があって、ゴミと破片のなか、みすぼらしく転がっていた。

「……」

その瞬間、麻痺《まひ》していた恐怖心が一気にこみあげてきた。逃げなければ、逃げなければとそれだけが頭にあって、掃除道具を玄関に乱暴に置くと、里葎子は鍵《かぎ》と携帯電話と財布だけを手にして、マンションを飛びだした。

いくさきなどまったく決めてもいなかった。思えば、近くにまだ忠がいるかもしれなかったというのに、無謀な行動だったかもしれない。

それでもただ逃げたくて、逃げたくて——電車に飛び乗った。

向かったさきは、鎌倉。なぜか無性に、自分をあまやかしてくれるひとに会いたくなった。もうずっと、ろくに連絡もしていなかったおばに、鎌倉駅から電話をすると「あら、あら」と驚きながらも、事情も聞かずに迎えいれてくれた。

そしてその玄関先で、里葎子は泣きながら崩れ落ちた。

❁

翌日、里葎子はマンションを引き払い、おばの家へと引っ越した。伊藤や真美には悪いと思ったが、携帯電話の番号のみで、引っ越し先も知らせなかった。すこしでも、忠と繋《つな》がってしまうのが恐ろしかったからだ。

夏がすぎ、秋になるころにはほんの少しだけ言葉にできる気がして、一連の話をしていた比奈にだけは、すべての事情を打ちあけた。もともと忠について疑問を持っていたらしい彼女だが、したり顔で説教をすることもなく、ただしばらく考えこんだあと、ぽつりと言った。

――ねえ、じゃあ、ほんとにいっしょに、お店やろうか。

――本気？　……いいの？

――いいもなにも。そろそろかなと思ってたし。貯金、もうすぐ目標額だし。やろ。

抜け殻だった里葎子は、比奈の言葉に飛び乗った。あたらしい目標をくれた彼女に、心底感謝した。

おばの「しばらくここにいなさいよ」という言葉にあまえながら、派遣やアルバイトを掛け持ちし、がむしゃらに資金を貯めて、店を作った。おばもすこし助けてくれた。比奈もまた、いっしょにがんばってくれた。

発端は逃避の末の行動であったけれど、《トオチカ》を持てたことに後悔はない。

やさしいおばとやさしい友人がくれた、里葎子の防衛拠点は、愛情といたわりでできている。

❂

（ほんとに、あのころはばかだったなあ）

人気のない道をてくてくと歩きながら、回想にふけっていた里葎子は自嘲《じちょう》した。

あれから、十年も経ったような気がするし、あっという間だった気もする。

忠がどうなったのか、いまなにをしているのかは、詳しく知らない。辞める間際に聞いたところによれば、社内での処分にすまされ、示談によって刑事罰はつかなかったらしい。

隣県にまで逃げたけれど、見つかるのが怖くて髪をばっさり切り、メイクで顔を作るのもやめた。用心深くなった。警戒心も激しくなった。

もっと強くなったし、賢くなったとも思う。

それでも、がちゃんと壊れる音と、背が高くてよく笑う男は、いまだに苦手だ。

——もうちょい隙作っていいから。つうか、作ってね。

忠と、似ているようでぜんぜん違う、千正の言葉を不意に思いだす。

隙など作りたくないし、あの言葉の意味も考えたくはない。

大きな音をたてて脅かすのではなく、頭をそっとやさしくたたく。強引に見せて案外——案外、気遣いのこまやかな男のことを、意識のなかにいれたくない。

「おんなったらしには、だまされないよ」

むかつく男には、そうして悪態をついていたいのだ。意地を張っていたいのだ。

千正の、不意打ちで見せつけてくる言葉も態度も、怖くて怖くて、たまらない。

次に崩れ落ちたらもう、立ち上がれる気がしないから、里葎子は精一杯、足を踏みしめ続けるしかなかった。

❂　❂　❂

ギフトショーからしばらく経ち、仕入れた新商品が届きはじめた。《トオチカ》の品揃えは里葎子と比奈の両方が請け負い、それぞれ「いいな」と思えたら、個人の裁量で買いつけていいことになっている。

そしてその日の里葎子は、目のまえにだされた作品の数々に、ただ圧倒されていた。

「いいでしょ？　これぜんぶ、平林《ひらばやし》くんが作ったんだって」

狭い《トオチカ》の店内、ディスプレイ用のガラスケースのうえに並んだ、インディアンジュエリーをモチーフにしたというオリジナルのシルバーアクセサリー。

フェザーシンボルのセンターにターコイズやラピスラズリのはまった大ぶりなネックレス。ほっそりしたバングルに意匠が彫りこまれたものなど、数十点が収められているのは、ボール紙の箱に手製の仕切りを作り、コットンを敷いただけのもの。その素朴なケースも、段ボールクラフトとして売り物になりそうなかわいらしさがある。

「ちょっとこれ、すごいわね……」

まじまじと見つめながらうなる里葎子を、にんまりと比奈は見つめた。

「たまたまデザフェスでブースだしてたの見つけてね。すごくいいと思って声かけたんだけど、彼、趣味で作ってるだけだからって、なかなか返事くれなくて」

「趣味で？　これぜんぶ？」

「美大とかいったわけじゃないし、ぜんぶ我流ですけど」

照れたように頭を掻《か》く野良《のら》アーティスト、平林泰寛《やすひろ》は、里葎子や比奈より四つ年下の二十八歳。身長は里葎子よりも低く、ほっそりした体格をしている。茶髪を不揃いにカットしたヘアスタイル、自作のアクセサリーをさらりと身につけた姿はいかにもいまどきの若者ふうだが、黒目勝ちの目がやさしげな、いわゆる草食系を絵に描いた感じの好青年だ。

「我流って、工房とか持っているわけじゃないの？」

「そんな立派なもの、ないです。学生時代、アメリカぶらついてるときに、現地ではまっちゃったんです。頼みこんでいろいろ教えてもらって、日本に戻ってからは工具買いこんで、自宅で仕事の合間に作ってました」

穏やかな声で語る泰寛の本職はプログラマーで、IT系中小企業の正社員だという。

「プログラマーって、激務なんでしょう。よくこんなに……」

「大半は、学生時代に作ったやつですから。おれの趣味、これだけだし、休み使ってちまちまやれば、そんなでも」

売ることや作品発表が目的ではなく、ただひたすら作るのが楽しくて続けてきただけだという彼は、給料のほとんどを工具や材料費にあてていたそうだ。しかしさすがに作品の点数がかさみ、友人のひとりが「もったいないから試しに」と誘ってくれたデザインフェスタで販売したところで、比奈の目に留まった。

「ただうちで扱うにはちょっと、メンズっぽいから。敷地さん、紹介させていただこうと思って」

「ほんとに助かります、比奈さん」

隣でそつなく笑う千正は、ちゃっかりと比奈のいれたコーヒーをすすっている。応接室などない狭い店内。打ち合わせのため引っぱりだした、ごくちいさな木製の椅子は彼の長すぎる脚にサイズがあわず、軽く組んで床面に投げだすようにしているのが邪魔でしょうがない。

「敷地さんに扱っていただくだけなら、なにもうちで打ちあわせしなくても……」

横目で千正を睨《にら》みながら里葎子が言うと、比奈は「本題はここからだってば」と遮った。

「うちの店のオリジナルデザイン、女子向けのやつを考えてきてくれてるの」

「これ、デザイン画です」

すかさず差しだされたクロッキーブックには、これまた大量のデザイン画があった。モチーフや意匠はそのままに、目のまえにあるメンズものよりもサイズを大幅にダウンし、各種のパーツを繊細なラインにアレンジ。小ぶりな色石と組みあわせることによって、ぐっとロマンティックなものに変化していた。

デザインは個性的で、でも突飛すぎることはない。うまくつけこなせば、カジュアルシーンでも、パーティーの場でも、どちらでもいけそうなアクセサリーだ。

「なにこれ、すてき……」

目をまるくして里葎子がつぶやいたとたん、比奈と泰寛がほっとしたように息をついた。千正がにやりと笑って、ふたりへと告げる。

「よかったね。里葎子さんの〝すてき〟がでたら間違いない」

意味がわからず「なにそれ？」と小首をかしげる里葎子に、比奈が続けた。

「里葎子、これほしいと思ったでしょう。それ、売れるってことだから」

「ちょっと、それは言いすぎじゃない」

「いや、いままで里葎子さんが気にいった品って、確実に売れ筋になってるからね。ソースは俺のネットショップの売りあげ」

「……それって、婉曲《えんきょく》に自分褒めてません？」

ことあるごとに目をつけた品がかぶる男に言われても複雑だ。うろんな目で見やると、千正はにやにやしながら肩をすくめる。また口論がはじまると思ったのか、比奈が口早に言った。

「どっちにしろ、うちに置いたらこのひと目ぇつけるでしょう？　だったら最初から引きあわせたほうがはやいし」

「さすが比奈ちゃん、わかってる」

やれやれと言いたくなるのをこらえ、里葎子は顔をしかめた。

にやけ顔をしてみせても、案外抜け目のない男なのは忘れてはいけない。比奈がこの場に千正を呼んだ理由は、《トオチカ》ではさほど大きく扱えないメンズ品の売り込みも兼ねてのことだと、わかりきった事実を何度も胸のうちで繰りかえした。

（とにかく、商談なわけだし）

感情はひとまずおさえるべしと呑《の》みこむ里葎子に、比奈はいきなり爆弾を落とした。

「それに、タイアップの話もちょうどいいかなと思って」

「……なにそれ？」

里葎子が目をしばたたかせる。「あくまで〝お話〟レベルだけど」と比奈は前置きした。

「わたしの作品、けっこうな割合で敷地さんとこが持ってっちゃうでしょう。この間も大量に仕入れていただいたし。だったらネットショップと本気でコラボするのもありかなと思ったの」

「ちょ、ちょっと待ってよ。そんな話、わたし聞いてない」

「だからまだ〝お話〟だってば。雑談したときちょこっとでてきたの。いまだってほとんど提携してるようなもんだし、それぞれ協力しあうのもありじゃないかって」

「俺のほうはリアルの店舗持ってないし、雇われバイヤーもいいけど、拠点ひとつ欲しい気もしてたんで」

「わたしと里葎子の作品だけじゃ、点数もまわせないけど、平林くんがくわわったら定期的な商品提供も可能でしょう？」

里葎子はかなり面食らった。まったく知らない間に、比奈と千正の間では青図が描きあがっていたことに疎外感を覚えもしたが、店長として利益を考えたら止める理由はない。

それでも、かすかに咎《とが》めるような声になるのはしかたがなかった。

「さきに相談するって頭は、なかったの？　比奈」

「ああ、ごめん。この話もちかけたの、昨夜の電話だから」

矛先を自分に向けようというのか、千正が片手をあげる。きょうの打ち合わせについて連絡がきた際、流れででた話だと言われては、里葎子もなにも言えなかった。

「もちかけた、って、それ比奈のほうがでしょう？」

「……ごめん」

しおらしげに肩をすくめ、そのくせ悪びれない顔で謝る相方に、里葎子はため息をつく。

芸術家肌の比奈は、冷静に見えても、思い立ったら吉日、という猪突猛進《ちょとつもうしん》なところがある。

そもそもそんな性格だからこそ、この鎌倉に店をかまえるとなった際にも、考えすぎて動けなくなりがちな里葎子を引っぱるようにして、実現させてみせたのだ。

「とにかく細かい話はあとで詰めるとして。平林くんのこれ、ありだよね？」

一応の伺いをたてる比奈に「まあ、そうね」と応《こた》えるしかない。したり顔でうなずく千正と対照的に、泰寛は真摯《しんし》な顔で里葎子を見た。

「ありがとうございます。店長さんの審美眼はすごいってうかがってたので、ほっとしました」

「え、いや、ほんとそれ買いかぶりで……」

「そんなことないですよ。このショップにしたって、すごくセンスいいし。ここに並べてもらえるなら、ほんとに光栄です」

どこまでも低姿勢な泰寛の、いささか緊張気味だが誠実な言葉に、里葎子も思わず苦笑した。

「こちらこそ、いいものいただけるなら嬉《うれ》しいですから。でもまずは、サンプルかなにか、見せてもらえるとありがたいかな」

「さっそく、制作にはいります！　がんばります！」

きらきらした目をする彼は、これだけの才能があるのにどこまでも謙虚だった。里葎子のきらう男の押し出しの強さを持っていないことも、好感度の高さに結びつく。

けれどほんのすこしだけ、複雑なものも覚えた。

「ああ、でも、よかった……却下くらったらどうしようと思ってたし」

本当に胸を撫《な》でおろしている泰寛に、比奈が「だいじょうぶだって言ったじゃない」と声をかけ、肩を軽くたたく。その瞬間、泰寛がほんのわずかに肩をこわばらせ、まぶしそうに細めた目で比奈を見つめたことに気づいたからだ。

（うわ、そうか）

ふわりとあまいその視線に、里葎子はいたたまれなくなる。はにかむように泰寛は笑った。

「比奈さんのおかげですよ。おれ、見つけてもらえてよかったです」

「おお。青年、やる気じゃないですか」

けろっと言ってのける比奈は、あのまなざしに気づいていないらしい。泰寛を認めているし人間としての好意も持っているだろうけれど、どうやらあくまで同じ金属工芸の仲間として認識しているだけのようだ。

「……へーえ。そゆこと」

隣にいる男の小声のつぶやきで、同じものを見つけたようだと悟った。にやにやしている千正を睨むと「なんですか？」と言わんばかりの顔で首をかしげてみせる。含み笑いに、思わせぶりな目つき。感情が隠せない純情そうな泰寛とのあまりの差に微妙な気持ちになったけれど、とくに口を開くことはしなかった。

先日のギフトショー以来、里葎子は意識的に、千正につっかかるのをやめていた。むっとすることがあっても、引っかかる行動があっても、ひたすらスルーを決めこんでいる。

正直に言えば、気まずかった。弱い部分を彼に見透かされたことで、どうしようもなくうろたえた。おかげでずっと忘れようとしていた記憶がよみがえり、はけ口を探した結果、まったく関係のない《あの店》の店長に、だらだらとした愚痴を吐いてしまったことも、ひそかに後悔している。

そして里葎子を動揺させた張本人は、知ってか知らずかいつものとおり、涼しげな二枚目顔でこちらをからかうように見つめてくるのだ。

「里葎子さん、なんか元気ない？」

「いえ、そんなことはないです」

目をあわせないまま、硬い口調での返事は、はやすぎたらしい。千正は「ふん？」と微妙な声を漏らして口の端だけをあげた。

「しかしこの空間に膝《ひざ》つきあわせて四人いると、さすがに狭いね」

「あなたがとくに大きいんですけどね。あっちのふたりはミニマムだから」

この程度の返しは、いままでどおりの範疇《はんちゅう》だろう。あまりにかたくなでいすぎるのも、却《かえ》って意識しすぎのようでいやらしい。そうして言動を計算しているあたりがすでに考えすぎの気もしなくはないが。

「たしかに、なんだかかわいいふたりだね」

ちいさく笑いながら言った千正の言葉に、里葎子も目をあげた。目のまえでは、比奈と泰寛が熱心に、新作デザインについて語りあっている。共通言語の多いふたりと、なんらわかちあうもののない自分たち。奇妙な対比を感じた里葎子は、こっそりとため息を逃がす。

(たしかに、狭いわ)

千正の脚が長すぎるだとか言えた義理ではない。この店自体の手狭感にいまさら気づいて、ほんのちょっとだけ息苦しくなっている。

比奈とふたりで作りあげた《トオチカ》。平穏だった日々がすこしずつ、変わっていく。

新しく仕入れる泰寛の作品は、さて、どこに飾ればいいのだろう。


地元民の間では、鎌倉から観光客が減るのは年のうちほんの二ヵ月だけ、と言われている。

正月、神社仏閣への初詣《はつもうで》にはじまり、春には花見に流鏑馬《やぶさめ》。初夏にもつつじに紫陽花《あじさい》と各所の花を愛《め》でられ、夏には言わずもがなの海水浴に花火大会、秋の紅葉と薪能《たきぎのう》。

比較的イベントがすくないのは二月と十一月、それでも節分や七五三はあるし、近年なにかとテレビにとりあげられたり、ドラマの舞台になることも増え、駅周辺はいつでも賑《にぎ》やかだ。

駅から歩く小町通りの途中を左に折れると、踏切をわたる手前のあたりに、《cafe' vivement dimanche》がある。半地下のその店はおいしいコーヒーとブラジル料理が名物で、道に面したガラス張りの空間のせいか、一見《いちげん》さんはちょっとはいりづらいらしいけれど、馴染《なじ》んでしまえばどこまでも落ちつく空間だ。

ポスターや絵画の飾られる壁面はギャラリーにもなっていて、近隣のアーティストの作品がいれかわりに展示されていたり。店の奥にはコーヒーグッズのほか、各種のフライヤーと、オーナーが運営しているボサノヴァCDショップのCDも売られている。

店のはしっこ、道に面した席にひとり座った里葎子は、ホットチョコレートとバナナブリュレゴーフルという、こってりあまいメニューをまえにぼんやりくつろいでいた。

お品書きによると、フランスのヴァローナ社のチョコレートを使っているというホットチョコレートは、とろとろにあたためたチョコレートとホットミルクがべつべつに運ばれてきて、自分の好みで調整しながら飲むものだ。そしてバターの風味が利いたさっくりぱりぱりの焼きたてワッフルのうえにソテーしたバナナと生クリームの載ったバナナブリュレゴーフル。

ふつうならばあますぎて重たいとりあわせだが、いまの里葎子にはちょうどよかった。

平日のその日は雨が降っていて、朝から客のいりが悪かった。

比奈は泰寛との打ちあわせがあるとかで、店に顔をだすのは夕方になると言っていた。ぼんやり店番をしているのもなんだか不毛な気がした里葎子は、クローズドの看板をさげて店をでた。気ままにふらっとおでかけできるのも、個人経営の店のいいところだ。そう思いながらも、里葎子はどんよりとした気分が晴れない自分を持てあましていた。

正直、平日に店を開けていようと閉めていようと、そう大きな影響がないのは問題だ。《トオチカ》の収入は――これは非常に不本意ながら――千正のネットショップが買い取ってくれる比奈の商品に頼っている部分が大きく、店舗での売りあげもそこそこながら、それだけでは厳しい面もある。地道にやっているからどうにかまわしていけるけれども、さきざきを考えてみると、いろいろ悩ましい。

(そもそも、わたしって、必要なのかね)

このところ引きずっているダウナーな気分のおかげで、そんなことまで考える始末だ。

鬱々《うつうつ》とする要因のひとつに、泰寛の作るもののレベルのまえには、里葎子のビーズアクセサリーがひどく霞《かす》んで見えることもあった。

――トゥーマッチになっちゃってて見た目に重たい感じ。

――大抵はもっときゃしゃなほうを好む。

かつて千正にも指摘されたとおり、一般的な売れ筋商品を里葎子は作れない。

あくまで《トオチカ》のメイン商材は比奈の作品であり、仕入れた小物たちであって、自分の作るものが『趣味』の範疇《はんちゅう》を超えられないのには気づいていた。アーティストとしてのプライドだとか、そんなご大層なものはもともとない。理性的に考えても、経営者としてならば、芸術家肌の比奈より里葎子のほうが向いているとわかってもいる。自分の役割はそれでいい、と納得もしていたはずだった。

だが、世界を共有しているかのような比奈と泰寛に感じる疎外感はどうしようもなかった。

（まえに言われたこといちいち思いだすとか、ほんと、落ちてるわ）

この日の空のような鬱屈を振り払いたいと思っても、胃のあたりにわだかまる重さは去っていかない。

あの店の、狭さ。それはとりもなおさず、比奈という才能に対しての、里葎子の器の狭さではないのだろうか。自分以外の人間と組めば、彼女にはもっと広い世界があるのではないか。

（平林さんと、つきあうのかな）

いっそあのふたりでやっていく道もあるのかもしれない。けれどそうしたとき、里葎子の居場所はどこになるのだろうと考え、友人に依存しかかっている自分にもうんざりした。

比奈への好意が隠せない泰寛の存在に、じりじりするのはなぜか、わかっている。

里葎子にはない、感性の鋭さ。工芸作家として比奈とわたりあえるセンスと技術。そういうものも、たしかに悔しさと、かすかな疎外感を覚えさせる。

けれど里葎子がちいさな痛みを覚えたのは、泰寛のわかりやすすぎる態度にあった。

（大好きだ、大事だ、って。あんな顔する男のひと、ひさしぶりに見たな）

きれいでかわいらしい、恋する男。ほほえましくて、とても遠い。すこやかでまっとうな恋愛感情を持つ、そんな男性に好かれている比奈が、ちょっとだけうらやましかった。

ここ数年ずっと、男性には近よらなかった。暴力的な気配はむろん、性的なものを感じさせるような——自分を女だと意識させるようなものからも、意図的に目を背けてきた。

それだというのに、いやでも自身の性別を考えざるを得なくなるのは、また見失った下着のせいでもある。

朝、ゴミ捨て場のまえにある町内の掲示板には『下着泥棒頻発』の注意書きが貼られていた。交番の警察官も巡回してくれているようだが、効果はないらしい。

(やっぱり、盗まれたのかな)

風で飛ばされた、うっかり落とした——そう決めつけていたかったけれど、疑いを濃厚にしたのは、洗濯物を干していたピンチハンガーのクリップが、ふたつちぎれていたせいだ。そして、セットのブラジャーとショーツが、なくなっていた。

よくないクセだと思うけれど、いやな想像をするとき、里葎子は映像が頭に浮かんでしまう。見知らぬ誰かが、アパートまえの桜の木によじのぼり、ベランダへと手を伸ばす。湿った下着を摑《つか》み、力任せにひきちぎり——。

「……っ」

想像したとたん、どこかで、ぱあんと、なにかが割れる音が聞こえた気がした。

里葎子は思わず、耳を手のひらでふさぐ。机を蹴《け》る音、ドアにぶつけられたスノーグローブの破砕音。気を抜けばすぐによみがえる、恐怖と直結したあの音。

思いだすだけで、心も身体も冷えきっていく。

(幻聴かな、これ)

単に記憶がよみがえっているせいだと、そう思いたい。でも――。

「なに、アンニュイな顔でため息ついてるんですか?」

「ひっ」

突然ぬっと現れた端整な顔に、里葎子は椅子から飛びあがった。千正はおもしろそうに笑いながら「エスプレッソひとつ」と言うなり、里葎子の席の向かいへと腰かける。

「な、なに。いきなり、なんですか」

自分でも動揺しすぎだと思っての問いかけを、千正はまるっと無視してくれた。

「あ、里葎子さんまたワッフルだ。好きなんだ?」

「好きですけど……いや、あの」

驚かされたせいで、妙にへどもどしている里葎子をよそに「ひとくちちょうだい」と言った千正は、勝手に里葎子の食べかけを口に運ぶ。しかもたっぷり四分の一、切りわけておいたパーツをフォークで折り曲げ、ひとくちで。

「ちょ、あ、あなたなんでそうやって、ひとのもの勝手に……っ」

「だって里葎子さん、いつもうまそうなもんくってるから」

もごもごと咀嚼《そしゃく》した千正は、口元についたクリームを親指で拭《ぬぐ》い、ぺろりと舐《な》めた。行儀の悪い仕種《しぐさ》にギフトショーのことを思いだし、里葎子はぐっと顎《あご》をひく。軽く咳《せき》払いをし、どうにか平常心を取り戻そうとしながら問いかけた。

「敷地さん、なんでここに?」

「店に顔だしたらいなかったからさ。そっちは? 臨時休業?」

「まあ、ちょっと、サボりです。比奈は平林さんと打ちあわせだし、お客さんこないし」

「はは、優等生の里葎子さんにしちゃめずらしい」

相変わらずの物言いに里葎子が顔をしかめそうになると「いいんじゃないの」と彼は言い、運ばれてきたエスプレッソのカップを持ちあげた。軽く香りをたしかめ、ひとくちすする。

「いいんじゃないのって、なにがです」

「もうちょっと楽にするのもありだと思うけど。がんばりすぎんでもよくない?」

「そんな余裕、ないですよ」

「なにをおっしゃる。《トオチカ》順調だし、かつかつになるほどではないでしょ。いい店作れてるんだから、もちょっと顔の力抜いたら」

それを言うなら肩の力ではないのか、と思ったけれど、言わんとするところはわかる気がした。力なく、里葎子は笑う。

そして、いまなら言えるかと、口を開いた。

「あの……だいぶまえになるけど、あのとき、ありがとうございました」

「ん? あのとき?」

「だから、その。……迷子案内。あれからずっと、お礼言うタイミング、なくて」

もう一ヵ月以上はまえの話をいまさら蒸し返すのも気まずかった。何度か千正と顔をあわせてはいたものの、泰寛や比奈をまじえての打ちあわせが大半で、個人的な話をする暇がほとんどないままだったのだ。

「いろいろテンパってて、態度も悪かったと思います。ごめんなさい」

頭をさげた里葎子に、千正がふっと笑った。またばかにされるのだろうかと思いつつこっそりうかがうと、テーブルに肘《ひじ》をついた彼は妙にやさしげな目をしている。

「……里葎子さんは、まじめだなあ」

「いけません？」

「いけなくないですけどさ。疲れそうだなと思って」

ぴくりと眉《まゆ》を動かした里葎子が、よけいなお世話だとくってかかるまえに、千正が問う。

「テンパってたって、なんかあったわけ？」

「え？　あ、いや……」

それこそ思いもよらずまじめな顔で訊《き》かれ、里葎子はうつむいた。無言でじっと身体をすくめている間、千正はたまにエスプレッソをすすり、うながしてくることもしなかった。

「ここって、完全に禁煙？」

「あ、そうです」

十分近くの間、ふたりが交わしたのはたったそれだけの言葉で、しかしなぜだか気詰まりな感じはしなかった。

問いを投げかけてくるくせに、答えを待つでもない。本当にどこまでも、マイペースな男だと思う。毎回予想はつかないし、神出鬼没。調子のいいことばかり言って、こちらは毎度肩すかしをくらう。

背の高い、押しの強い色男。封印していた記憶のなかの——忠に、似ている気がして、ずっと苦手だった。

(でもべつに、悪いひとじゃ、ない。それに、……そんなに、似てない)

忠はすくなくとも、里葎子の食べているものを横取りしたりしなかった。こうであれ、と、自分の理想に押しこめてくることはあっても、力を抜けなどと言ったりはしなかった。

ふたりきりの時間はぜんぶ自分を見ろ、そう全力で訴えてきた忠と、飄々《ひょうひょう》として摑み所のない千正。ひとつひとつあげていけば、むしろ真逆な性格にも思える。

千正の広い肩越しに、空を見あげた。通りの向こうにある建物の隙間からのぞく雨空は、薄い雲のせいで妙にまぶしい。

雲の向こうには光があるのだ。そんなことをふと思い、里葎子は自然と口を開いていた。

「うちの近所。最近、下着泥棒がね、でるんです」

「え?」

「ギフトショーの日も、ちょっと、見あたらなくて。まさかって思ってたんだけど、きのうもまた、なくなってて。近所の奥さんもやられたかもって言ってて、一応気をつけようと思ってたんだけど」

つらつらと、脈絡もなく話す内容に、自分であきれた。さほど親しくもない、仕事相手の男によりによって下着泥棒の話をするなんて、本当にどうかしている。なにをこんなネタで、べらべらいつまでも引っぱっているのか。そう思うのに一度開いた口はなかなか止まらなかった。

「わたし、部屋干し好きじゃないんですよね。だからどうしてもベランダに干しちゃってて――」

言いながら、どんどん止めどころがわからなくなっていき、里葎子はまた唐突に口をつぐんだ。どっと顔が赤くなり、妙な汗がふきでてくる。

（ばかじゃないの、わたし。なに下着ネタでこんなにひっぱってるの）

あげく突然赤くなって黙りこんで。まるっきり自意識過剰な、変な女だ。

冷たい目で見られたらどうしようと、里葎子はしたを向いた。だが千正から返ってきた言葉は、思いがけず真剣なものだった。

「それ、ちゃんと警察届けた？」

「え？」

はっとして顔をあげると、千正は見たこともないくらい厳しい顔をしている。

「だから、盗難の被害届。恥ずかしいかもしれないけど、ちゃんとしなきゃだめだろ。性犯罪って、軽微なとこからエスカレートするんだし」

里葎子は意味もなくあわてて、手を振った。

「あ、いや。でもあの、わたしみたいな女の下着盗むとか、いるわけないと思ったし。風で飛ばされたのかもしれないし。勘違いなら恥ずかしい――」

「恥ずかしいじゃないだろ、やばいだろそれ。……大体、わたしみたいな、ってなに」

「な、なんで怒ってるんですか？」

険悪な表情に面くらい、里葎子はぽかんとする。千正は深々とため息をついた。

「ひとりじゃ怖いなら、いっしょにいくから。警察、いこう」

「なんでそこまでするんですか？　べつに、ただの紛失かもしれないし――」

言いかけた言葉を、千正がひと睨《にら》みで封じこめた。びくっとした里葎子は、自分の胃がすくむのを感じる。

「あほなの？　自分でも、思ってもないこと言ってるって、わかってるでしょ」

「あ、あほって……」

あんまりな言いぐさにたじろぐと、彼はうんざりとかぶりを振って、苦々しげに言った。

「里葎子さんってさ、自意識過剰がひっくり返って無頓着《むとんちゃく》になってるわけかな」

「はい？」

「女子高生じゃあるまいし、いつまで思春期やってんの。大人の女のひとなんだからさ、そのへん自分でちゃんと、自衛しなさいよ。なんでそういうとこ、隙っつうか、穴だらけなんだよ。ふだんは鉄壁の鎧《よろい》で固めてるくせに」

「は……」

いきなりまくしたてられた言葉の意味がわからず、里葎子は固まった。

ますます困った顔をする里葎子に、千正は「ああもう」とうなって煙草をとりだした。だがすぐに禁煙であることを思いだしたらしく、舌打ちしてパッケージをしまう。

(な、なにこれ)

唐突に機嫌を損ねた男にどうすればいいかわからず、里葎子は青ざめた。男の尖《とが》った声は、反射的に身体をすくませる。心臓が妙に騒ぎだし、手のひらに冷たい汗をかいた。

「あの……変な話持ちだして、すみません」

「そういう話じゃ――」

顔をしかめた千正は、里葎子のこわばった表情に気づいてすぐに口をつぐんだ。またため息をついた彼は、くしゃくしゃと髪をかきまぜる。

「いや、悪い。怖い思いした女のひとに、こういう言いかたはよくなかった」

「わたしべつに、怖くなんか」

「すーぐ、嘘つくしなあ」

千正は、テーブルのうえの里葎子の手を摑《つか》んだ。驚き、逃げる間もないまま強く手首を捉《とら》えられた。心臓がさきほどとは違う意味で、ぎくりと跳ねる。

「ほら。手、震えてる」

「い、い、いきなり、なんですか」

ふれられたとたん、目に見えてひどくなった震えに気づいているくせに、千正はさらに強く手を握ってくる。もがいても、ふりほどけない。そのくせ冷えきった指先をなだめるように、彼の指がそっと包みこんできた。

「背も、手もさあ。俺よりちっさいの。わかる?」

手首を返し、手のひらを重ねるようにされた。ざらついた硬い手は、里葎子よりひとまわりもふたまわりも大きい。

「そ……そんなの、見ればわかるし」

「平林くんだって、手は里葎子さんよりでけえよ」

ぴくりと里葎子の指がこわばった。やはり、というように千正が息をつく。そしてまたもや彼は、脈絡のないことを言いだした。

「平林くん、比奈ちゃん好きだよね」

「それが、なんですか」

「比奈ちゃんと彼、つきあうかもね。そしたら里葎子さん、どうすんの?」

意味のわからない問いに身がまえつつ、「どうもしません」と里葎子は答えた。

「それは、あのふたりの問題だから。わたしには関係、ないし」

ざわざわと胸が騒いで、落ちつかない。もういちどもがくと、摑まれた手はあっさりほどけた。こういうところも忠とは違う。そう考えた自分がいやで、拳《こぶし》を握り、テーブルのしたに隠した。

ふれられていた場所が、びりびりと痺《しび》れるような気がする。それがひどく不安で、彼に見えない場所にしまった手を、もう片方の手で里葎子はこすった。

「平林くんがおつきあいするってことになったら、里葎子さんは認めるんだ？」

「認めるもなにも、比奈と彼の自由で――」

「まえは、俺が比奈ちゃんにちょっとちょっかいかけただけで、あんな怒ってたくせに」

以前の話を蒸し返され、里葎子はむっと顔をしかめた。反論しようとするよりはやく、千正が言葉をぶつけてくる。

「あれって、比奈ちゃんを護《まも》ってあげてる気分になってれば、里葎子さんが女だって意識しないですむからかなと思ってたんだけど」

なぜだか、ざっくりと胸に切りこまれた気がした。喉《のど》を絞めあげられるような息苦しさに、里葎子はかすかにあえいだ。見透かすように、千正が嗤《わら》う。

「むかつく？　でも謝る気はないよ」

「べつに謝られても困ります」

絞りだすように答えながら思った。どうしてこうも千正は、容赦なく里葎子に踏みこんでこようとするのだろう。目を逸《そ》らし、かたくなに口を閉ざしているのに、彼はなおもたたみかけてきた。

「ていうかあれって、要するに俺でさえなきゃ、よかったってこと？」

「平林くんは……まじめそうだし。いいひとそうだから」

「俺だって、そんなに悪い男じゃないけど。そんなに女ったらしに見える？」

無言で肯定すると、千正はかすかに眉《まゆ》をさげ、笑った。からかうように、ほんのすこし、あきらめ気味の表情。理解できず、里葎子はますます身体をこわばらせた。

(なんでこんな話、してるんだろ)

無意味に緊張して、腹を探るような会話。すきではないし、不得手だ。なんだかどっと疲れを覚え、里葎子は投げやりな気分になった。

「あの、なんでいちいち、絡むんですか。わたしのこと気に障るなら、ほっといてくれるとありがたいんですけど」

「それ本気で訊《き》いてる？」

こくりと、里葎子はうなずく。なにもかも、千正がこちらを無視してくれればそれですむ話だというのに、しつこく絡んでくる理由がわからない。——わかりたくない。

ひりついた感覚を持てあました里葎子が黙りこくっていると、千正はやれやれと言いたげに、わざとらしいため息をついた。

「まじですか。本気で女やめてる？」

あきれたような言葉に反応すまいと思ったけれど、さすがに我慢ができなかった。

「なんですか、それ。だとしても、あなたになんの関係が」

「だって里葎子さん、まるっきり〝女の子〟なんだもんよ。いいかげん、こっちだっていらっとする」

「……なに、それ」

ざっと、全身に鳥肌がたった。憤りが腹のなかで渦を巻き、吐きそうになる。自分ではない他者、ぬるま湯に浸《つ》かっていることを許さない、感覚も感性も違う、異性。わかりにくてむずかしい相手からもたらされる混乱に、感情を乱されるのはもういやなのだ。

ただ放っておいてほしい。たったそれだけしか望んでいないのに、どうして？

「いらっとするなら、なんで……っ」

思わず声がうわずり、店のなかだったことに気がついた。あわてて周囲を見るけれど、幸いまだ注目を集めるほどではなかったらしい。

それでも、幾人かは荒れた気配に気づいていた。ちらりとうかがってくる、ふたつ離れた席に座る女性と目があったとたん、すべてが耐えがたく、我慢できなかった。

「あ、ちょっと」

里葎子は急いで立ちあがり、レジに向かう。

「おつりは、あのひとに」

一万円札をつきだし、ぽかんとしている店員相手に精算をすませたあと、おなじく啞然《あぜん》としている千正の横を通り抜け、階段を駆けあがって店をでた。

数分後、千正が小走りに追いかけてきた。思ったよりも足止めにならなかったことが歯がゆかったけれど、それ以上にむかついたのは、まったく感情を乱していないかのような、彼の声だった。

「おーい、里葎子さん。おつり」

里葎子は背後から突きだしてくる手から、振り返らないまま紙幣と硬貨を受けとって、ポケットに突っこんだ。千正は数歩の距離を置いて、また話しかけてくる。

「あと、俺のエスプレッソ代はいくら？」

「払っておきました。接待費に計上しますのでけっこうです」

「領収書、もらってないくせに」

ヒールのついたブーツで、小雨の降る濡《ぬ》れた道を足早に進む。うしろから、千正もついてくる。腹立たしいことに、すこしも急いでいる気配はない。

「ていうか、傘忘れてるんだけど」

言われて気づき、かっと頬が熱くなった。差しだされたそれをひったくるなり、里葎子はまた歩きだす。

「なんでついてくるんですか」

「話、途中でしょうが」

「話すこととかありませんし」

「俺はある」

踏切を越え、御成商店街の方面へ向かう。このあたりの道は小町と違ってもともと人通りがすくないけれど、雨のせいか、ほとんど無人の状態だった。

がつがつと歩く里葎子のうしろをついてくる、男のほかに誰もいない。

「もう、……何度言わせるんですかっ。ほっといて！」

「やだ」

子どものような言いざまで返され、目をつり上げて振り返る。またケンカを売るのかと嚙《か》みつこうとした里葎子は、いきなり頭を撫《な》でてきた手に驚き、固まった。

「いくら小雨だからって、傘もささないで。頭、濡れちゃってるじゃん」

髪についた水滴を払うように、長い指が動いた。勝手にさわらないで。そう言いたいのに、唇は震えるばかりで声がでない。

じっとその唇を見つめながら、千正が言った。

「あのな。いつまでも思春期やってられると、こっちが困るんだ。さっさと比奈ちゃん離れしてくれ」

「意味……わかりません」

「ちょっとからかっただけで、本気で傷つくなよ。そんな程度のことで壁作んないでくれ」

頭を包むようにふれた手のぬくもりに、自分が冷えきっていることを痛感させられた。みなとみらいの夕暮れ、あの日と同じ、痛くない手。なのにどうしようもなく、痛くなる手。

頭上から響く低い声を、意識したくなどない。

「わかんないふりすんの、やめろよ。いいかげん、俺、わかりやすいだろ」

ひと房、髪を握って言われた瞬間、里葎子は千正の広い胸を突き飛ばしていた。

「もうほんとに、そういうの、勘弁してください！　勝手にわたしのこと分析して、わかった顔すんのやめて！」

虚を突かれたのか、目をまるくした千正が一瞬立ちすくむ。その隙をついて駆けだした里葎子は、恥ずかしさに顔が火照るのを感じていた。

「待てって、こら！」

背後から、逃げるのか、と叫ばれて、逃げてやる、と里葎子はさらに走りだす。

(なにやってんの、ほんとにもう)

毎度毎度、千正といると取り乱してばかりで、いやになる。だから放っておいてほしいと思うし、近づきたくない。

過去が、追いかけてくる。いやだった自分、男に振りまわされて情けなく怯《おび》えた自分、もう忘れたい自分。そういうものを、千正はどうしてか真っ正面から突きつけてくる。

息が切れて、めまいがした。ヒールの高いブーツが雨に滑り、がくんと身体がかしぐ。

「またかよ！　なにやってんだ、ばか！」

背後から腕を捕まえられ、「わざとやってんのか！」と怒鳴られた。

「あんたなあ、ほんとに天然か⁉　どんだけじらしてんだよ、いったい――」

「大きい声出さないでよ、怖いから！」

怒鳴り返しながらも、里葎子は震えた。泣きたくもないし、怯えたくもない。けれど目のまえにいる男が、怖くてたまらなかった。

「わざとってなんですか。わたしなにも、わざとなんかしてない！」

「里葎子さん……」

「大きい男のひととか、きらいなの！　大きな声もきらい！　怖いの！」

しゃくりあげながら震える里葎子は、千正から逃れようともがいて、腕を突っ張った。そして唐突に、疲れ果てた。脚から力が抜けて、すがりたくもないのに彼の腕に摑《つか》まり、どうにか身体を支える。

ふつうにしていたい。ただ静かに、穏やかに、なにも波風たつことなく、平和でいたい。変わることがきらいだし、きのうとおなじあしたがいい。

そうしたいのに、目のまえにいる男は身体も存在感も大きすぎるし、影響力が強すぎる。

「頼むから、わけわかんないこと言って絡まないで。わたしだって面倒くさくなりたくてなってるわけじゃないし、お願いだから放っておいて」

お願いします。弱々しく頭をさげる里葎子の肩を、千正が摑む。

「……あなたがいると、ほんとに、自分がいやになる」

うつろに地面を見つめていると、抱きしめられた。こんなことしていいなんて言ってない。口のなかだけでつぶやくと、なんだか力が抜けて、里葎子は広い胸にもたれていた。

雨のなかで逃げまわって、捕まえられて怒鳴りあって。まるで陳腐な恋愛ドラマのようだ。なんだかそれがおかしくて、唐突に里葎子は笑った。

「なんなんだよ、おまえ、ほんっとに――」

「頭に来る」「めんどうくさい」「かわいくない」――そんなことを言われた気がした。どれもこれも、ほめことばではなかった。自分でもそのとおりだと思ったし、だから放っておいてくればいいとも言った。

そのくせ、千正はなぜか手を離そうとしない。

「頼むから、ふつうにやさしくさせろよ。そうさせてくれない女、おまえくらいだよ」

千正は、弱りきった声でぼやいた。おまえって言うな、と雑《ま》ぜ返したいのに、途方にくれたような声を出すから、なにも言えない。

さあっと、風に吹かれて雨が揺れた。雲の隙間から奇妙にあかるい光がさし、まるでドレープのようにゆらゆらするそれは、やわらかくきれいだった。

染みこんでくる雨粒から、千正の広い手のひらのぶんだけかばわれて、それは——たしかに、心地よかった。

「すこしは落ちついた？」

どれほど経っただろうか、低い声でそう問われ、里葎子はぼんやりしたままうなずく。

（恥ずかしい）

過剰反応のヒステリー。よりによってそれを敷地千正相手にやらかしたという事実は、ふだんの里葎子なら耐えがたいもののはずだった。

けれど、ここ数年なかったほどの感情の爆発のせいか、それとも涙まで流したせいか、いまはぼんやりと頭が熱くて、思考回路が鈍っている。疲労と脱力感がすごくて、そのおかげか、羞恥心《しゅうちしん》もまた淡くかすんでどこか穏やかだ。

「寒い？」

里葎子がちいさく震えると、千正がそう訊《たず》ねてきた。かすかにかぶりを振ると、肩に触れていた長い指が動き、顎《あご》と首筋のさかい、短い髪が貼りついたうなじにふれた。

「でも、濡れてる」

ささやくような声と産毛をくすぐるような感触に、びくっと身体が震えた。思わず顔をあげると、こちらを見おろしている千正と目があった。いままでいちばん近い距離にある男は、腹立たしいくらいきれいな肌をしている。

「里葎子さん？」

じっと見入っていた里葎子は、名を呼ばれてはっとした。とたん、ちいさなくしゃみがでる。

 ふ、と千正が笑い、里葎子もまた、自分でも自覚していなかった緊張をほどいた。

「敷地さんも濡れてます」

どこか力の抜けた声で告げると、千正がまばたきをした。長い睫毛《まつげ》に細かい雨粒が乗っている。男のほうが睫毛が長いと言うけれど、本当らしい。そっとそれにふれて、雫《しずく》を払ってあげたいような気分に指がうずいた。けれど実行する勇気もないし、また自分がそんなことを考えているのもおかしい気がした。

「……店に、タオルありますから」

きませんか、ともなんとも言わなかった。具体的に誘う言葉は避けたかったのかもしれない。選択を彼に委《ゆだ》ねようとしているのかと自嘲《じちょう》し、また、いったいなんの『選択』だろうかと深く考えるのは、いまはやめた。

歩きだすと、千正は無言でついてきた。いつもならば里葎子よりも歩みの速い男が、ほんの数歩、うしろを歩いている。奇妙に思い、またそのことに気づいた自身にもすこし驚いた。

わたしは、このひとの歩幅を知っている。

たったそれだけの事実なのに、なんだかとても近い位置に彼がいたのだと、いまさら思い知った気分だった。

❁

歩く間に弱まっていた雨はまたひどくなり、濡《ぬ》れそぼったままの里葎子と千正は《トオチカ》に戻った。いまさら営業する気にはならず、臨時休業の札をさげて戸締まりをする。ガラスのはまったドアにカーテンを引くと、店内はひどく薄暗い。

なにも考えられないまま、いつもの習慣で施錠したあと、背後にいる男の存在を猛烈に意識した。ぐらりとめまいがする。自分の手で作りだした密室に息がつまりそうになり、無駄にあちこちを歩きまわり、だしっぱなしの小物や書類を片づけた。

「里葎子さん。片づけよりさきに、身体拭《ふ》いたら」

「え、ああ」

言われて、湿った指で摑《つか》んだ書類へと落ちた水滴に気づく。頰骨のあたりがかっと熱くなった里葎子は急いでバックヤードへと向かい、ちいさな流しの横にあるラックからタオルをとりだした。

「これ、タオル。使って」

「さきに自分が拭けよ」

こわばった手でさしだすと、ぶっきらぼうに言われた。かすれたような低い声に、なぜだかひどい緊張を覚える。意味もなくごくりと喉《のど》を鳴らし、「もういちまいあるから」と大きな手に押しつける。

肩が冷えて痛くなっていたが、いまは乾いたタオルよりもほしいものがあった。

「電気、つけないと」

里律子は、ぎこちない動きで背中を向ける。ずっと視線に追いかけられているのはわかっていた。神経が剝《む》きだしになったかのように、全身がひりついている。

ぐっしょり濡れた上着を脱いでも、雨が染みこみ湿ったシャツは肌にはりついている。朝から雨が降っていたから濡れてもいいようにと化繊のブラウスを選んだけれど、薄手のそれはおそらく下着のラインを透かしていた。上着を脱ぐ予定もないからと、下着の色にまで気を配らなかった。濃いグレーにベージュの花の刺繡《ししゅう》。こんなことになるとわかっていたら、キャミソールすら着ないままの、手抜きにもほどがある服選びなどしなかったのに、そう思ったそばから頭のなかで「嘘つき」という声がする。

だらしないと思われはしないか、そうした羞《は》じらいのなかに、男の目を強烈に意識している自分がいる。爪先《つまさき》から這《は》いのぼってくる痺《しび》れは、もうずっとまえから感じていた。

（いやらしいな、わたし）

肩越し、一瞬だけ千正を見る。上着を脱いだ彼は、じっと里葎子の背中を見ていた。肩胛骨《けんこうこつ》、肩、うなじ。ゆっくりと視線は這いあがり、そして里葎子の視線と絡みあう。ずきんと指が疼《うず》いて、里葎子はまた顔を背けた。

レジ奥のバックヤードと店をつなぐ、ひとひとりぶんしかいられないような狭い通路にあるスイッチを手探りで探していると、ごく近くに熱を感じた。背中に湿ったシャツがこすれ、里葎子は息を呑《の》む。

「里葎子さん」

「……はい」

長い腕が、里葎子のそれに沿うように伸ばされる。スイッチにふれた指先を包みこみ、握りしめられた。ちからが強くて、冷えきった指の血流が圧迫される。

背中に、大きな手のひらが添えられた。びくりと肩がすくんだ里葎子に一瞬だけ離れ、また押しあてられる。広げた指のかたちが熱になって伝わった。心音は背中まで響くだろうか。震えながら里葎子はうつむいて、身を硬くする。

「俺、怖い？」

そっとかけてくる声は聞いたことのないたぐいのものだった。問いを発した彼のほうが、よほど傷つきやすいものをたたえているように感じて驚く。どう答えればいいのか迷って唇を嚙《か》んでいると、背中にあてた手のうち、人差し指だけがすっと右に動いた。

「怖いのに、ふたりきりで鍵《かぎ》かけて、どういうことか本当にわかんないんだけど」

「どういうって、べつに、意味は」

「さっきのいまで、意味はないとか、それ通じないだろ」

じわりと、また指が動く。膝《ひざ》が震えて、鼓動がまた跳ねあがった。充血した耳たぶが腫《は》れているように感じ、里葎子はそっと息をつく。

わなないたそれが合図だったかのように、背中に置かれていた手が腰を抱いた。またびくりと全身がすくみ、「怖いよな?」とささやく声が耳のうしろでじかに響く。

「べつに、怖くは……」

ウエストにまわった手が、さきほど背中にそうしたように広げられて押しつけられた。肋骨《ろっこつ》のしたをそっと押さえる手のひら。女の身体でもっともやわらかい部分が、彼の小指と親指のさきにある。

背中から抱きしめられる、という行為はひさしぶりだった。雨に湿った衣服が気化熱でじわじわ冷えていくのに、密着した部分だけが火照るようだ。脂肪のすくない男の体温は高い、そんなことを文字通り、肌に感じて思いだす。

「むずかしいな」

「なにが、ですか」

「里葎子さんには、怖いって言われても、怖くないって言われても、どっちもへこむ気がする」

図々《ずうずう》しく振る舞うくせに、またずいぶんナイーブなことを言う。おかしな男だと思うのに、ちっとも笑えない。

（そうだ。わたしはずるい）

　すべて誘いこんだ。里律子が誘ったのだ。思春期の少女かのようなぎこちない視線でサインを送った。稚拙にもほどがあるわかりにくさのせいで、男の手はまだ迷っている。そして里律子自身、思いきるには臆病《おくびょう》すぎた。そのくせ離してほしくない。どうしようもなくずるいから、笑ってごまかそうとしてしまう。

「敷地さんがへこむとか、想像つきません」

「あのな。きついこと言われると、俺でも傷つくんだよ」

「わたし、なにも、言ってません」

「いまはね」

　会話のいきつくさきが見えず、逃げることもできない。ただ震える息が漏れて、変に荒い呼吸にならないようにとそれだけに神経を集中させる。息を吸った瞬間、雨のにおいに混じって、涼しいようなあまい香りと男性の肌のにおいがした。

「やわらかいのになあ」

　スイッチにふれたままの指が感覚を失い、ずるりとすべる。力なく落ちるそれを握りしめた千正は、したから支えるようにしながらすべての指を絡めてきた。ダンスのリードでもされるかのように肘《ひじ》を曲げられて、身体に引きつけられる。これでもう、両腕のなかに閉じこめられてしまった。指にもうひとつ心臓ができたかのようで、息が苦しい。

　首筋が脈打って痛い。顎《あご》が緊張しきっていて、身体中震えていた。もう、どうにかしてほしい。あとすこし、もう本当にすこしで「お願いだから」と言ってしまいそうだ。

(言えばいいじゃない)

自分がいったいなにに意地を張り、なにを護《まも》っているのかもわからないのに、だめ押しの言葉は喉に引っかかって、浅い息がこぼれていくだけだ。

「里葎子さんは、やわらかいのにかたいし、困る」

「なら……」

「ほっといてくれ、は、もういいよ。言われても聞けないし」

うなじがくすぐったくなったのは、背後の男が首に額を押しつけたせいだ。冷たく湿った髪が束になって肌をこする。

指を絡めた手は、里葎子の心臓のうえにあった。もうあとすこし角度が変われば、彼の手が胸にふれる。ぎりぎりの位置にあるそれを意識したとたん、首筋が脈を打った。千正が息をするたび、熱い呼気がシャツごしに伝わる。親密すぎる距離にたじろぎ、わずかによろけたとたん、千正の指が里葎子の胸の膨らみをかすめた。

(あ……)

一瞬で緊張が走り、それは背後の男にも伝わっただろう。けれど彼はそこで手を引きはしなかった。胸を包んだ下着の、乳房と布地の境目のラインをゆるりと指がかすめ、里葎子はびくりと震えた。

レースの縁をたしかめるように、長い指は何度も往復する。もう雨音すら聞こえないほど忙《せわ》しなくなった心音は、里葎子の耳を遠くさせた。

逃げないとわかったのか、脂肪のつまった肉のまるみに手のひらが軽く添えられる。男の手の形にほんのり、じわじわあたたまる感触に、すっと身体の力が抜けるのを感じた。

「心臓、すごい」

かっと頭が熱くなり、震えもひどくなった。彼の手のしたで、とっとっとっとっ、里葎子の鼓動は跳ねている。駆け足になる心音を知られることは恥ずかしい。動揺や乱れをすべて、悟られてしまうからだ。手に滲《にじ》んだ汗もすごい。不潔に思いはしないだろうかとあせるのに、千正はますます指を絡めてくる。

ごり、と後頭部に硬いものがふれた。千正の額だろう。息が、里葎子の髪を揺らす。思わず目をつぶり、火傷《やけど》しそうなくらいの熱さに耐えていると、ぽつりと彼が言った。

「俺、うるさい？」

「え？」

「だから、心臓とか、息とか」

思わず振り返り、驚いた。世にもめずらしいものを見たからだ。

「なに、その顔」

「え、だって……なんで、顔赤いんですか」

ぽかんとして問いかけたとたん、千正の顔が怒っているように歪《ゆが》んだ。ふれた硬い身体がさらにこわばり、緊張が伝わってくる。じいっと見ていると、めずらしく彼のほうが顔を背ける。

「興奮してっからじゃないの。知らんけど」

「敷地さんって、女のひとの胸とかさわっても平気な人種だと思ってました」

「……ほんとに、へこましてくれるよね。つか、顔赤い理由いちいち言わせるとか、里葎子さんって、Sなの？」

怖い顔をしているのに千正が怖くなかった。むしろ、なんだか脱力感を覚える。ひくっと鳩尾《みぞおち》が引きつって、理由のわからない笑いがこみあげてきた。

「ふ、ふふ」

「そこで笑う？　わっかんねえ反応するよ、ほんとに……」

今度は千正の力が抜けたらしい。しみじみと妙な状況だと思った。この男のせいで過去のあれこれを思いだして鬱屈《うっくつ》しているのに、その張本人に笑わされている。

忠のようにきれいに飾った言葉を千正は口にしない。むしろ不愉快になることも言うし、こちらも怒ってばかりなのに、身体の芯《しん》が凍るようなあの寒さを、いまは感じない。

無意識に力が抜けて、背後の男にもたれる。顎に手をかけられ、顔を仰向《あおむ》けにされた。逆さにうつる千正の顔は、見知らぬ誰かのようにも思える。

（あ……）

唇が重なったのと、左胸をぎゅっと摑《つか》まれたのは同時だった。身体のなかに走った鋭くあまい痛みに、全身のさきがこわばるのを知る。手のなかに包まれたやわらかなものに芯がとおり、布をとおして伝わるほど硬くなった先端にめまいがした。

唇は、何度も重ねられた。斜めによじれた体勢での不自由なキスは、まるで表面をこそぐかのように痛い。拒みもせずに応《こた》えながら、里葎子は散漫なことを考えた。

（グロス、塗り直してなかった）

口のなかは、まださきほど食べたワッフルのあまみとコーヒーの香りが残っている。同じものを味わった舌が、わずかなメープルシロップの味すら消し去るように口腔《こうこう》を動きまわり、不規則に身体が揺れた。

「いたっ……」

興奮したような息をついた千正が、胸を握った手に力をこめた。過敏になっていた先の部分が押しつぶされ、思わず悲鳴をあげると、詫《わ》びるような手つきで先端を撫《な》でられる。じん、と足の間に痺《しび》れを感じ、今度は違う意味であがった声に自分で驚き、里葎子は手で口を覆った。

「なに、それ」

不服そうな千正が、倒れかかっていた里葎子の身体を反転させ、正面から抱きしめなおしてくる。まともに目をあわせたとたん、忘れかけていた羞恥《しゅうち》が足下からどっと押し寄せてきた。

「……こんなとこで」

「いまさら？」

広い胸に手をついて、押す。けれど本気でない抵抗は男の力にあっさりねじ伏せられ、両方の手首を摑まれ、彼の腰にまわされた。

どうしてかその瞬間だけは、男の力にほっとしてもいた。里葎子があれこれと考えるよりさきに、有無を言わさずにどうにかしてくれたら、責任を放棄することができる。そんな自分の情けなさに引くよりはやく、千正が言った。

「俺のせいでいいよ」

そっと里葎子の手首を解放した千正は、ウエストを両手で包んできた。大きな手のひらを広げ、最近気にしていた下腹のまるみからゆっくりと胸まで這《は》わせてくる。

目を見つめあったまま、里葎子は抵抗しなかった。胸を包んだ手が、壊れかけたままほったらかされた心をあたためているような、そんな気がした。

顔が近づいてくる。またキスだ。わかっていてよけなかった。

やさしいキスだった。そっと重ねて離れ、次にふれるときはまえよりもすこし長く。たしかめられていると感じた。軽くなめて、鼻先がふれたままの距離に待つ彼へと里葎子は言った。

「ひとのせいに、するのは、好きじゃないです」

「潔いね。里葎子さんらしい」

「わたしらしいって、なんですか?」

静かに問いかけると、千正は一瞬目をまるくして、じっと里葎子の唇を見つめる。

「敷地さんは、わたしのなにを、知ってるの」

思春期、と千正に言われたそのまんまの発言だ。いい歳した女が『本当の自分』もないものだと思うけれど、いろいろ見失いすぎた里葎子にとっては掛け値なしの本音だった。

「里葎子さんがなにを言ってほしいかは、わからないけど」

やさしいようでいて突き放す言葉は、それこそ千正らしいものだと感じた。

「ただ、俺の知ってる里葎子さんは、まじめで、むずかしい」

「で、めんどうくさいですよね」

「うん、まあでも俺、めんどうくさいのきらいじゃないらしい」

ふっと千正が笑う。この表情ははじめて見た。複雑そうでいながらやさしい笑みを見つめたまま、里葎子は震える声でつぶやく。

「……お願いしないと、だめですか」

言ったとたん、彼の顔がこわばった。失敗しただろうかと顎を引くよりはやく、引き寄せられて口づけられた。今度は遠慮なしに口腔《こうこう》をまさぐられ、背中と腰に添わせた手で、ぎゅっと自分の身体に押しつけるように抱いてくる。

鳩尾《みぞおち》のあたりに、こわばったものがあたった。ベルトのバックルだけでなく、もっと有機的な硬さを感じるそれに、ぶるっと震える。大きく息をついた千正がキスをほどいて、首筋と耳の隙間に高い鼻を押しこんできた。すん、と鼻を鳴らされて耳が痛いほど恥ずかしくなる。

「……確認していい？」

「しないでください」

即答で返すと、はあっと大きな息をつく。ふれた大きな身体がぐっと緊張したのがわかった。

「わかった、もういい。ただいっこだけ頼む」

「なんですか」

「あとで、きらうなよ」

言ったと同時に、胸を――痛烈なまでに自分を女だと意識させられる場所を、硬い男の指が、ぐねりと捏《こ》ねた。喉《のど》の奥に声がこみあげ、必死になってそれを呑《の》みくだす。むっとしたように千正が眉《まゆ》をひそめたけれど、里葎子の視線が彼の背後――通りに面した窓とドアに向けられているのに気づいて、しかたなさそうな息をついた。

「もうちょっと、こっち」

「え……」

抱きしめられたまま、ますます狭いバックヤードとの隙間に連れこまれた。いったいなに、と問うよりはやくまた口をふさがれ、今度はロングのタイトスカートの、膝《ひざ》裏のスリットから手をいれられ、足を持ちあげられる。片足の裏が向かいの壁につくような不安定な体勢に、里葎子はあわてた。

「ちょ、待って」

「聞かない」

もがいた里葎子を押さえこんできた男に「違う、スカート破れる!」と訴える。渋々、千正は一度抱えた足をおろした。

「ホテルにでもつれこみゃよかった」

「ばか言わないで。ついていきません」

足下を見おろすと、雨に濡《ぬ》れたうえ、強引にめくられそうになって皺《しわ》のついたスカートが見えた。綿混紡で気にいっていた一着だけれど、腰からお尻にかけて両手をふれさせたまま、離れていかない男の手に、しかたない、とため息をつく。

「……さきに、たくしあげて」

「え」

「破れないようにしてくれれば……いいです」

うつむいたまま、そこまで言うのが精一杯だった。無言になった千正は大きな身体を折り曲げ、里葎子の膝のあたりに手を添えると、脚を撫《な》であげるようにしながら長いスカートをめくりあげてくる。

肌が湿って敏感になっていた。雨なのか、汗なのかもうわからず、膝裏を長い指がかすめた瞬間崩れ落ちそうになって、広い肩にすがった。千正の首筋が近くて、あの香りがまた濃く感じられる。

「敷地さん、香水、なに？」

「クリード」

「クリードのなに？」

「それ、いま訊《き》かないといけない？」

「いいにおいだから。……わたしこのにおい、好きだ」

さきほどのお返しのように鼻を鳴らすと、彼の体温があがるのがわかった。

「ほんと里葎子さん、わからん。エロいんだかかたいんだか」

「エロくないです」

むっとしたとたん「シルバーマウンテン」と口早に言った千正が、耳に噛《か》みついてくる。びくりとなって、里律子は首筋にしがみついた。ふっと解放感があって、気づけば胸元のボタンは四つもはずされ、背中にまわった手がシャツごしにホックをはずしていた。

「すごい早業……」

「感想いいから集中してくれよ」

なんだか情けなさそうに眉をさげ、胸の谷間に千正が顔を埋《うず》めてくる。スカートは無事にたくしあげられたようで、自由になった脚の間には彼の膝が割り入ってきた。

細身のシャツに圧迫されたおかげで、乳房の上部がこんもりと盛りあがっている。ふだんより三割増しに感じるその稜線《りょうせん》をすべる唇が、ざわざわと肌を痺れさせた。

内腿《うちもも》に挟んだボトムの、目の粗い感触。男の服だと強く思った。密着した体勢では胸をいじる手が動かしづらいのか、腋《わき》から包むようにして親指を動かしている。はずされた下着がシャツのなかで押し下げられ、ワイヤーが肌に食いこんで痛かった。

（このまま、するのかな）

服を着たままのセックスなど経験がない。というよりベッド以外の場所で、しかも仕事の場で、立ったままなんて正気の沙汰《さた》ではないと思う。なのにいまは、いつ千正が尖《とが》りきった胸の先端にふれてくるのかとそればかりが気になって、ただただ、しがみついているしかできない。

背中を壁につけて体重を支えたまま、剝《む》きだしの脚を向かいの壁に押しつけて、ぎりぎりのバランスで立っているだけ。

みっともない……。

口にだしたつもりはなかったのに、無意識でつぶやいていたらしい。千正が顔をあげ、じろりと睨《にら》んできた。

「悪かったな」

「え、違」

彼のことを言ったのではなかったのに、誤解させたようだ。否定するより先に唇に嚙みつかれ、すこしの痛みが官能につながることを教えられる。口のなかで「んん」と声がくぐもったのは、あらわになった下腹部へ手を這わされたからだった。

へそのしたに、あのあたたかい手がふれた。じいんと熱が伝わって、単純な気持ちよさを感じる。吐息混じりの声が漏れると、千正は頰とこめかみに何度も唇を押しつけ、両手をかすかに動かした。

はあ、と熱っぽい息が漏れる。声もあふれた。こわばっていた胸のさきと下腹部の中心に、同時に指がふれた。ざっと全身が粟《あわ》だち、男の肩にしがみつく。

「動きにくい」

千正はいらだたしげな声をだすけれど、ほんの数ミリ指を動かされるだけでも刺激は充分だった。軽く押すようにされると、煮えきった身体からどろりとしたものがおりてくる。

（ああ）

湿ったやわらかい場所を包むようにされ、圧迫する指を開かれると、声がでるのを防げない。手のひらは熱いのに、そこは冷たく濡れている。

ぎゅっとつぶっている目のうえに、やわらかいものがふれた。睫毛《まつげ》のうえに乗った雫《しずく》を吸う唇は、千正がしたとは思えないほどやさしいのに、クロッチを脇に寄せる手の大胆さや、脆《もろ》い場所を探る指の図々《ずうずう》しさは、まさにこの男らしかった。

そして発言のデリカシーのなさも、まさしく彼だ。

「……なあ、里葎子さん、処女じゃないよな？ えらい狭い」

後ろ髪を思いきり摑《つか》んで引っぱると「いてえ！」と叫ぶ。

「あ、脚、開けない、から」

「体勢のせいだけじゃないだろ、これ。……痛い？」

ひどいのかやさしいのかまったくわからない口調に、黙ってかぶりを振った。下半身から響いてくる粘った音は、聞こえなかったことにしたい。

（はずか、しい）

閉じた部分をひろげ、ぬめるものを指でこそぐ。ごくわずかに揺らし、奥をくすぐる。複雑な手の動きがどうしようもなく卑猥《ひわい》で、気を抜けば抑えこんだ声が漏れてしまう。

「平気？」

平気なわけがない、身体も心も乱れきっている。こんな感覚はひさしぶりすぎて——もっと正直に言えば、こうまで感じるのははじめてで、戸惑ってすらいる。けれど、様子をうかがう声は、驚くくらいにやさしいし、強引なくせに痛いことはなにもしない。女の身体をよく知っている手だと思った。

「平気じゃ、ないけど……平気」

ようやくそれだけを答えると、こめかみに口づけられて照れた。羞《は》じらうには遅い気がしたけれど、あまい仕種《しぐさ》がどうしようもなく気恥ずかしい。

熟れきった果実をつぶして遊ぶような手つきに腰の奥が痺《しび》れて、溶けて、あふれる。里葎子はどんどんやわらかくなった。ゆっくりと捏《こ》ねられているだけの乳房も、いつの間にか彼の手に馴染《なじ》むようにとろりとしている。夏の日のアイスバーのように、熱にさらされて頼りなく溶け落ちそうな身体が怖くて、さらにしがみついた。

「あ……」

荒れた息が頬をくすぐる。自分とは真逆に、全身をこわばらせている千正の深い部分が、彼の手で暴かれた場所にふれる。いったいいつ、ベルトをはずしたのかとふしぎだったけれど、もう頭の半分くらいでしかものが考えられなかった。

「摑まってて」

腰を支えられ、無言でうなずく。喉《のど》の奥が貼りついたように感じるのは、あえぎすぎて喉が渇いているからだ。湿りを求めて、里葎子は自分から千正の口へと吸いつき、おずおずと舌を差しこんだ。

りつこ、と、口のなかで千正がつぶやく。そして含んだ舌をなだめるようになめ、先端だけを軽く嚙んで意地悪をした。苦しげなその声にぞくぞくしたとたん、ぐっと身体が押しつけられ、粘膜がつながった。

ぐらり、とめまいがする。

不自由な体勢なのに、力強く里葎子を満たしたものはひどく大きくて、かすかに奥が痛む。けれどなまなましく濡れた感触に気をとられ、疼痛《とうつう》はほとんど意識できなかった。まっすぐに突き刺さってくるそれはたぶん、ただの肉ではない。

(あつい)

ぎくん、と里葎子の全身がこわばり、全身に鳥肌がたった。脳から爪先《つまさき》にまで一気に流れていく血に、刺激物が混じっているかのような感覚があった。

「あ……っ」

急激な絶頂感に首を振って、唇をほどく。きつく目をつぶったまま震える里葎子に気づいて、千正はすこし驚いたような気配があった。けれど彼はなにも言わなかった。呼吸を整えた里葎子の様子をうかがい、そっとひとことだけささやいてくる。

「……やめる?」

黙ってかぶりを振ると、親指のさきが、色づいた胸の先端をゆっくりまるく撫《な》でた。強くされるより、このくすぐるようなふれかたが好きだと、もう知られた。そのまま、ゆらゆらと揺らすように彼は動きだす。

揶揄《やゆ》も、なだめる言葉もない、饒舌《じょうぜつ》な彼らしからぬ沈黙、けれど背中をゆっくり撫でる手で充分だった。あまやかされているのだ。そして泣きそうになる。

「う、動き、づらい？」

場所と体勢が悪かっただろうかと心配になったけれど、どこかぼんやりした口調で千正は
「ん、まあ」と肯定し、そのあと里葎子の身体をぎゅっと抱きしめた。

「あの……」

「ごめん、話しかけるのパス」

背中を抱きしめる腕が、かすかに震えている。つらいのだろうか。無意識に、なにも考えられずに彼の後頭部へと手をまわし、そっと撫でた。とたん、千正の震えはひどくなる。

「それやめて」

「え、どれ」

「やばいから。里葎子、ちょっと……ほんとにやばい」

びくりと不規則に腰がうねり、里葎子の喉から細い声が漏れる。身体のなかにいるイキモノがひとまわりほど伸びをしたからだ。

千正の香りが強くなった。彼が汗ばんでいるせいだと気づいて、頬が熱くなった。

（我慢、してるのかな）

男のひとはもっと、強引に動くのが好きだと思っていた。女の身体の湿った虚《うろ》に包まれて、そこを荒らすように暴くのが、里葎子の知っているセックスだった。

自分の反応もよくわからなかった。闇雲な興奮はないのに、つながっただけで里葎子は達し

た。ゆるゆるとした動きはもどかしいほどで、なのに、いままでに知らないなにかが身体を満たしている。

「こんなので、いいんですか」

ふしぎになりながら、里葎子は問いかけた。

「こんなのって、なに」

「あの、あんまり……動けないし」

「だから、いいって」

いらいらしたような千正の口調も、神経にさわらない。話しかけるなと言ったくせに、里葎子がなにかを言うと、彼は律儀に返事をする。

なんだかそれは、とても――いとおしいような気がしたとたん、心臓の鼓動と同じく、身体がぎゅうっと収縮しては開いた。深い部分で彼を握りしめている。それがどうしてか優越感にも似たものを覚えさせた。

「……っ、里葎子っ」

あせったように千正が短く名前を呼ぶ。おまえ、の次は呼び捨てだと遠い意識で思ったけれど、もうさっきからそう呼ばれていたことに、いまさら気づく。

「だから、ほんと、やさしくさせろって……」

「いり、ません」

うめいた千正と同じくらいかすれた声で言うと、彼が困ったように眉《まゆ》をさげる。その顔がおかしくて、里葎子は笑った。

「やさしく、なくて、いいの」

充分にやさしいと思うから、とは言えなかった。言う必要もなかった。

もういちど、ふだんはいらないことばかり言うくせに、ひどく不器用になった唇へとキスをした。あまえるようにすりつけることが、このときだけはなぜか、自然なことのように思えた。

満たされていると実感し、ずっと忘れていた多幸感がふたたび、里葎子の身体を包んでいた。

❂　❂　❂

肌寒い朝。夜のあいだずっと空を重たく覆っていた雨雲は、あとかたもなく消えていた。雨のせいで空気が洗われたらしく、今朝は道路沿いの道を歩いていても埃《ほこり》っぽい感じがない。

里葎子が店にたどりつくと、ドアはすでに開いていた。店内では掃除をすませた比奈が椅子に腰かけ、日報を読んでいる。

「おはよう、比奈」

くるりと振り返った彼女は、片手にハードタイプのパンに塩豚のパテを挟んだサンドイッチをかじりながら、里葎子へと微笑んだ。

「おはよう。きのう、臨時休業にしたの？」

「うん、雨のせいでお客さんこなかったし、なんとなくね」

さらっと答えたあと、自分で、意外だなと思った。

きのう、比奈がいま朝食をとっている場所から一メートルと離れていない空間で、セックスをした。自罰的な性格に自覚があった里葎子は、てっきり勢いまかせの行為に後悔するかと思っていたが、ふしぎとこの朝、長いことなじみになっていた重い淀《よど》みは感じない。

職場でことに及んだことに関してだけは申し訳ないと思うけれど、予想していたほどうしろめたい感情はなかった。鋭い比奈になにか見破られないかと思ったけれど、痕跡《こんせき》を残すようなことはしていない。

(わりと、簡単だった)

くるりと見まわせばすべてに目の届く、里葎子の防御用陣地。このなかに千正をいれたことにどんな意味があるのか、里葎子自身、まだよくわかってはいない。

忠の件があって以来、ばかみたいに拒んできたことがあまりにあっさり——というには少々語弊のある時間だったが——終わって、なんだか、ぽかんとしている。身体も、あちこち変なところに筋肉痛を感じてはいるが、それ以外はむしろ、すっきりしてさえいた。

むしろきのう、想定外の事態にうろたえていたのは、千正のほうだったように思う。

反芻《はんすう》したくはないけれど、記憶の残滓《ざんし》があちこち散らばっている空間では思いだすなというほうがむずかしい。

朝のひかりが満ちた店のなかで、里葎子は目を細めた。

息がおさまって、汗が冷えはじめてから身体を離した。

そのときになってはじめて、里葎子はこんな事態でも相手が避妊してくれていたことを知った。慣れているのだな、とすこしあきれ、冷静なんだなと感心する気持ちを噛《か》みしめる。そして、本当に自分がなにひとつ、あとさきなど考えていなかったという事実にいきついた。

深すぎた快感に、芯《しん》まで痺《しび》れていた。まだ違和感の残る体内を意識しないよう、そっと深呼吸をする。

「あの、ありがとうございました」

身繕いをすませ、ぼうっとしたまま気だるい身体を椅子に腰かけさせた里葎子は、ふと思いついたことを口にする。立ったまま、ベルトの金具を止めていた千正は、その言葉にものすごく、いやそうな顔をした。

ああ、間違えた。彼のまえで泣いたことか、この行為そのものか、それともいまの発言か。どこから間違えたのかわからないまま、反射的に里葎子はそう思った。

「べつに、礼を言われるようなことはしてないと思うけど」

温度のさがった声は皮肉っぽい。男の低い声はやはりちょっと苦手で、たじろいだ里葎子に、彼は肺を押しつぶすようなため息をついた。

「いや、ごめん。そういう意味じゃない」

「わたしなにも言ってませんけど」

「うん、まあ」

都会的で饒舌で世慣れた男とは思えない、不器用な沈黙。彼が骨の太い親指でこする、かすかに寄った眉間《みけん》には、なにか複雑そうな感情があらわれている。男性特有の、セックスあとのさめた不機嫌というやつだろうか。

妙な気分だった。里葎子は、およそひとの機微に聡《さと》いとは言いがたいほうだし、そもそも自分の感情すらろくにわからないというのに、このとき、千正の困惑した気持ちが手のひらのなかで震えているような気がした。

(なんか、へん? でも、なにがへんなんだろう……)

頭がまだぼうっとしていて、考えがまとまらない。なにげなく唇を噛んだとたん、自分のものではない歯がそうした感触を思いだす。無意識に指で撫でると、千正の顔がまた歪《ゆが》んだ。

「ひょっとして痛くした? ごめん」

「あ、いえ。きもちよかったなと……」

自分の言葉に自分で驚き、里葎子は目を瞠《みは》る。千正も同じ表情になり、そのあと、気抜けしたような顔で、ふはっと笑った。

「へんな女だな、ほんと」

軽く首をかしげた気だるげな仕種《しぐさ》とあまい声、あまい笑い。ああなるほど、女性にモテるわけだなあと、出会いから年単位がすぎている男の見知った顔を眺めて思った。けれど、じっと見つめているのに気づいたとたん、千正はまた顔をしかめてしまう。

その反応がよくわからず、里葎子も首をかしげた。

粘膜がふれる距離まで近づいたあとも、里葎子にとってやっぱり他人の男は遠いままだ。

「里葎子さん、ねこみたい」

「ねこ？」

「なんでそんなじっと見るわけ」

頰を搔《か》くふりで、千正が顔を隠した。言われてはじめて、しつこいくらいに見つめていたことに気づく。ふだんなら過剰に羞《は》じて目を逸《そ》らすところなのに「そっか」とつぶやいた里葎子はそれでも彼の端整な面差しを見続けた。

「だから、なんなの」といやそうに言われ、答えたほうがいいのか、と口を開いた。

「よくできた顔ですね」

「……ひとの顔に対してのコメントとして、どうなのそれ。ほんと、よくわかんねえ」

「わたしも、敷地さん、よくわからないですよ」

寝たからといって、なにが変わったわけではない。いきなり親しげにするのも妙だと思う。けれど里葎子の声は棘《とげ》がなく、気抜けした炭酸のようなふわっとしたものが混じっている。対して千正は、まだ顔を軽くしかめたままだ。そして、ふだん無遠慮なくらいの視線は里葎子に向かない。逆に里葎子が見つめ続ける。

見慣れた顔からなぜ目が離せないのかわからない。戸惑いながらまばたきをしたところで、ついに視線をさえぎるかのように、千正が目を覆った。

「このタイミングで言うのあれなんだけど、海外の買い付けがあるから。しばらく会えない」

唐突な言葉に、ぱちりと里葎子は目をしばたたかせた。千正は目元にふれていた手をおろし、ようやく里葎子を見る。

「また、インド。今回、何カ所かまわってくるし、相手の都合もあるから、帰国もわからない」

返事、もしくは問いかけを待つような沈黙に、まだうまく頭のまわらない里葎子は対処しきれていなかった。

(これ、しつこくするなってことなのかな)

もしかして牽制《けんせい》されてでもいるのかと、ひねたことを考えたが、それも妙な話だ。含みの多い会話は苦手だ。なにより仕事で不在にすることを、いままでいちいち報告されたこともないし、そもそも言い訳されるような仲でも――たぶん、ない。

考えあぐねたのち、「ええと」と口ごもって言った。

「タイミングが、とか……わかんないけど、それ、わたしに関係ありますか」

なにか、決定的に間違えた。

そう感じたのは、千正が見たこともないような目つきで里葎子を見たからだ。ほんのわずかな間だったけれど、鋭い視線にさらされて身体がすくむ。そして彼は、にこっと笑った。

「ん、まあ、関係ないかも。ごめん」

里葎子は座っていて、千正は立っている。お互い一歩も動いていないのに、波がひくように遠くなっていくのがわかった。すうっと体温がさがり、里葎子は気づいた。

さっきまでとくとくと鼓動していた、あたたかくやわらかかったものに、無粋に水をかけてしまったのは、わたしだ。

ぱくりと口が動いた。なにを言いたいのか、どう言えばいいのかもさっぱりわかっていないけれど、このまま黙っていたらだめだということだけはわかった。うつむき、手を忙《せわ》しなく開閉する。意味もなく左手の人差し指を握って爪をこすった。つめたい。

「な、なんで謝るのかわからないんですけど」

つっかえて、「んん」と咳《せき》払いをする。やだな。やだな。子どものように思って爪をこする。

千正の声はひやっとしていた。

「お礼言われちゃったからでしょ」

「え、だめなんですか」

困り果てて顔をあげると、似たような顔の彼がいた。「だめっていうか」と苦い声をだされ、今度は里葎子が謝った。

「すみません。いけないとか思わなかった」

「いや怒ってるわけじゃないけど……」

めずらしくも尻《しり》つぼみになった声に、里葎子は言った。

「けど、なんですか」

「なにって」

立ちあがろうとすると、膝《ひざ》がぐにゃっとなって転びかけた。わっと声をあげた千正が腕を伸ばしてくる。広い胸に鼻をぶつけてけっこう痛かった。千正はため息をつく。

「なにがしたいの、里葎子さんは」

「けど、のさきが、わたしは聞きたいです」

いつもこうして詰め寄るのは千正のほうで、逃げまわっていたのは里葎子なのに、立場が逆になっていることがすこしおかしい。すらりとしているのにたくましい腕をぎゅっと掴《つか》むと、彼はかすれた声を発した。

「聞いてどうすんだよ」

「わかりません」

妙にきっぱりした声で言うと、苦笑するのがふれた身体から振動になって伝わった。

「わかんないのに訊《き》くのかよ。里葎子さんって、ひどい女だよなあ」

うめくようなそれに「なんで」と顔をあげると、親指で頬をぐいとこすられた。なでるというより弾力をたしかめるようなそれに、ファンデーションがとれるじゃないかと眉《まゆ》をひそめる。

「化粧はもう落ちちゃってるよ。さっきタオルでごしごし拭《ふ》いただろ」

口にださなかった言葉を正確に読みとって、千正はいつものように、だがすこしだけ暗い目で皮肉っぽく嗤《わら》った。そしてぽつりと言う。

「……俺、あんたにやさしくできた？」

またもや唐突な言葉に目をしばたたかせた里葎子は、それでもはっきりうなずいた。彼は本当に、驚くくらいにやさしかった。行為のさなかも、そして、いまも。

「なら、まあ、いっか」

長い睫毛《まつげ》を伏せた彼は、それきり口をつぐんで里葎子をぎゅっと抱きしめた。あんなことまでしていまさら振り払うのもおかしいと、里葎子もおとなしく腕のなかにおさまる。

目をつぶると、耳の奥が雨の音と男の力強い心音だけに満たされる。後頭部を、千正の大きな手のひらが包んでいた。肺の奥がふわっとゆるんで、ついでにひらいた喉《のど》が勝手に言葉を押しだした。

「敷地さん、カルピス好きですか」

「……また唐突だな」

ふっとため息をついた千正は「子どものころは好きだったけど、もう何年も飲んだ覚えない」と言った。里葎子は「そうですか」とうなずき、また黙りこむ。

肌寒い夜、薄暗い店のなかで、煙草と香水のにおいがする男の大きな手にふれられて、どうしてか、小柄な礼美おばに抱きついたあの夏、鮮明な陽差しのなかで氷がからから鳴っていたカルピスのグラスを思いだした。

なにひとつ共通するものなどないのに、むしろ正反対と言ってもいい状況なのに、胸の奥に感じているものはそっくりだった。

やさしい体温と、脅かされ続けていた里葎子のこころをなでる、手のひらのぬくもり。

安心するという気持ちを思いだすのは、ひさしぶりだった。

❁ ❁ ❁

（ここだったかな）

ディスプレイ台のセッティングをしながら、ふと手を止めた。

千正に抱きしめられたまま寝ようとしはじめた里葎子に「立ったまま寝るな」と小突いた彼が抱擁をほどいたのだ。

そのあとは言葉すくななまま、店のまえで別れた。昨晩も、今朝になっても、電話もメールもない。それが寂しいような気がすることについては、あえて考えるのをやめた。そもそも、そんな権利もない。予定を教えられて「わたしに関係あるのか」と問うたのは里葎子だ。

（あれって、関係ないでしょ、って意味にとられるよねえ）

いくらぼうっとしていたからとはいえ、肌をふれあわせた相手に対して言うには、情もへったくれもない言葉だったと、いまはわかる。失礼なことを言った。本当にいろいろまずった、と反省もするけれど、あんな経験ははじめてだったのだから——と、言い訳する自分もいた。

つきあっていない相手と遊んだことはないが、たぶんもう、終わったことだろう。上手にできなかったのは事実だが、千正とて里葎子が世慣れているとは思っていない、はずだ。

（あっちは、後悔してるかな）

別れ際も、彼の目からは翳《かげ》りが拭《ぬぐ》えなかった。へんな女によけいなことをしたと臍《ほぞ》を噬《か》んでいるかもしれない。申し訳ないと思う。

けれど、里葎子はといえばまったく後悔していなかった。

なんだかさっぱりしているのは、意識している、していないに拘《かか》わらず、自分が女だという事実が変わらないことを悟ったからかもしれない。

腕のなかにおさまらないほどの大きな身体は、里葎子のなかに包まれて悶《もだ》え、もがくように震えていた。

彼の顔は、暗い店のなかではそこまではっきり見えたわけではない。けれども、苦しそうな息づかいやかき抱いてくる力のつよさ、強引さに、怖いよりもなにかが満たされるのを感じた。千正が、里葎子を抱きはしても支配しようとしなかったからだろう。立ったままの体勢も、心理的にはいいほうに作用した。互いの身体に絡みつくあの時間、なんだか対等な感じがした。押し倒され、重い身体につぶされていたら、あんなふうに思えなかったかもしれない。

——ちょっと協力して。足こっち。手、ここ。

ふだんよりぶっきらぼうな声で指示をだされ、いちいちうるさいなあと思いながらも従った。仕事のときと同じ、千正が正しいことを言っているなら、里葎子は困らないのだ。

そう、困らなかった。傷つかなかったし、あの状況で精一杯に、いいものだけをくれようとした気持ちごと、彼を抱いていた——。

「……おっ、と」

がさがさいう紙の音で、里葎子は我に返った。ちらりと横目に親友をうかがうと、日報のあとには新聞を広げて、おおぶりなサンドイッチをもしゃもしゃと咀嚼《そしゃく》している。

「なに？」

視線に気づいた比奈が、頬袋でもあるかのような顔でくりっとした目を動かす。かわいらしい容姿に似あわぬ豪快な様子に、里葎子は笑った。

「比奈さん、いくらロングスカートだからって、大股《おおまた》ひらいて座るのはどうかと思うのね」

「だからロンスカはいてるんじゃないのよ」

いまは彫金作家である比奈だが、美大時代にはなんでもやってみたと言う。ちいさな身体にもかかわらず、数メートルの彫塑を作製したり、鍛金の手法で大物のオブジェなども手がけていたりしたそうだが、彼女曰《いわ》く「そっちは、なんか飽きた」のだそうだ。ただ、そうしたものを作る際には作業着で、腿《もも》に台を挟んで固定するなどの時間が長いらしく、座るときはどうしてもどっかりと腰を据えてしまうという。

「そのクセなおしなさいよ。骨盤ひらいてお尻大きくなるよ？」

「デカ尻にはもうなってるから、いいんですう」

比奈は最後のひとくちを口のなかに放りこむと、今度はオヤジのように片足を組んで、新聞をばさばさと読みはじめた。これは完全にわざとだなと、里葎子は苦笑した。その顔に、ふと比奈が目を留める。

「……なに？」

「や。里葎子のそういう笑いかたって、ちょっとめずらしいなと思って」

「そういうって、どういう」

「わかんないけど、なんか、ふわっとしてる」

すこしだけ、どきっとした。比奈は幼くすら見える童顔だけれど、細めた目のなかにある光は、芸術家らしく鋭い。

「ズル休み、したから気抜けしたのかな」

「……ふうん？」

いいけどね、とつぶやいた比奈は、また新聞に目を戻した。へたなごまかしが通用したとは思っていない。これは比奈の「さわられたくないところにはさわらない」という、ありがたいスタンスのおかげだ。

「コーヒー飲みます？　里葎子さん」

「お願いします、比奈さん」

ばっさばっさと新聞をめくる相棒にくすくすと笑いながら、ミカド珈琲《コーヒー》で買ってきたオリジナルブレンドの封をあける。深いコーヒーの香りを嗅《か》いでコーヒーメーカーのセッティングをすませ、BGMのスイッチをいれた。

ダニ・グルジェルのアルバム『Nosso』はジャズベースにボサノヴァやサンバをミックスしたブラジル音楽だ。なんの気なしのチョイスだったが、曲を聴くなり、《cafe' vivement dimanche》で購入したCDだったこと、そしてあの店で千正にワッフルを略奪されたことまで思いだし、つい顔をしかめる。

きのうのきょうでしかたないことだけれど、なんでもかんでもあの男に連想が結びつくのは非常に、よろしくない。

「ああ、そういえば敷地さん」

すごいタイミングで背後から飛んできた比奈の声に、どきっとした。振り返らないまま「うん？」と、できるだけ平静な声で返す。

「平林くんの件、無事に決まったって。こっちにまわすぶん薄くなると困るから、ライン揃えについては要相談だけどって、きのうメールきてた」

「敷地さんから？」

「いや、平林くんから」

「ああ、うん。了解」

コーヒーメーカーから、抽出完了の音が鳴って、会話が途切れた。これ幸いと里葎子はカップを用意し、いれたてのコーヒーを注ぐ。

——店に顔だしたらいなかったからさ。そっちは？　臨時休業？

てっきりふらりと立ち寄っただけかと思っていた。ちゃんとした用事があったのだなと思って軽い落胆を覚え、それどころではなくしてしまった自分の余裕のなさを呪《のろ》う。ただ、あの件についてはお互いさまで責任がある、とは思うが。

（報告くらい、メールしてきてもいいんじゃないの）

さきほどは、関係ないだろうと突っぱねた自分に反省していたというのに、この有様だ。立ったまま熱いコーヒーをすすって、里葎子はため息をごまかした。

比奈の口から彼の名前がでたとき、びくびくするのではなく、どきどきした。神経が過敏になり、心臓が騒ぐという意味では似たようなものなのに、まるっきり温度が違う。

よいコーヒーとは、悪魔のように黒く、地獄のように熱く、天使のように純粋で、愛のようにあまい。有名な言葉を口のなかで転がしながら、鼻に抜ける香りを楽しもうとした。

けれどやはり頭のなかに、身体も態度も大きな男の暗い目——ちょっとだけ、傷ついたような目の残像が居座っていて、気が散ってしまう。

（今度会ったら、謝ったほうがいいのかな）

それともまた、あんなふうに機嫌を損ねてしまうかもしれない。男のひとはやっぱり、よくわからないし、むずかしい。

とくに千正は、むずかしい。

このひと、わかんないなあ。それはいつも思うことなのだけれど、そのさきにある「だから知ってみたい」という言葉が喉《のど》のあたりにせりあがってくる。でもどうやって知り、わかればいいのか。

すべてが不明瞭《ふめいりょう》なままなのに、気持ちだけがすっきりしていて、それも変な感じだった。

（まあ、次に会ったとき、わかるかもしれないし）

それがちょっと楽しみかもしれないと、自分のなかに起きた変化を認める。

きのうのできごとで、なにもかも変わるなんて思ってはいないけれど、ひとつ苦手にしていたことは克服できたと思う。それだけでも千正には感謝していた。

いい音楽に耳をすましながら窓の外を見る。雨のあと、空はきらきらしていて、なんとなくいいことがあるんじゃないかなあ、などと思ってうきうきした。ひさしぶりの浮きたつ気持ちを、里葎子はそっといとおしむ。

❂

だがつくづく、人生は里葎子にあまい気持ちだけを食《は》んでいる時間をくれないらしい。

里葎子がまたもや下着泥棒の被害にあったのは、それからほんの三日後のことだった。

隣の中松さんが、昼間、男が里葎子のベランダへ忍びこむのを見かけ、悲鳴をあげたおかげで、ショーツを一枚摑《つか》んで逃げていったその男は、大柄に見えたという。

「特定の相手を二度目に狙うのは、そちらがはじめてのようなので……」

玄関先で、なにか心当たりはないですかと問う警察官のまえで、里葎子は震えていた。

いっしょに話をしてやると言ったはずの男は、インドに向かう飛行機のなかだった。

❂　❂　❂

自分の部屋のなかに、警察官がいるというのはひどく奇妙な気分だった。

「紛失したものは、ショーツが一枚で、間違いないですね」

「はい」

ごくまじめな顔で書類に書きつけていく警察官に、里葎子もぎこちなくうなずいた。隣人の通報で訪れた彼らの姿を、「刑事ドラマみたいだなあ」となかば遠い意識で考える。

洗濯物を干していたピンチハンガーも検分された。干したままの、残りの下着も見られて恥ずかしいと思ったが、ぞっとしたのは、警察官が軽い口調で「やられちゃいましたねえ」とつぶやいたときだ。

男の力で強引にもぎとられ、ちぎれた鎖。そしてベランダの手すりと外壁に、泥とともに残された大きな靴跡。なまなましい物的証拠を目にしたとき、犯行の状況が一瞬で脳裏に浮かび、全身に鳥肌がたった。

無意識に腕をさすっていると、制帽をかぶりなおした警察官がぼやくように言った。

「このところ近所でも頻発してるんで、警戒も強めてたんですが。ここ、ちょっと環境的に危ないですよね」

「危ない、ですか」

里葎子のつぶやきが聞こえなかったのか、制服姿の警察官はとくに答えることはせず、部屋の窓から身を乗りだした。

「なあ、どうだ？」

「いけますね、たぶん。ここ、樹皮が削れてます。あわてて逃げるときにこすったのかも」

窓のしたにいる、もうひとりの痩《や》せて小柄な警察官はそう叫んだ。彼はこのアパートに面した木の幹によじのぼり、ふたまたに分かれた太い枝へと足をかけ、里葎子の部屋のベランダへと手を伸ばしている。

「おれのリーチだとぎりぎりですが、マジックハンドみたいなもの、使えば、なんとか……」

無理な体勢がつらいのか、小柄な警察官は息をつきつき言った。「若いんだからやれるだろ」と先輩に言われ、いやそうにしながらも木に登らされたのだ。

「もうちょっと、背がでかいやつなら、一発で届くでしょうねえ」

「たしかに、あと五センチか十センチってとこだな」

犯行が可能なのは大柄な男。隣人の目撃情報どおりだ。なんだか具体的に想像して不安になった里葎子をよそに、彼らはいたってのんびりした口調だ。下着泥棒という、あまり危険の差し迫った犯罪ではないからだろうか。すこしの苛立《いらだ》たしさを覚えながら相づちを打っていると、部屋にいるほうの警察官がぼやくような声を発した。

「まえまえから危ないって言ってたんだけどなあ」

里葎子はぴくりと眉《まゆ》を動かし、問いかけた。

「まえまえから、って、いつからですか」

「二年まえも空き巣がはいったんですよ、ここ。そのときもやっぱり、この木からよじのぼった手口で。大家さんには、枝落とさないと防犯上ちょっと……って話はしたんだけどね。よっぽどやりやすいんだね、しかし」

初耳だった里葎子はぎょっとした。警察官は身を強《こわ》ばらせた里葎子へと「お隣からも話聞いたんですけどね」と前置きをした。

「あなた今回の下着ドロ、被害に遭うの二度目ですよね」

「たぶん……なくなってはいるので」

確信は持てないけれど、おそらくは。おずおずとうなずいた里葎子に警察官は言った。

「念のため質問です。なにか心当たりとかは？　トラブルとか、揉《も》めた相手とか」

「揉めた……」

問われてとっさに頭に浮かびあがったのは、忠の姿だった。机を蹴《け》る音、荒っぽい声。ドアのまえにうち捨てられていた、壊れたスノーグローブ、破砕音――。

あまりにもあざやかに蘇《よみがえ》ってきた忠の顔と記憶に、自分で驚いた。頭では、もう何年もまえの話で、いま住んでいる場所を彼が知っているわけがないとわかっている。だが理屈ではない部分の恐怖が足をすくませ、急に手足のさきがしびれたように冷え、不安に胸が苦しくなった。

「……どうしました？」

「いえ。なんでも」

里葎子はかぶりを振った。「その、最近はトラブルとかはないので」と言い添えたけれど、さきほどの一瞬のためらいを、警察官の目は読みとったらしい。

「大丈夫ですか？」

「ええ、まあ」

あいまいにうなずいて、里葎子は目を逸《そ》らす。じっとこちらを見つめてくる、目の鋭さにたじろいだ。相手が暢気《のんき》そうに見せているのはあくまで表面上だけだと思い知らされる。なにも悪いことなどしていないし、怖いのはこちらだというのに、追いつめられた気分になった。こめかみに冷や汗が浮いていた。髪をかきあげるふりでこっそり拭《ぬぐ》う手が震える。

（なによ、これ）

フローリングの床が、ぐにゃぐにゃと頼りないものになった気がした。ここしばらく味わうことのなかった、体感としての苦痛を伴う息苦しさ。里葎子の動揺を察したのか、それともこういう場に慣れているのか、警察官は穏やかな笑顔になる。

「とにかく、些細《ささい》なことでもいいので、思いだしたら連絡をください。見回りは続けますので」

「わかりました。よろしくお願いします」

警察官ふたりが去り、里葎子は無意識に自分の身体を抱きしめた。ちりちりと、微弱な電流でも流れているかのように肌が痛みを覚えている。

なんだか途方もなく、静かな空間が怖くなり、窓を何度もちらちらと見てしまう。サッシ窓だけの、雨戸もないちいさなベランダ。遮光カーテンをそっと開けると、夜にそびえた木が、ひどく近いことにいまさら気づいた。

風が吹いて、ざわっと木が揺れる。いままで気に留めたこともなかったその音に、びくんと身体がすくみあがった。

もう警察官たちはいなくなった。いまも、夜にまぎれた誰かが里葎子の部屋を見ているのかもしれない。

そしてその〝誰か〟は、もしかしたら――。

（やめなさいよ！）

自分の脳に向け、無意味な想像で自分を追いこむのはよせと叱咤《しった》する。ぎゅっと自分の手で両肩を摑み、ちいさくちいさく里葎子は縮こまろうとしていることに気づいた。そして、そんな自分に腹立たしくなる。

「ないって、そんなの」

笑い飛ばしたくてつぶやいても、ひとりの部屋にむなしく響いただけだ。ぶるっと震えた里葎子は、なにか音を聞こうとテレビのリモコンに手を伸ばす。適当につけたそれは、芸人が複数でているにぎやかな番組だった。どっと笑っている客席の声がそらぞらしく感じたけれど、ひとりきりだと痛感するよりはマシだった。

だが、どれだけ無視しようとしても、意識が窓のほうへと向かう。やめろ、やめろと思いながらも、なにか人影が見えるのではと考えてしまう。

「えっ……」

ついに目の端でカーテンが動いた気がした。びくっとして振り返ると、なんのことはない、エアコンの風でそよいだだけのことだった。

（ばかみたい）

どっと肩から力が抜ける。過敏になりすぎだ。自分を嘲笑《あざわら》い、ローテーブルに頬杖《ほおづえ》をつく。無表情のまま見るともなしにテレビの画面を眺めていた里葎子の耳に、深く低い声がよみがえってくる。

――下着泥棒、心配だからさ。警察、いこうよ。

店で抱かれたあの日、別れ際にそっと里葎子を抱きしめた千正は、そう言っていた。

腹部に添えられた、大きな手のひらのあたたかさ。やわらかい力に不似合いな、物騒な言葉になぜか胸が締めつけられたことが、まるでいま彼がそこにいるかのように思いだせる。

頼られたり、誰かにやさしくするのは里葎子の役目のはずなのに、それを奪いとろうとする千正がいやで、それなのに逃げられなかった。

――俺のために、安心させてよ。いっしょにいってやるからさ。

うなずきたくもないはずなのに、首を縦に動かしてしまったのは、なぜだろうか。そしてほっとしたような息を、千正がつくのも理由がわからなかった。

わからないまま、ずいぶんと長いことあの腕のなかにいて、それでも里葎子は安らいでいた。

だが、あの穏やかな気持ちがまるで嘘かのように、いまの里葎子は怯《おび》え、肌をひりひりと痛ませるくらいに神経を尖《とが》らせている。

「……うそつき」

耳からはいりこんだ自分の声に驚いて、頬杖から顔が落ちる。寝ぼけていたときのようなりアクションにひとりで焦り、おたおたと周囲を見まわした。

それでも、当然ながら誰もいないし、里葎子はひとりだ。

このちいさな部屋をじっと護《まも》って、縮こまっていた。それで満足だったし、どこにもいくつもりなどなかった。なのになぜ、いまここがひどく狭苦しく思われ、よそよそしさを感じるのだろうか。

そしてなぜ、いまいっしょにいてくれない男を「うそつき」だなどとなじりたくなっているのだろうか。

（よくない）

慣れていたはずのひとり暮らしが怖くなるなんて、信じられない。けれども、もし隣家の奥さんが声をあげなかったら、男はこの部屋に忍びこんだりしたのだろうか。

震えが、またこみあげてきた。ぶるっと胴震いをして、里葎子はますます自分の身体を抱いた腕に力をこめる。

千正の、すらりと見えて太い腕や、大きな手のひらとはまるで違う。どれだけ抱きしめても、返ってくる力も体温も、なにもない。彼がここにいればいいのに——認めたくないけれど心底そう思いながら、震える身体が冷えていく。

誰もいない空間を見つめる里葎子の耳に、暢気で明るいＣＭソングが素通りしていった。

❂

❂

❂

寝不足の顔をさらして出勤したとたん、朝食のサンドイッチをかじっていた比奈が心配そうに顔をしかめた。

「里葎子、なにそのクマ?」

「ひどいかな。一応コンシーラー塗ったくってきたんだけど」

「隠せてないし、ほっぺに吹き出物でてるよ」

「げ」

あわてて頬にふれてみると、朝化粧をしたときにはなかった、ぽつんと浮いた感触がある。

「寝不足だからかな」と苦笑いすると、比奈は大きな目でじいっと里葎子を見つめてきた。

「なんかストレスになることあった?」

まっすぐに見てくる親友の目力の強さに負けて、里葎子は昨晩の顚末《てんまつ》を話した。言葉をつづるたび、ふだんはポーカーフェイスと言っていいくらい安定して穏和な比奈の目がつりあがってくるのに気づき、そのことにもたじろいだ。

ひととおりの話を聞き終えた比奈は、うなるような低い声で問いかけてくる。

「隣のひと、犯人見たって……でくわした可能性もあるってこと?」

「うん。わたしが帰宅する、ちょうど一時間くらいまえだったらしい」

事件が起きた日、棚卸しのために比奈とふたりで閉店後の店で伝票をいじりまわしていて、ふだんより帰りが遅くなったのだ。

「残業しててよかった。かちあったらシャレにならないよね」

あまり深刻ぶって言いたくもないし、この状況ではせめてもの〝よかった探し〟をするしかない。里葎子がため息をついてつぶやくと、比奈は完全に目を据わらせた。

「ちょっと、よかったーじゃないでしょ！　なに暢気なこと言ってるの！」

比奈の剣幕に驚き、里葎子は顎《あご》を引いた。

「まえにも空き巣にはいられたの隠してたとか、それ不動産屋の説明責任じゃないの？　だいいちあの環境って、まるっきり、泥棒ほいほいじゃない！」

以前から危ないと思っていたという比奈に「そうなの？」と里葎子は目をまるくした。

「そうなの、じゃないでしょ！　あんなの見ればすぐわかる……」

きつい口調にたじろぐ里葎子に気づいたのか、比奈はちょっとばつが悪そうな顔をした。

「ごめん、怖い思いしたの里葎子なのに、怒ることなかった」

「あ、ううん。心配してくれたんでしょ」

こくりとうなずいた比奈は「本当はあのアパート、最初から危ないって思ってたんだよね」とつぶやいた。

「二階って言っても、古い建物だからあちこち出っ張ってて、足場にするとっかかりはあるし、

窓の位置も低いし。でも里葎子はあの木が目隠しになって、周囲から見えないしちょうどいい

……とかって喜んでたから、言いづらくて」

「そうなのか。ごめん」

「いや。わたしももっと言えばよかった」

過去のいきさつを知る比奈は、あの当時の里葎子に不安になることを言いたくなかったという。恐がりのくせに危機意識の薄かった自分を反省し、親友の気遣いに申し訳なくなった。

「変なふうに気を遣わせてごめんね、比奈」

「謝らなくていいから、さっさと引っ越しなさいよ」

「うん、そうしようと思ってる」

いらいらした気分を無理やり抑えたような微妙な声に、こちらへの心配を感じた。笑う場面ではないし不安は消えていないのだけれど、比奈の気持ちが嬉《うれ》しくて里葎子の唇がほころぶ。

「なに笑ってんのよ」

ぶすっとした顔をする比奈に「なんでもないよ」と手を振った。

「ただ、すぐのすぐには無理だから、とりあえず準備が整うまで、どっか泊まろうかなって」

「だったら、うちに、しばらく泊まる？」

比奈はそう申し出てくれたけれど、「ううん」と里葎子はかぶりを振った。

「どうせだから、おばの家でいいかなって」

ひと晩、悶々《もんもん》として考えるうちに、あの家ならばと思ったのだ。三方を隣家に囲まれ、顔見

知り以外は誰もはいってこられない、あの庭ならば、安心して洗濯物も干せた。頑丈な雨戸が重たく、木造の古い門は音がひどく響くから、来訪者があればインターホンを押されるよりはやく気づけた。

安心なあの場所に、そういえばしばらく訪れていない。庭の手入れもしなければまずいし、いまごろ落ち葉で大変なことになっているはずだ。始末の面倒そうな庭を、それでもおばは丁寧に整えていた。思いだすと、不安ないまでもすこし、心があたたまる。

比奈は「それがいいね」とうなずいたあと、つけくわえた。

「しばらく泊まるんじゃなくって、むしろ引っ越しなさいよ。持ち家あるのに借家住まいって、意味わかんない」

心配そうな声に、里葎子も「そうね」とうなずいた。

以前は、おばがもういないという事実を思い知るのがいやで、あの家から遠ざかっていた。だが昨晩、二年近くも住んだはずの部屋に突如として覚えた違和感と恐怖のほうが、喪失感とともに覚える寂しさより、ずっと強い。

「なんなら、比奈さん泊まりにくる？」

ふと思いついて告げたけれど、彼女は「うう」と肩をすくめた。

「そうしたいのは山々なんだけど、新作あるでしょ。いくつかは外注だしてるけど、仕上げは自分でしたくて」

比奈の作品は金属加工の道具が必須《ひっす》で、制作時期にはいるとアトリエでもある自宅からでられない。比奈は、申し訳なさそうに告げた。

「いっしょにいてあげたいんだけど、家あけられないし……ねえ、やっぱり泊まりにくる？」

「いいよ。作業中の比奈さんの邪魔もできないし、しかたない」

気にしないでと里葎子は笑ったけれど、比奈はなおも悩ましげに「でもなあ、あー……」とぼやいて続ける。

「最近は平林くんといっしょに作業してるからなあ。いま手伝ってもらってるし、こっちの都合ばかりじゃ、ちょっと動きづらくて」

「……そうなの？　じゃあ、なおのこと泊まりになんかいけないじゃない」

「え、彼が泊まっていくわけじゃないから、そこは平気だよ」

比奈は手を振って「遠慮はいらないから」と言った。だが、里葎子が驚いたのはそういう点ではない。平林と「いっしょに」作業していることに驚いたのだ。

（あの比奈が、制作中に誰かと共同作業するとか、はじめてじゃないのかな）

芸術家肌の彼女は、ふだんはおおらかだけれども、こと自分の作品作りになるとかなり神経質になる。近くに他人がいるだけでぴりぴりするのだ。冗談めかして「鶴の恩返し」などと言ったこともあるけれど、工房でもある小部屋にこもって、完成するまででてこない。

里葎子が泊まりにいくのを控えたいと思うのは、そういう気遣いもあったのだけれど。

「えっと、平林くん、どう？」

「彫金の腕もかなりいいんで、アシスタントとしては最高だよ。忙しいんじゃないのって訊《き》いたんだけど、彼のほうは、敷地さんに納品するブツ、ありあまってるからいいんだって」

「アシスタントって、バイト代とか払ってあげてんの？」

「いや、勉強になるからむしろ授業料だって言って、受けとってくれないのよね。悪いと思ってるんで、ごはんくらいは食べさせてるけど」

さらっと言う比奈の言葉に、里葎子は内心うなった。

平林が比奈のアシスタントをつとめるのは、間違いなく恋心からだろう。あそこまであからさまに好意を向けられているのに、いっこうに気づいていないらしい比奈がおかしいやら、平林が気の毒やら、というところだ。

（うーん。ひとのこと言えないけど、比奈もかなり鈍い）

というより彼女の場合、作品制作にはいるとほかのすべてを忘れてしまうというほうが正しい。自分が女性であるとか相手が男性だとか、すべてどうでもよくて、『よりよいモノ』を作ることにだけ夢中になるのだ。

「まあ……やさしくしてあげなさいよ。比奈、先生になると鬼だから」

想像すると微笑ましいような、哀れなような前途多難な青年の恋に苦笑する。応援の意味をこめて穏やかに告げると、なぜか比奈はひどく驚いたように、目をしばたたかせていた。

「なに？」

「いや……気のせいだったらごめん。里葎子、平林くんのこと苦手なのかなって思ってた」

里葎子は、指摘されたことに一瞬、ぽかんとなった。そしていまさらながら、平林について自分がなんの尖《とが》った感情も持っていないことに気づかされ、内心で首をかしげる。たしかに、ちょっと以前であれば「わたしより平林くんか」などと卑屈なことを考えもしただろう。だがいまの里葎子は本当になんら、気にもならず、むしろ頑張れとすら感じている。

どういう心境の変化か自分でも摑《つか》みあぐねながら、言葉を探した。

「苦手っていうか、彼のせいではないよ。個人的には、いいひとだなあって思ってるし」

「でも、いままではあんまりいい顔しなかったよね」

「つっこみますなあ、比奈さん」

茶化してみても、比奈はじっと真顔でこちらを見つめてくる。うまいごまかしの言葉もでてこず、ため息をついて認めることにした。

「ん、なんていうかね。もともとこの店の売りは、比奈のアクセとかシルバージュエリーで、それはわかってたんだけど……平林さんの商品まではいってきちゃうと、わたしのビーズ細工とかって、ほんとに趣味の領域でてないんだなあって思っちゃってね」

「そんなこと――」

「なくはないの、比奈だってわかってるでしょ」

思ったよりも皮肉な口調にはならず、素直に言えて里葎子はほっとした。だが比奈のほうは困った顔をしていて、あわてて言いたす。

「いや、卑屈になってるわけじゃないの。ふたりに比べれば、わたしはどこかでちゃんと勉強したわけじゃないし、技術磨いたわけでもない。売り物にならないってほどひどくはないけど、なんていうのかな。地力が違うっていうか」

本音ではあるけれど、あまり言いつのると今度こそいやな話になってしまう。里葎子は気まずさに目を逸《そ》らし、話を強引にまとめることにした。

「ちょっとね、居場所が奪われる、とまではいかないけど、寂しくなってたの」

「なに言ってるの？」

比奈の声が怒ったように聞こえ、里葎子ははっと顔をあげた。目をつりあげた親友に驚く。さきほど下着泥棒の件で里葎子を諌《いさ》めたときより、もっと強い感情がそこに覗《のぞ》いていた。

「ここは、あなたとわたしの店でしょう。里葎子はバイヤーとしての目もいいし、接客もうまい。だいいち、経営は里葎子がいないと、どうにもならないよ」

「だから、わかってるってば。ただ、ものを作るのは引退して、事務方と営業に専念してもいいのかなあって」

口にだした言葉は、意地を張っているのでも虚勢でもない本心だった。素直にそう言える自分に気づいて、面食らっているのは比奈以上に里葎子のほうだ。

（変わったのかな、わたし）

ずっとなにかが欠けているようで、焦っていた。それもこれも発端は過去のトラブルがもとで、なかでも大きかった異性への恐怖心が片意地を張る結果になっていたのは否めない。たかがセックスでぜんぶが変わるなどと思ったことはないけれど、「らしくない」行動をとったことで、意固地になるのがばかばかしくなったのは事実だ。

「寂しくなってた、のよ。過去形でしょ。考えすぎてた自分に気づいたから、もうそういうふうには思ってないよ」

自分でもやわらいでいるとわかる表情で言ったけれど、納得できなかったのだろう。比奈のほうがむっとした顔になる。

「わたしは里葎子のつくるアクセ、好きだよ。たしかにプロの職人じゃないし、ジュエリーに比べれば価格的にもお手頃な感じはある。それを里葎子が気にしてるのも知ってる。でもわたし、自分がセンスを認めてない相手といっしょに、自分の作品並べたりしない」

「……ありがとう」

「お礼言われるようなこと、言ってない。里葎子に対して不満があるとしたら、その変なふうに卑屈なとこだけだよ」

「うん、ごめん。なおしたいと思ってる」

憤慨したような親友の言葉は、嘘ではないと知れて、嬉《うれ》しかった。比奈は基本的には鷹揚《おうよう》な性格だけれど、おのが作品に対しての自負と誇りは一級品だ。その相手にそこまで言われたことは、うっすらした不安をたしかにやわらげてくれた。

「すくなくとも比奈さんのお眼鏡にはかなってるってことだしね。まだ自分には自信持ちきれないかもだけど、あなたのことは信じてるよ」

微笑んでそう言うと、比奈は目を細める。ますます視線は強くなり、観察するかのような目つきを向けられるとさすがにたじろいだ。

「ねえ、もしかして敷地さんがまえに言ったこと、まだ引きずってた？」

「敷地さんがなに？」

聞きかえすのが、コンマ数秒ほどはやかった。返事が、ほんのわずかに語尾にかぶさったその一瞬を、むろん比奈は見逃さない。

「ビーズアクセのデザインにどうこう言ってたでしょう。根に持ってたじゃない。自分の作品に茶々いれられて受け流せるほど、里葎子の神経太くないことは知ってるんだから」

「そういう言いかたされると、わたし執念深い女みたい」

笑って受け流したのに、またもや比奈はあてがはずれたような顔をした。

「そこで茶化すんだ？　怒るんでなく」

「なに驚いてるの」

「いや、なんかことごとく、反応が予想とずれて……」

比奈は小首をかしげ、「なんかあったの」とうかがうように問いかけてきた。

「なんかって、だから、下着ドロが――」

「敷地さんと。わかってることわざわざ言い直させないで」

ふだんは年齢不詳な雰囲気の彼女だけれど、こういう目をするとやはり大人の女だなと思う。鋭く冴《さ》えた、あまくはない目だ。

ごまかそうかな、と思ったけれど、いまさらそうする必要があるのか、わからなくなった。比奈に対しては、あれ以来ずっと気まずかった。いっそ白状したほうが気が楽だと思ってしまう自分のちいささにもいやけがさしていて、ごくちいさな声で秘密を漏らした。

「まあ、なんかはあったよ」

「ああ……寝たんだ？」

せっかくやわらかい表現を使ったのに、親友はずばりと切りこんでくる。

「なにを学生のようなツッコミしとるのよ、比奈さん」

笑ってごまかそうにも通じなかった。眉間《みけん》の皺《しわ》が深くなった比奈の顔を見ていられず、里葎子はため息をついて目をそらし、ぼそぼそと言った。

「なんか、ごめん」

なんといっても、敷地はしょっちゅう比奈を口説いていたし、自分とはけんか腰の会話ばかりだったのだ。彼女にその気がなかったにせよ、あまりいい気分ではないだろう。

だが比奈は「なんで謝るの」と怪訝《けげん》そうな顔になった。

「敷地さんの粘り勝ちかと思っただけだし、あなたがたがつきあうのは自由でしょ」

「……つきあう？」

前半もよくわからないことを言われたと思ったが、その言葉に里葎子は思わず振り向いた。

きょとんとした顔を見て、比奈は今度こそ驚き、目をまるくする。

「里葎子、なんなのその顔」

「いや、その、いちいち〝つきあう〟とか言う話がひさびさすぎて新鮮っていうか、そもそもそんなんじゃないというか」

「ちょっと待ってよ。あんたがつきあってもない男とやったの？　まじで？」

比奈はあまりに驚いたのだろう、ずいぶん露骨な物言いをする。「やった、ってちょっとなまなましい……」と里葎子が顔をしかめたけれど、彼女はとりあわず声を大きくした。

「なまなましいもクソも、そういう話でしょうよ。つきあうんじゃなきゃ、なんでしたのよ」

「なんでって、なんか、流れで」

「里葎子が⁉」

そこまで驚かれると、いったい自分はなんなのだとすら思える。昭和の女学生でもあるまいし、比奈にしたって潔癖な性格などではない。

「子どもじゃないんだから、そういうことだってあるんじゃないの」

「子ども大人って話じゃないよ、里葎子だよ、里葎子の話だよ⁉」

だからなんで、わたしがそれだと問題なのだ。困惑し、むっとなった里葎子の顔を見て、比奈はすこし我に返ったらしい。

「……ごめん。でもなんか、里葎子はうっかり流されるとか、そういうことしないタイプだと思ってたから」

「らしくないのは認めます。自分でもなんでかなって思うから」

複雑な顔を隠せずにつぶやくと、比奈はほっとしたようにうなずいた。そして「だからか」と唇を歪《ゆが》める。

「だから、ってなに？」

「んん、敷地千正、インドいったあたりからメール毎日で。なんだかなあって思ってたんよ。しょうもない内容だったけど、あれ、探りいれてたのね。まあ、まえからだけど」

「……毎日？」

比奈の言葉の、後半の意味はよくわからなかった。けれど、気分が悪いことだけはたしかだ。胸が悪くなり、里葎子は無言になった。比奈は器用に片方の眉《まゆ》だけあげる。

「お。なに、やきもち？」

「そういうんじゃないけど」

「けど、なにさ。どうせそっちにも連絡──」

表情を読んで、比奈は黙った。「あー、ああ」と、彼女にしてはめずらしい、言葉に窮したような反応をする。里葎子は低い声でつぶやくように言った。

「連絡はないよ。わたしのせいでもあるけど」

「里葎子のせい？」

「寝たあとでインドいくって言われて、なにか関係ありますかって言っちゃった。なんかテンパってたっていうか、意味わかってなくて」

「……あー」

口早に里葎子は言った。今度の「あー」は、やらかしたな、という同意の反応だ。

自分が悪いのは重々承知している。それでも、てっきり冷却期間をおいているのかと思いきや、こそこそ友人に探りをいれていたというのは、千正らしくなくて気持ちが悪い。そう考えて、里葎子は自嘲《じちょう》した。

（らしい、ってなに。あのひとのことなんか、ろくに知らないくせに）

だいいち、探りだなんだと言っているのはあくまで比奈の私見だ。想像だけで相手を非難するのはよくない。自分に言い聞かせていると、比奈がそっと問いかけてくる。

「自分から連絡したら？」

「そうするほうがいいのかも、よくわかんないんだわ」

あれっきりで終わらせたほうがいいのではないか。それはここ数日、里葎子が考え続けていることのひとつでもあった。

比奈は目をしばたたかせ「どうして」と、なぜかやさしい声で問いかけてくる。

長い沈黙のあと、里葎子は考えがまとまらないままにつぶやいた。

「警察、いっしょにいってやるって言ってたのよね」

「下着ドロのこと？　でも……」

「きのうの話じゃなくて、一件目のことぼやいたら、そう言ってた。でも、いけるわけないよね、インドだしね」

比奈が言いたそうなことをさきまわりして、里葎子は口早になった。それが彼のために言い訳しているようにも響いて、恥ずかしくなる。お見通しなのだろう比奈は静かに笑った。

「責めちゃいそうで、いやなんだ？　敷地さんが悪いわけじゃないのに？」

「そうなのかな。どうなんだろう」

ぼんやりした声を発した里葎子は、窓へと目を向ける。冬に近づいてきたこの日、午前の光はどこか紗《しゃ》がかかったようにやわらかい。雨が降っていた夜とはまるで違うあかるい光景。なのに彼の声や、ふれられそうなくらいの強いまなざしをどうしても思いだす。

——俺、あんたにやさしくできた？

さすがにもう、あの言葉の意味をわからないふりはしない。いままでの千正の態度を理解できないほどお子さまでもない。

だがそれが、自分のうぬぼれや思いこみでないと言いきれるほどには、自信がないのだ。

かつて、忠の手で女としての自分を損なわれた。流され、彼の型にはめられて利用された恐怖と不快感は根深くて、まっすぐに相手を——異性を見ることが何年もできずにいた。

後遺症というほどのことではない、自分はかわいそうな被害者ではない。弱さは自分だけの責任と、そう言いきりたいのに、きのうの夜に覚えた尋常でない孤独と不安が、心の隙間をつきつけてくる。

あんなことさえ、忠との過去さえ、なければ。そう恨みがましく思い、同時によもやの疑いが頭をよぎるのがいやでたまらない。警察官に問われた『心当たり』——そんなものがない人間でいたかった。

無言で考え続けている里葎子を、比奈はじっと見つめていた。

「わたしが言うのもなんだけど、敷地さん、相当里葎子がかわいいんだなと思うのよね」

友人がそっとつぶやいた言葉に、里葎子は答えなかった。

背丈以上に高い壁を乗り越えてきたのは、千正がはじめてだった。そして、自分が思うよりもずっと、あの大きな男に大事にされていたのだと、言葉のとおり身体で感じた。理屈や言葉で伝えられるよりもずっと、頭でっかちで臆病《おくびょう》な里葎子にはわかりやすかった。

だからこそ、だめなのだ。

いま里葎子はとても、弱くなっている。きちんと千正との関係を見極めるより、もうなんでもいいからそばにいてくれと言いたくなってしまっている。

そして千正は、おそらく里葎子の願いをかなえるだろう。

(でも、それはずるい)

この状況で彼にすがったら、お互いの気持ちがわからなくなる。ことが落ちついたあと、里葎子は「怖かったからだ」と自分に言い訳するだろう。そして千正に対しても「同情したからだ」と理由をつけてしまうだろう。

なし崩しになりたくないのだ。些細《ささい》なことでぐらつく自尊心、無意識の身構えと拒絶。心がひきこもっていて、あたらしい関係など築けるわけもない。

千正とは、なにもない状態で相対してみたい。ただ単純に、互いの気持ちを見据えたい。ただそれだけなのにうまくできなくて、悔しいし戸惑う。なにより、ややこしい自分の事情に、あれだけやさしくしてくれた男を巻きこみたくない気持ちも強い。

自分はとても面倒くさい女だとわかっている。だから、終わらせたほうがいいのかとも思う。一方で、半端に冷静ぶって千正の気持ちをないがしろにしているのではないかとも考える。

（頭、ぐちゃぐちゃだ）

もはや自分がなににこだわっているのかすらわからず、動けずにいる里葎子に、友人は諭すように言った。

「ねえ。電話したら、喜ぶと思うんだけど」

「……うん」

同意ではなく、なにを言えばいいのかわからずに発した、あいまいな喉声《のどごえ》。比奈はふっと口元をほころばせた。

「しないの？」

「わたしの携帯、海外にはかけられないから」

返事になっていないその言葉に比奈は苦笑して、「もちろん、口をだすつもりはないよ」とだけ言った。里葎子はうなずいたと同時に、勝手に言葉があふれてくる。

「きのうね、怖かったんだけどさ」

「うん？」

「いるっていったくせにとか、思ったのがいちばん、なんか……」

そのさきがはっきりとした言葉にならなかった。怖かった？　裏切られた？　そういうマイナスな単語で彼を語りたくないと感じている自分を知って、また驚く。

「寂しくなった？」

聡明《そうめい》な友人が、心にいちばん近い表現をそっと手渡してくれる。うなずくべきか否かと悩むのは、恥ずかしいからだと気づいてすこし、赤くなった。比奈は、やさしく言った。

「ちなみにわたしもね、里葎子はすごくかわいいと思ってるのね」

「やめてよ、ちょっと」

見た目的に、その表現が似合うのはどう考えても比奈のほうだ。そんな彼女に言われるのは複雑すぎると顔をしかめたところ「かわいいものは、かわいいわよ」と比奈はけらけらと笑う。

「こう見えても、わたし里葎子さんよりおねえさんですから」

「たった二ヵ月でしょ！」

「でも学年はうえだもの。同じ高校とかだったら、先輩よ」

「学年ってひさびさに聞いたわあ……」

んふ、と笑った比奈とは、誕生日が二ヵ月違いの同い年だ。しかしそのたった二ヵ月のおかげで、就学年度がずれている。大人になってから知りあった彼女とは、一度として同じ学校に在籍したことがないけれど、たまにこうしてお姉さんぶるのが比奈の好きなジョークだった。

そしてじっさい、彼女のほうが大人なのだろうな、と思う。そうでなければ、あのぼろぼろだった里葎子といっしょにいられはしなかっただろう。他人に対しての強すぎる拒絶を、上手に受け流してくれる小柄な友人は、本当にありがたい存在だ。

だが、こうして比奈がお姉さんぶるときには、ろくでもないいたずらもセットになる。

「ねえ。里葎子はいま、敷地さんがいなくてしょげてますって言ったら、あのひととんぼ返りするんじゃないの」

「ちょっとやめて、それは、まじでやめて」

「どうしよっかなー？　わたしの携帯、海外にも通じるんだよね。敷地さんもたしかおんなじ機種だよね」

にやにやしながらブラックベリーをとりだしてみせる彼女に、「口ださないんじゃなかったの」と、里葎子はうんざりとかぶりを振った。

「とにかく、よけいなことしないでよね」

「イエス、マム」

ムキになっている里葎子に対し、比奈はわざとらしく神妙な顔で目を伏せ、敬礼までする。一矢《いっし》報いるために、そっちこそ泰寛とどうなってるんだと言いそうになったが、それが親友ではなく、あまり親しくない職人の彼に対してのダメージになると気づいて、やめた。

「とにかくもう、この話やめ。仕事しますよ」

「ふほほ」

目を細めて妙な笑い声をあげた比奈を、ぎろりと睨《にら》む。なぜか嬉《うれ》しそうな顔をされてしまい、里葎子は苦笑した。からかわれるのは好きだと言えないが、幾分、きのうの事件から気が紛れたのも事実だ。

害のなさそうなかわいい顔に似合わずひねくれている親友にそっと胸の奥で感謝して、里葎子は『OPEN』のプレートをかけるため、店のドアを開けた。

「……いろんなことって、タイミングあるからさ」

背中から声が聞こえて、里葎子は振り向いた。

「合致したんだなあって感じたら、いっちゃえ」

「どこによ」

ほのめかしに気づかないふりで、外にでる。

ふと手をとめて、空を見あげる。静かな町に、鳥の声が響いていた。

意識的に顔を上向かせたまま、口角をあげた。顔をあげると気持ちがあがる、笑みのかたちを作るだけでも、笑顔と同じストレス解消効果があると、おばに言われたことがある。

――落ちこむとね、したばっかり向いちゃうの。だから身体をまず、うえに向かせるのがいいのよ。

鎌倉に逃げてきて、ひどく落ちこんでいた時期にやさしい声で語った礼美。大好きだった、きれいなおばは、もういない。でもまだ、残された家と庭がある。

(いろいろ、振りきらないと)

思い煩う時間が長かったけれど、過去を忘れる時期にきているのだろうか。千正とこれからどういうふうになるにせよ、自分はやっと変われるのかもしれない。

いやなことがあっても、乗り越えられると――そう思いたい。

「あの、すみません。やってますか?」

「はい、いらっしゃいま、せ……」

客の声に笑みを深め、里葎子は振り返った。そして、相手がひどく驚いたように息を呑《の》む。

「うそ……西風さん？」

「え……」

一瞬このひとはなぜ自分の名前を知っているのかと里葎子は怪訝《けげん》に思った。反射的に身がまえると、彼女は「覚えてないかな、わたし、わたし」と自分を指さす。里葎子は何度も目をしばたたかせ、そこにうっすら浮かびあがってきた化粧の濃い顔に目を瞠《みは》った。

「もしかして、尾崎さん？」

「そうそう、おひさしぶり！　やだ、びっくりー」

そこに立っていたのは、忠の彼女だった、あの尾崎未歩だった。当時とはファッションもメイクもがらりと変わっていたため、まったくわからなかった。

「なに、もしかしてこのお店、あなたがやってるの？」

「え、あ……尾崎さんこそ、どうしたの」

はっきり答えるのがはばかられ、里葎子が問いかけに問いで返すと「観光よ、もちろん」と屈託なく笑う。表情すらも、不満をこぼしてばかりだった当時とはまるで違い、面食らうと同時にますます警戒心が強まった。

「ひとりで？」

「ううん、ともだちと待ちあわせ。なんだけど、相手が寝坊して三十分遅れるってメールきたから、暇つぶしにぶらついてたの」

あはは、と笑った左手にリングをした未歩は、ずいぶん雰囲気も変わっていた。こんな穏やかな顔をする彼女が意外すぎて、どう受けとめればいいのかわからない。戸惑いを隠せない里葎子に、未歩は照れたように笑った。

「えっと、当時は感じ悪くてごめんね」

「いや、そんな」

ばつが悪いのは里葎子も同じだ。結果として忠が未歩から里葎子へと乗りかえたのは事実だし、トラブルのあと会社に残された彼女とて、平穏ではなかっただろう。

「はいってもいい？」

「あ、ごめんなさい。まだ準備中で……」

とっさに、手にしていたプレートの裏面を見せる。『CLOSED』の文字に「なんだ、残念」と未歩は口を尖《とが》らせた。すこし芝居がかった仕種《しぐさ》だけは当時のままで、奇妙な感じがした。

「忙しいよね。西風さんにはわたし、いつか会って話したいと思ってたんだけど」

「え……」

ざわざわと、肌が騒いだ。まさか当時のことで、恨み言でも言われるのだろうか。そう思って顔をしかめると、気づいてか気づかずにか、未歩は「よかったら」と名刺をとりだす。

「いつでもいいんで、連絡くれるかな。……あのひとのことも、話しておきたいし」

今度こそはっきりと身を強《こわ》ばらせた里葎子に、未歩は笑みを浮かべた。ごく穏やかな、ふつうの笑顔だと見えなくもないが、あのころですらほとんどつきあいがなく、ひととなりを知らなかった相手の表情など読めない。

「暇なときでいいんで。メールでもくれれば嬉しいな。じゃあ、お仕事がんばって」

「あ、はい……ありがとう」

こうもほがらかな未歩など見たことはなく、ただただ面食らっているうちに、彼女は去っていった。手のなかの名刺は一グラムもないだろう薄さなのに、ものすごい存在感を里葎子に覚えさせる。

きっぱりと断れなかったことが、いまさら重たく感じられた。以前の未歩ならばまだしも、あれほどほがらかに言葉をかけてくる相手を無下にはできず、客商売の反射で返した。

だが彼女の登場で、心臓が苦しいほどに里葎子は動揺していた。

「なんで、きのうのきょうで、これなのよ」

つぶやいた声が震えていた。里葎子の人生における、唯一の『心当たり』と近しい存在が、こんなタイミングで現れるのはいったい、なんなのか。

(よりによって、なんでいまなの)

ただの偶然にしてはできすぎで、気持ちが悪かった。もう忠のことも未歩のことも忘れかけていたというのに、いまさらになっていくつもの符丁が現れるのはどういうことだろう。

ぐいぐいと誰かに腕を引っぱられているようだ。身体ごと過去に引き戻されてしまいそうで、怖い。

(だから、こういうのがいやなのに)

恐怖と不安に心を乗っ取られる、窮屈な苦しさは身に馴染《なじ》みがありすぎる。さっきまで、やっと気持ちを切り替えられると思っていたのに、未歩との邂逅《かいこう》ですべてが霧散してしまった。

無意識に腕をぎゅっと握りしめ、立ちすくんでいた里葎子のポケットで、電話の着信を知らせるバイブレーションが起きた。びくんと心臓が飛びあがり、身体中に冷や汗をかく。

まさか、忠か。それとも未歩か。ありえないはずの想像が一気に脳内で膨らみ、里葎子はしばらく動けずにいた。

着信は一度、切れて、ふたたびはいってくる。放っておくわけにもいかず、おそるおそるとりだした携帯の画面を見た里葎子は、違う意味で目を見開いた。

(なんで、このタイミングなの)

どっと肩から力が抜けていく。『敷地さん』という登録名を見つめ、里葎子はしばらく凍りついた。そしてはたと我にかえり、通話ボタンを押す。

「も、もしもし」

「もしもーし。おはよ……」

暢気《のんき》な声はすこし眠そうで、かすれて不機嫌そうだった。三時間半の時差があるというインドでは、まだ朝はやくのはずだ。

「どうしたんですか、敷地さん」

「んー。比奈ちゃんからのメールで起きました」

ぎょっとして、プレートを胸に抱いたまま里葎子は店内を振り返る。一瞬だけ目があった比奈は、わざとらしく目をうろつかせて顔を逸《そ》らした。

——〝口は〟だしてないですよ。

ぱくぱくと動いた唇は、そう読みとれた。しかしメールはだした、ということか。よけいなことをと睨《にら》みつけたけれど、文句を言うよりはやく千正の声が耳に滑りこんでくる。

「また、泥棒でたんだって？」

「あ、まあ」

「まあ、じゃねえよ。なんで俺がいないときに、そんな目に遭うのよ」

眠たそうなのに、真剣な声。叱るような口調に、里葎子の背筋が無意識に伸びた。

「文句つけられても、泥棒の事情なんてわたしも知りませんよ」

ぶすっとした声に思わず言い返したあとで、赤くなる。心配してくれたのだろうに、恩知らずな人間になった気がして言い訳を口にした。

「ていうか、敷地さんの気にすることじゃ……」

「はいはい、気にするのは俺の勝手ですよ」

低くてぶっきらぼうな声なのに、どうしてこうも体温があがるのか、わからない。

（眠いくせに）

ちゃらちゃらとしているのはあくまで見せかけだけで、仕事ぶりが真剣な男なのは知っている。海外での仕事となればなおのこと、言葉も文化も違う相手とやりあって疲れているだろうに、比奈のご注進ひとつで朝から電話までかけてきた。

だめだ、と思う。いま里葎子は怖いし、さみしいし、やさしくされると弱い。そういうのはいけないと一生懸命律しているのに、千正の声を聞くとぐらぐらする。

「……大丈夫だな？」

なにがよ、と混ぜ返そうかと思った。けれど耳のすぐそば、ささやいているかのような声に安心したのは事実で、里葎子はうつむく。「うん……」と、ちいさな声で返したとたん、なぜか千正が黙った。

「あの、敷地さん？」

まずいことでも言っただろうかと不安になった里葎子に、彼はため息をついた。

「ああ、うん、なんでもない。……てか、里葎子さんそういう、かわいい声だすんだなと思って驚いた」

「なっ……」

笑いを含んだ声に、電話とプレート、それぞれを握る指がわななないた。さきほどまで寒くて震えていたはずなのに、いまの震えはまるで、意味が違っている。

だめだ、だめだと思えば思うほど、胸のなかでなにかが膨らんでいく。

「大丈夫じゃないかもだけど、もうちょっと踏ん張っておいて」

「たったいま、大丈夫だって言ったじゃないですか」

「里葎子さんの大丈夫は、大丈夫じゃないから」

わかったようなことを言うなと悔しくなるのに、低い声にほっとした自分も否定できない。

さっきの未歩との再会は、最低のタイミングだった。そして千正の電話は――認めたくはないけれど、ほしいタイミングでくれたとしか言いようがない。

――いろんなことって、タイミングあるからさ。合致したんだなあって感じたら、いっちゃえ。

（なにがよ。お膳立《ぜんだ》てしたのはタイミングがどうとか言わないよ）

内心で皮肉ってみせても、本当は違うことくらい、わかっていた。

いくら比奈がメールをしたところで、千正が眠っていれば意味はないし、またこの状態で電話をするとも限らない。それでも、声を聞かせようとしてきた男の心を、無視するのは失礼な話だ。

たぶん、里葎子がずるくても、千正は許す。だからこそずるくなりたくないのだと言えば、それすらも「いいんじゃないの」と笑うに決まっている。

やさしくさせてくれないと、恨み言めいたことを言う男は、たぶんそれくらいには大きい。

身体だけではなく、心も。

「いつ、帰ってくるんですか」

思いきって問いかけると、息を呑《の》む音が聞こえた。そこまで驚かなくてもいいだろうと顔をしかめれば、千正はやはり、彼らしいことを言う。

「え、まさか、あの里葎子さんが素直に聞いてくるとか思わなかった」

「……では、これで」

ひんやりと温度をさげた里葎子が通話を切ろうとすると、彼は焦ったように口早で言った。

「ああ、待てって。ちょっとまだわかんないんだよ。交渉長引いてて。だから帰りの飛行機もまだとってなくて」

インド時間で動く相手のことを言い訳がましく口にされ、おかしくなった。あの千正が、いつも余裕ぶってにくたらしい男が、里葎子を相手に言い訳している。なんだか奇妙で、なんなのよと思うけれど、勝手に顔が笑っている。全身の緊張がほどけているのを感じ、ますます里葎子は笑った。

「ふふ」

「ちょっと、なに笑ってんだよ。こっちは眠いのにさあ……」

「頼んでないし、寝てていいですよ」

「かわいくねえな、もう」

ぼやく男の声がまだ続いていたけれど、里葎子は聞いていなかった。

つきあってるのかと、比奈に問われて答えられなかった。関係が形になっているわけではないし、じっさいそのあたりはあいまいなままだ。

ただ、なんだか呼吸が楽で——身体も気持ちも、うえを向いている。

それが千正の電話のおかげであることだけは、間違いがなかった。

◎　◎　◎

ホウボウのアクアパッツァから立ちのぼった、ニンニクとイタリアンパセリの香りに里葎子は顔をほころばせた。まずはスープを味見すると、魚介のうまみが舌のうえでひろがる。ふっくらとした白身魚は食べやすく切ってあり、口のなかでほろっと崩れつつも弾力が残っていて、いつもながら抜群の火加減だ、とうっとりした。

「ちょっとおひさしぶりですね」

店長に声をかけられ「最近、ばたばたしてて」と苦笑いする。きょうはふと思いたって《あの店》を訪れたけれど、そういえば一ヵ月以上顔をだしていなかった。

「もうちょっとしたら、落ちついて食べにこられると思うんですけど」

「お仕事、忙しいんですか？　ちょっと痩《や》せられた気が」

気遣わしげに問われ、里葎子はなんと言ったものか、とワイングラスを揺らした。いつものとおり、ひとの口を軽くするおいしい料理とお酒、うつくしくやさしげな店長のまなざし。心がほころぶような吐息に、なにか重いものが混じるのは非常によろしくない。

（なんだろな、これ）

思えば里葎子が《あの店》で食事をするときにはいつも、こうした鬱屈《うっくつ》を抱えていることが多かった。ひとりで進むことに疲れて、不時着するための避難場所はいつもやさしい。

けれど、なぜだか今夜は居心地が悪かった。

料理が悪いわけでも、店の空気が変わったわけでもない。里葎子自身がひどい〝ずる〟をしている気分だからだ。なにも解決していないし、踏ん切りすらついていない、なのにここでおいしいものを食べ、癒《いや》されていていいのか。そんな焦りにかられ、里葎子は口を開いた。

「じつは、仕事より悩みごと、というか」

「んん？」

うながすでもなく、気まずくするでもなく、あいまいな相づちを打つ店長は大人だ。言葉を急《せ》かす気配のない——誰かさんのように強引でもない空気に、ほっとする。そしてまた、ずるい自分を叱咤《しった》する、もうひとりの自分に背中をつつかれた。

「ちょっとね、下着泥棒に連続で狙われちゃって」

「それは……災難ですね。だいじょうぶですか」

きれいな眉《まゆ》がすっと寄った。同情と心配の目つきにありがたくなり、里葎子はちいさく笑う。

「いまは、べつのところに避難中なんで。いまの家にいるぶんには無事かなって。引っ越しも検討中なんですけど、逃げるのも腹がたつ部分があって」

「理不尽に感じるのはわかりますが、まずは安全第一でしょう？」

店長がやんわりとたしなめてくる。里葎子はうつむいた。二の足を踏んでいるのは、本当に引っ越しが解決になるのか確信が持てないからだ。しかしこの店で、そんな細かい話をできるわけもない。なにより、たったいま「逃げるのも腹がたつ」と自分でそう言っておいて、まっすぐアパートにいかずに店を訪れた。これが逃げじゃなくてなんなのだと、歯がみした。

「……ほかにも、悩みごとが？」

里葎子は、心にそっとふれてくるような店長の声にはっと顔をあげた。

「あ、いえ。きょうはその、アパートに忘れ物とりにいかないといけないので、気が重くて」

おそらくとても情けない顔をしていたのだろう、やさしげなまなざしが曇る。

「これから？　もう遅いし、昼間になさるほうがいいのでは……もしくは誰か、いっしょにいってくださる方は？」

「ちょっと都合がつかなくて」

すこしだけ嘘だ。おそらく比奈に言えばついてきてくれただろうが、なんとなく言いづらかった。〝忘れ物〟は、住所録のついた古い手帳。携帯のメモリーからは削除したけれど、むかしの仕事に関連した相手、つまり以前の忠の住所が、そこには記されている。

そんなものを気にしてしまったのは、未歩との再会が本当に偶然なのか、自信が持てないからだ。

ふるい知りあいにメールをくれと言われて、ふだんの里葎子ならば即日送っただろう。客商売をするうえで、人脈はひとりでも大事だ。だが彼女にだけはどうしてもアクセスする気になれずにいたのだが、未歩のほうから店のアドレス宛に連絡がきてしまった。

店の名前を覚えていて、サイトを見つけた。できれば通販でアクセサリーがほしい……ごく一般的な客としか思えない内容だというのに、里葎子がなんとなく身がまえてしまったのは末尾のこの一文だった。

【あのひとも、いろいろ話したいって言ってるから】

あれは忠のことに違いない。いまさらなにを話すというのか。意図もわからなければ、それを伝えてくる彼女の神経もわからず、じわりとした不気味さを感じた。無神経なおねだりなのか、それとも遠まわしの警告なのか。いずれにせよ不可解なメールに、いい気分はしない。

自分にできる対処はなんだと悩むうちに、手帳の存在を思いだした。いまとなっては古い情報だ。忠も、里葎子のように引っ越しているかもしれない。それでも、なにかあったときには使えるかもしれないと思った。最悪の想定になるけれど、たとえば法的な手段をとらなければならない場合には、なんらかの役に立つかもしれない。

(そんなこと考えるのって、どうかしてるのかな)

本当は、とても怖い。思考もなにもかもすべて投げだして、ただ縮こまっていたい。だが怖いと思う自分に負けたくないような、妙な意地を張りたいような気持ちもある。

相反する気持ちにぐらつく里葎子を見透かしたのか、店長がなだめるような声をだした。

「急ぐものでなければ、日をあらためられてはいかがでしょう？」

「それは、そうなんですけど」

言われるとおりだということは、理性ではわかっていた。なにも自分から危険な場所に、わざわざ夜に出向くことはない。だが未歩との再会から、里葎子はどこか上の空になっていて、そんな自分がいやだった。

怖いことを見たくない、怖いことを考えたくない。そういう思考に囚《とら》われた結果、最悪に怖い想像ばかりがうずまく。この不毛な状態をふっきるきっかけがほしい。

「どうしても、片づけたいことがあって。手がかりのひとつに、ならないかと思って」

「それはいま、ひとりでしなければならないことですか？」

「……たぶん」

過去に植えつけられた恐怖が、けっきょくは自分の心の問題だということは痛いくらい自覚している。そこから、どうにかして動きたいし、変わりたい。そう思えるようになったのは、おそらくあの男の影響だろうと思う。

「たぶん、ひとりでやらないといけないんです。そうじゃないと」

彼にちゃんと向きあえない。そう口にしようとしたとき、鞄《かばん》のなかで着信音が鳴った。なんの着メロ設定もしていない、シンプルな黒電話の音。

「あ、ごめんなさい」

どうぞ、と手振りで示され、里葎子はあわてて鞄をまさぐる。焦ったせいでなかなか見つからず、気まずさからどうでもいいことを口にした。

「めずらしいですね。この店、めったに携帯つながらないのに」

「山のなかですし、電波は遮断しちゃうんですよ」

「外壁に煉瓦《れんが》使ってるせいも、あるんですよね」

里葎子はうなずいた。この店には数年通ったけれど、いままでいちどとして、ゆったりした食事の時間を無粋な電話やメールに邪魔されたことがなかった。

やっと携帯をとりだしたときには通話は切れ、着信履歴が残っているだけだった。しかもアンテナ表示はすでに圏外。ほんの一瞬だけつかまえられた電波の残したもの——千正の名前を確認して、里葎子はぎくりとした。

（なんで、このタイミングかな）

間違いなくいまの状況でアパートにひとりで戻るなどといえば、千正は大反対するに決まっている。むろん打ちあけてもいないし、そもそも彼が帰国したかどうかすら、いまだに聞いていない。

というよりも、なんとなく電話にでるのを避けたままだ。

先日の電話で気がついた。里葎子は彼の声を聞くと、楽になってしまう。ひどく危険なくらい安心する。それはとても嬉《うれ》しくて、同時にこれは依存のはじまりではないのかと怖くなった。いまは、まだ、だめだ。浮かれそうな気持ちを抑えつけたのは、これも無意味な意地なのかもしれない。それでも簡単に依存して、千正に対する気持ちを濁してしまいたくなかった。

（ちゃんと、したい）

毎度毎度、里葎子の足下が揺れているときに彼の存在を意識させられる。電話で、メールで、ときにはひょっこりと顔をだして。どこかで里葎子の心を監視しているのかと思うくらいのタイミングで。

腹をたてることも多かったけれど、心折れそうなとき、怒りのおかげで踏ん張れたことも事実だ。彼が不在のいまは、慰められたことのほうをより思いだす。

だからこそいまは、ひとりでいたかった。怖いからすがるのではなく、不安だからそばにいるのではなく、もっと純粋ななにかで彼と相対したい。だから、こんなにぐらぐらしている自分ではだめなのだ。

里葎子は踏ん切りをつけるように、いささか乱暴に携帯をしまった。

「かけなおさなくていいんですか？」

店長のうながしに「いいんです」と里葎子は言った。自分のなかにわきおこった、急かされるような気持ちに蓋《ふた》をする。

（いまは、いらないんだ）

現代人として必要なために持ち歩いてはいるが、本当の意味でひとりの時間を持つには厄介なガジェット。電波すらも阻んでくれる、この場所が、だからこそ大事だった。

比奈にも、いつか連れていくといいながらあまり熱心でなかったのは、本当の意味で里葎子の〝隠れ家〟だったからかもしれない。

名前もない、電話も通じない、誰も知らないところ。けれど、こんなところまで千正は追いかけてくる。図々《ずうずう》しいようでいて、肝心なところでは繊細な気遣いをみせるあの男が。

黙りこんだ里葎子に、店長がそっと声をかけた。

「電話は、大事なひとでしたか？」

「えっ」

反応が早すぎたし、大げさすぎた。焦っている里葎子に、店長は軽く眉をあげたあと、じんわりと滲《にじ》むように微笑んだ。

「……里葎子さんは、もうそろそろ、ここを卒業かもしれませんね」

突然の言葉に面くらい、里葎子は「ど、どうして？」と声をうわずらせる。

「さあ、どうしてでしょう。なんとなく、そんな気がしたんだけれど」

言いながら、店長はグラスをふたつだしてきた。透きとおったバカラのカットグラス。糸のような細さで複雑な花模様の彫られたそれは、カウンター越しの棚に大事に飾ってあって、いつも憧《あこが》れていたものだ。

ちいさめのそれに、店長はどこかとろみのある光を放つ、あまい香りのお酒を注いだ。そしてカットしたブルーチーズとともに、差しだされる。

「シャトー・イケムの貴腐ワインです。デザート代わりに」

サービスだという店長に「いいんですか？」と里葎子は目をまるくする。

「わたしもいただくので」

そっとグラスを持ちあげてみると、見た目の印象より軽かった。おそらく無鉛クリスタルを使った、オールドバカラのアンティークだ。

「なんか、すごいぜいたく」

「里葎子さんのような女性は、ぜいたくをするに値します」

胸に手を当てるという芝居がかった仕種《しぐさ》で、うやうやしくお辞儀をされて笑ってしまった。

自分にそんな価値などないと思うけれど、店長のこうした茶目っ気やあまやかしはとても好きだった。

（だった、ってなに）

ふと、過去形で考えていることに戸惑う。だが内心で、そのとおりなのかもしれないと感じていることにも驚いた。

ここにいる間、いままで一度として通じなかった電話が、かかってきてしまったこと。やさしくきれいな店長とささやかな会話をしている間じゅう、ほかの誰かが気になっていること。ふらりとひとりで立ち寄り、心の重さを置いていくはずの場所。里葎子はそこで、もう完全に〝ひとりではない〟。

何年も変わらず、たゆたうように生きてきた。ある意味でとても幸せだったのだろう。けれど里葎子は変わりたいと思ってしまったし、避難場所に引っこんでいるだけの自分ではいやだとも感じている。

どうしてか、それはとてもさびしいことだった。《あの店》としか呼べずにいたぬるま湯のような里葎子の〝トーチカ〟――護《まも》られるための場所がひどく遠く感じる。

おばを亡くしたときと似た、ちりちりした気持ちが肌を痛ませた。だが胸の裡《うち》が冷たくなるようなものではなく、大事だったからこそさびしいのだ、と気づいた。

「乾杯」

目のまえに差しだされたグラスのふちに、自分の持ったそれをあわせると、透明な音が鳴り響いた。視線にうながされ、口をつける。蜂蜜《はちみつ》を溶かしたようななめらかな口当たりと、びっくりするほどのあまさが舌を包んだ。

「貴腐ワインって、こんなにあまいんだ」

「はじめてでした?」

里葎子は唇を押さえてうなずく。そして唐突に意味もなく、涙が滲《にじ》んだ。

このあたたかい店で、愚痴も吐いたし慰めももらってきた。ひとりでいることを満喫してきたし、楽しかった。けれどいま、この品よく強いあまさの感想を、あの男はなんというだろうと考え、そして彼がいないことを寂しいと思っている自分に気づいてしまった。

「チーズもぜひ、食べたあとに飲んでみてください。とてもあうんです」

あまり得手ではないはずのブルーチーズも、これといっしょに食べると、まるで極上のチーズケーキのような味わいだった。

「ご存じだと思いますが、チーズとワインはマリアージュと言われるくらいぴったりなんです」

「すごく、おいしい。ブルーチーズってクセ強くて苦手なのに……」

うなずいて、ピックに刺したチーズをもうひとつ口に運んだ。塩気と、ブルーチーズ特有のにおいが、貴腐ワインに包まれてたまらない美味になる。

「どちらも単体だと強烈ですけど、あわせるとむしろ自然に感じる。人間関係も、そういうところはありますよね」

見透かしたような言葉にはっとなる。店長は、不思議な表情で微笑んでいた。

「里葎子さんのマリアージュのお相手は、どんな方なのかな」

会いたいとも、見てみたいとも店長は言わなかった。里葎子もまた、連れてきますとなぜか言えなかった。千正に対しての気持ちや彼との不安定な関係にかかわらず、この場所にはひとりでこないといけない――いや、〝ひとりでないと訪れることができない〟気がしたからだ。

たぶんもう、里葎子はここにくることができなくなる。理由はわからないけれど、そう感じた。不可思議な寂しさを噛《か》みしめながら、ひどく心許《こころもと》ないような、でも誇らしいような気持ちが相まって、声が詰まる。

「ねえ、店長。この店って、なあに？」

どうにか問いかけると、うるわしい顔をした正体不明の相手は、かすかに首をかしげた。

「おいしいものを食べて、ゆっくりするところ。ただ、それだけですよ」


店をでたとたん、あたりは冬枯れで、奇妙な寂しさが胸を打つ。夜の風が肌に痛かった。里葎子はケープの襟元をかきよせる。ギフトショーで購入したキルト地のこれは、冬場をしのぐのにちょうどよかった。

べつにあの男を思いだすからではないなどと、意地を張るだけの気力は、もうない。

ひとりの夜道を歩きながら、とりとめなく考える。千正のこと、比奈と平林のこと、仕事のこと。これから向かうアパートに出没した泥棒のこと――未歩のメールの意味。

「ややこしくなっちゃったなあ」

ついこの間までは、自分のことだけ考えていればよかった。いい歳して、ちいさなコンプレックスだとか、けっきょくは自分がまだ大人になりきれていないのか、などというモラトリアムにひたっていられた。

ほかの誰にでもできることしかできないのがいやだった。なにか、自分だけのひとつ、そんなものあるわけないと感傷的な理想を笑いたいのに、けっきょくはそれを欲しがっていた。

いったい、どれくらい経てばひとりで立っていられるのか。そう自問した時期もあったけれど、現実の面倒さと不気味さのおかげで、いまはそんな鬱屈《うっくつ》など笑い話としか思えない。

いま現在の里葎子は、ひとりで歩いている。道は暗くてすこし心細くて、でも自分で選んだことだと納得している。

背後でひとの気配がして、犬の散歩をしている女性に追い抜かれた。怖がりな部分は残っていて、それもまた自分なのだろう、と笑う。

(うん。わたしは、わたしだ)

臆病《おくびょう》なくせに意地っ張りなところも、なにも変わっていない。本当はひとりでアパートに戻るのなんて怖くていやなくせに、ひとに迷惑をかけたくないからと、黙ってここまできた。

だが、うっそうとした植え込みのある細い道を抜け、アパートまえのおおぶりな木を見たとたん、やはり里葎子の足は止まった。

この夜は月があかるくて、桜の木のシルエットが異様なくらいにおおきく映る。そびえるような――と描写するほどでもない、どこにでもある一本の木。それがなぜここまで怖ろしく感じられるのだろう。

（たかが、木じゃない。どれだけ、怖いものを自分で増やすのよ、わたしは）

カメラがズームインするように、視界のなかで真っ黒にうつる木がひとまわり大きくなった気がした。あれは里葎子の心にある恐怖そのもので、まっすぐ向かうには手強《てごわ》すぎる。

思考は、めぐる。本当にこうするべきだったのか。ただ無謀な真似をしているだけではないのか。暗い場所でものを考えるとろくなことはなく、一瞬一瞬で確信は揺らぎ、すぐさま引き返そうと臆病な心がささやいてくる。

ごくりと喉を鳴らし、里葎子はその場に立ちすくんだ。がさがさと枝が揺れるのは風のせいに違いないのだけれど、もしあそこに犯人がいたら、と思うと鼓動が乱れ、息が切れた。

突然、携帯が鳴り響いた。一瞬、身体が飛びあがるほどぎくっとした里葎子は、あわてて着信を確認する。

千正の名前がそこにあった。ほっとしたような、腹立たしいような気分で通話をつないだ。

「里葎子さん？」

もしもし、もなにもなく、低い声にいきなり名前を呼ばれた。さきほどとはまったく違う意味で心臓が跳ねる。

「やっとでた。どこにいる？」

「……ご用件は、なんでしょうか」

ひとり怯《おび》えていたばつの悪さから、里葎子の声はつっけんどんになった。本当にまったく、どういうタイミングなのだろう。さきほど、心を監視されているようだとぼんやり思ったけれど、いよいよそういう気分になってくる。

だが態度の悪さなど慣れっこなのか、千正はいつもの調子でさらりと言った。

「ん、やっと戻ってきたからさ。飯でも食わないかと思って」

戻ってきた、という言葉に、足が浮いた。そんな自分に驚いて、里葎子の声はさらに低くなっていく。

「もう、食べたんですけど」

「きょうじゃなくてさ、あしたでもべつに」

以前と同じ、軽く響く千正の誘い。驚くくらいにふつうの会話だ。ただ、むかしはこういう誘いを向けられるのは比奈のほうで、里葎子は冷ややかにそれを見ていた。

いまは、なんだろう。彼の声が聞いたことのないものだということだけはわかる。たくさんの女のひとに愛想よくしていたときと、まるで違う声だということだけは。

「おみやげ買ってきた。ちょっとかわいいやつ」

「わたしに？」

「ん。まるっこいガネーシャの像。ここんとこ、トラブルあったろ。御守《おまも》りになるかと思って」

ちょっとこれは驚いた。いままで千正は何度も出張にいったことがあって、けれどおみやげなど買ってこられたことはない。いや、比奈と里葎子にまとめて、焼き菓子の差しいれくらいはもらったことがあるけれど、里葎子のためのものを、わざわざ宣言して渡されるのははじめてのことだ。

嬉《うれ》しい、と思った自分にも戸惑う。あのスノーグローブ事件以来、男性にものをもらうことすら苦手になっていたのに、千正のくれるものが——気持ちが、嬉しい。

「里葎子さん？　おーい、電波悪い？」

知らない間に黙りこんでいたようだ。はっとした里葎子は、まだ混乱する頭を振ってどうにか声を絞りだす。

「あ……ありがとう。御守り、嬉しいです」

思うより素直な声がでて、また自分に驚いた。千正はもっと驚いたのか、息を呑んでいる。

「どんな顔して言ったの、それ」

「いや、べつにふつうの顔です」

「ふつうか。はは。里葎子さんのふつうの顔、見てみたい」

「それ、どういう意味ですか」

彼がインドにいってから、発見したこと。不思議と、電話越しにはあんまり腹がたたず、比較的素直に受け答えができる。千正もあんまり、いやなからかいをしない。むしろ、やさしい。

「や、まあ、顔が見たいってそのまんまの意味ですよ」

やさしいというよりこれは、あれだ。男のひとの低い声は、電話で聞くとずいぶんあまいものだ。そんなことをひとり考えて、かすかに顔が赤くなった。

気がつくと、黒いシルエットの木もなにも、気にならなくなっていた。意識するのは耳に直接流れこんでくる千正の声と、頬の火照りだけだ。さっき飲んだワインが、いまさら効いてきたのかとすら思う。足下がふわふわして、なんだこれはとゆるむ唇を嚙む。

これは、違う意味で怖いなと思う。さっきまで囚《とら》われていた恐怖だのトラウマだのなんだのを、千正の声がすべてさらって、安心してしまう。だからまずいと思うのに、里葎子は電話を切ることができない。

「……で、いまどこ？」

「どこって、家にはいるとこですけど」

里葎子は足を進め、バッグから鍵《かぎ》をだしながら数年くらしたアパートの階段をのぼる。もう何回も繰りかえした動作は無意識のものだったが、足音が響き、それを電話越しに聞きつけた千正がすっと声色を変えた。

「待て、家ってどっちのだ。なんで階段の音してんの？　おばさんのうち、平屋だろう」

ああ、ばれた。ちょっと首をすくめつつ、里葎子はぼそぼそと答えた。

「ちょっと忘れ物があったんで、とりにきただけです」

「ばかか！　やめろ、いますぐ帰れ！」

「でも、もうきちゃいました」

怒鳴られてむっとする。ほんの数分まえまで迷っていた自分を悟られたくはなく、里葎子は鍵穴に鍵をさしこんだ。電話の向こうで千正は突然、声を荒らげる。

「せめてあと十分待て、ひとの多いとこにいろっ」

「そんなこと言ったって、このへん住宅街だし、鍵あけて——」

反論しながらドアを開いたところで、里葎子は絶句した。遮光カーテンを閉めてでていったはずの部屋に、月光がさしている。

「……なんで？」

つぶやいた声はとてもちいさかったけれど、室内にいる人物に、そして千正に聞こえるには充分だった。

「なんでって、なにがだ。どうしたっ」

里葎子は答えられなかった。大柄な男のシルエットが、窓辺に浮かびあがった。目の錯覚かと思いたくて、けれどいくら目を凝らしてもそこにある人影は変わらない。

うわん、と世界が歪《ゆが》んだ気がした。恐怖で五感のすべてが遠くなり、音を立てて血の気が引いていく。

（どうして、どうして、どうして）

この部屋は里葎子のちいさな世界そのものだった。そのなかに異物がいる。耐えがたいほどおそろしく、同時に浮かんだのは「合鍵」という言葉だった。忠にはかつて、里葎子のなかの居場所を許す鍵を与えていた。しかしあの鍵は東京のマンションのものであって、この部屋のものではない。なのに〝彼〟はどうやってここに忍びこんだのだろう。

一瞬で理屈のとおらないことを考えた里葎子は、男の動きに反応しそびれた。あせったように一瞬、周囲を見まわしたのちに、侵入者は手に持っていた棒のようなもので窓をたたき割る。強烈なその響きに、里葎子の息が止まる。激しい破砕音、大柄な男。思考を止めてしまうほどのトラウマそのものの姿。

凍りついた身体ごと、粉々にされたような気がした。

(なんで？　なんで？　なにこれ)

電話口で、千正がなにか叫んでいた。こちらに突進してくる男の姿に、逃げなければと思うけれども足がすくんで動かない。

血走った赤い目が、真っ黒なシルエットのなかでぎらっと光った。ひ、と息を呑んだそのとき、叫び続けていた千正の声が飛びこんでくる。

「里葎子、てめえばか、逃げろ！」

おかしなことに、切羽詰まったその言葉に対して感じたのは、なつかしいようなあの、自尊心を傷つけられた不愉快さだった。

「てめえってなんですか！　名前だって、勝手に呼び捨てにして！」

「おい、そんなこと言ってる場合じゃ――」

「わたしは、ひとに、てめえとか言われるような女じゃありません！」

叫んだ瞬間、呪縛《じゅばく》が解ける。むらむらと腹がたった。かあっと体温があがる。アドレナリンが分泌して、ちからがみなぎってくる。

見当違いの怒りでも、それは、いまの里葎子にもっとも必要なものだった。

（なんなのよ、まったく！）

ひとのことをでかいだなんだ言ってばかにして、そのくせいざとなれば力でねじ伏せようとして。いつもいつも大声をだせばいいと思って。勝手にものを壊して。勝手にわたしの部屋にはいりこんで。なんでそんな目にあわないといけないの。

なんで、一方的に傷つけられなければいけないの。ひとの場所に、勝手にはいりこむような男相手に。

「……ふざけんな！」

里葎子は怒鳴るなり、向かってきた男がこちらに突進してきた直前で、思いきりドアを閉めた。間違いなく顔面直撃だっただろう、振動と衝撃の手応《てごた》えを感じつつ、鍵をかける。

ドア越しにうめきまじりの悪態と、窓のほうへと走っていく音が聞こえた。そのとたん、足ががくがくしはじめて、ドアにもたれるように座りこむ。

硬直したまま握っていた電話から、千正の叫びが飛びこんでくる。

「おい、里葎子！ 大丈夫なのかっ！」

「とりあえず、無事」

「わかった、待ってろ」

震える声で言ったとほぼ同時に、お隣の奥さんが「どうしたの！」と叫んで顔をだす。里葎子は泣き笑いの顔をしたまま「警察呼んでもらっていいですか」と頼んだ。

「はやくしないと、泥棒、逃げちゃう」

背後にいた隣家のご主人は、電話をするように言い含め、なぜかフライパンを持って外へと走っていった。奥さんはおろおろしながらも、警邏《けいら》していた担当警官へと電話をかけている。すこしずつ周囲がにぎやかになって、何人かの男のひとの声に、犬の吠《ほ》える声が混じった。耳鳴りがひどくて、いろんなことがうまく認識できないでいると、手から取りこぼした携帯を、お隣の奥さんが拾って渡してくれる。

「あの、これ落ちてたわよ」

通話はすでに切れていた。フリップを閉じることすらできず、ぶるぶる震えてしゃがみこんでいると、奥さんがそっと肩に毛布をかけてくれた。

泥棒は、窓から逃げようとしたけれど、失敗して落ちた。ご近所の犬が吠えたのに怯《おび》えたところを主人たちが捕まえて、だからもう平気なのよ——。

里葎子が硬直している間に起きたできごとを、彼女はやさしい声で説明しながら、肩や背中をさすってくれた。あんまりおつきあいはなかったけれど、いいひとだ。でもなぜだろう、ふれている手が、あたたかいはずなのに冷たくて遠い。

心臓が破裂しそうなくらいにざわついていて、胸が痛い。視界がぼやけて、息が苦しい。立ちあがって、ご迷惑かけましたと言わなければ。そう思うのに指一本動かせないし、ただ震えるしかできない。情けなくて悔しくて唇を嚙《か》むと、目のまえに腹立たしいほど長い足が見えた。

顔をあげる。徐々にひらいていく視界に、仕立てのよさそうなボトムとシャツ、すっきりしたラインのジャケットが見えた。彼らしい、おしゃれな服装なのに、どこかよれよれで、息を切らして汗をかいて、髪の毛もぐちゃぐちゃになっている。

里葎子の目がいっぱいに見開かれた。自分の瞳孔《どうこう》が開くのがわかる。なにか言わなければと思うのに、ぱくぱくと口が開閉するだけで、声がでない。

「里葎子っ」

千正が、名前を呼ぶなり腕を摑《つか》んで引っぱりあげてきた。寒さと怖さで固まっていた身体は不器用にしか動けなくて、よろけたところをぎゅっと抱きしめられる。

「無茶ばっかしやがって、この女はほんとに……ばか！　ばかだろ！　ばか！」

いつものすました顔でも、わざとらしい意地悪そうな顔でもなく、切羽詰まったように青ざめた千正などはじめて見た。声もうわずり、咳払《せきばら》いをするたび浅い息が里葎子の髪を揺らす。

「無事か」

「うん」

「怪我ないな？　どこも痛くない？」

うん、うん、と里葎子はうなずくしかできなかった。横隔膜が痙攣《けいれん》しはじめる。あまりにそれが激しくて咳きこむと、千正がため息をつきながら背中を何度も叩《たた》いてきた。

本当は、抱きしめてくる腕が強すぎて痛かった。肌が鬱血《うっけつ》し、骨がぎしぎしいうくらいの圧迫感は、もはや抱擁というよりも拘束だった。後頭部を摑んで押しつけられた顔は胸板に当たってつぶれている。不細工な顔になっているんだろうなあと思いながらも、まるで、自分のなかに里葎子を押しこめようとしているような、離したくないといっているかのような強さに思えて笑えた。ひとに心配されて腹が立つより、嬉《うれ》しいと思っている自分がおかしかった。笑えるのに、涙がでた。ぐしゃあ、と自分の顔が崩れるのがわかってうつむく。ものすごく変な顔を見られたくないのに、千正は火照った手のひらで何度も頬を拭《ぬぐ》ってくる。

「これ、よかったら」

見かねたように、お隣の奥さんがタオルをさしだしてくれた。千正は片手で里葎子を抱えこんだまま、それを受けとる。

「お騒がせして、すみませんでした。もう、あとはこちらで」

「彼女、すごく怖かったみたいなの。やさしくしてあげてね？」

「はい。ありがとうございます。お世話になりました、助かりました」

彼はまるっきり、里葎子の保護者かのような受け答えをする。なにを勝手に、と反抗心が頭をもたげたけれど、身体は裏腹に、千正の胸にしがみついたまま離れない。千正もまた、腕をほどく気配がない。背中をさすり、頭を撫《な》でて、ときどき、子どもでもあやすようにゆらゆらと、里葎子の身体を揺らしている。

駆けつけてきた警察への対応も彼がしてくれた。動揺しているし、現行犯逮捕ということで、詳しい話は後日と言われ、いつの間にかアパートのまえには、ふたりしかいなくなっていた。

千正は泣くなとも、なんとも言わない。顔をこすりつけたジャケットはやわらかな革仕立てで、化粧がついたら取り返しがつかなくなると思うのに、それに対しての文句も言わない。やさしくされている。そう思ったら涙がまた止まらなくなって、勝手に言葉もこぼれた。

「……忠じゃなかった」

「うん？」

「知らないひと、だった。……よかった」

意味不明のつぶやきに、千正の腕が一瞬だけぴくりとなった。「忠って誰」と低い声で訊《き》かれたけれど、里葎子は「よかった、よかった」しか返せない。

「なあ、ちょっと。忠って誰？　里葎子、なあ……」

しつこく言われて、そんなことはどうでもいいだろう、と里葎子は思った。泣きはらして化粧がめためたになった、ものすごい形相で彼を見あげる。睨《にら》むような目つきになっていたのだろう、千正がびくっとした。

「な、なに」

「どうして、ここにいるんですか」

いまさら訊くか、という顔をしたけれど、千正はぐちゃぐちゃの里葎子の顔をタオルで拭《ふ》きながら「心配だったから」と言った。

「電話であんなこと言われたら、すっ飛んでくるでしょ、そりゃ。近くにいたんだし」

千正が数分と経たずに駆けつけられたのは、電話をかけた時点で鎌倉駅にいたからだった。

状況を聞くなり走ってタクシーを捕まえたという千正に、里葎子は食いさがった。

「なんでこんな時間に、鎌倉なんかにいるんですか。住んでるの、東京でしょう」

「……訊くの、それ」

「だいたい、いつ戻ってきたんですか、インドから」

千正は目を逸《そ》らした。里葎子はじっと見つめる。根負けしたように、彼は頬を掻《か》いた。

「まあ、なに？　さっき？」

「なんで成田《なりた》から鎌倉直行なんですか。店なんかどこも開いてないし、用事もないでしょう」

「それも訊くのかよ」

いやそうな顔で睨んでくる男は、ひとまえでも里葎子の身体を離さなかった。なのにどうして、この程度の質問で顔を赤らめるのかわからない。

わからないので、訊くしかない。

「敷地さんは、わたしのこと好きなんですか」

千正は、顔を仰向《あおむ》けて空を見あげた。「まじで勘弁して」というぼやきが聞こえ、里葎子は胸元のシャツを引っぱって「どうなんですか」と問う。

「そういう里葎子さんはどうなんすか」

「わかりません」

あからさまに千正が落胆した顔になる。「だってわからない」と里葎子は涙目で言った。

「敷地さん、勝手だし突然だし、女のひとにちょっかいかけてばっかりだし、いつも腹のたつこと言うから、きらいだと思ってた」

「……それは」

「でも電話もらうと安心するんです。電話だとやさしいから」

一瞬暗い顔になった千正が、その言葉ではっとしたように目をしばたたかせる。そして、じわっと口の端を持ちあげた。

「電話、だけ？　いまは？」

「いまは……いまは、やさしいです」

赤くなった目元、もう化粧が完全に落ちた素顔に、大きな手が触れた。里葎子は目を閉じ、その手に頬をあずける。そっと涙のあとをたどった指で耳をくるむようにされ、髪を梳《す》いたあとに頭を撫でられた。びっくりするくらいにそれが気持ちよくて、もっと撫でて、と言いたくなる。たぶん言えば彼はそうしてくれるだろう。あまやかすのが、たぶん――里葎子相手でさえなければ、上手な男だ。

だが、あまえきるまえに、聞いておきたいことがあった。

「きてくれたの、どうしてですか？」

「……わかってるくせに、いちいち言わすなよ」

困り果てた声に、すこしおかしくなった。わかりません、とちいさくつぶやくと、頭をぐしゃぐしゃとかきまわされる。そして、すこし怒ったようなキスに口をふさがれ、唇を押しつぶされるようなそれに里葎子は目を閉じた。

かすかに口を開くと、ぎゅっとくっつけるだけだったそのキスが、やわらかく変化する。角度を変え、包むように吸ってくる動きに慣れといたわりを同時に感じて、嫉妬《しっと》していいのか喜んでいいのか、わからなくなった。

それでもひとつだけはっきりしていることがある。千正はキスもやさしい。舌でほんのすこし、唇の際を撫でられる。はいってもいいか、と問うような仕種《しぐさ》を、進んで許した。

内側を、許す。里葎子にはとてもハードルの高い行為だとわかっているかのように、彼はゆっくりとあまく、刺激的になりすぎない程度に舌を使い、里葎子の身体から力を奪った。

長いこと重ねていた唇をほどくと、かすかに赤くなった顔で彼は言った。

「里葎子さんはさ、やっぱ、自覚してるよりSだと思うよ」

「なんでですか！」

肝心の言葉を言おうとしない男に抗議すると「そっちはどうなん」と睨まれた。

「わかんないくせに、俺の気持ちだけ知りたがるのはずるくない？」

今度は里葎子が詰まる番だった。そして、どう答えて切り抜けるべきかと悩んでいるうちに、クラクションが聞こえてきた。「あ、やべ」と千正が青ざめる。

「どうしたんですか」

「タクシー、待たせっぱなしだった……」

里葎子はぎょっとした。騒動のまえからだとすると、とんでもない時間が経っているはずだ。おそるおそる、アパートまえの道で待機していたタクシーに近づくと、困り果てた顔をした壮年の運転手が待っていた。

「びっくりしましたよ。警察とかにもいろいろ訊かれちゃって」

「ご迷惑かけて、すみません」

平身低頭謝ったが、すぐに声をかけてくれれば——という千正の言葉に、運転手は微苦笑を浮かべた。

「何度か声をおかけしようかと思ったんですが、その……野暮なことになりそうで……」

言われて、はたと振り返る。ふたりが状況も忘れて抱きあっていた通路は、この車の位置からは丸見えだった。

「ま、なんですよ。仲よくするのは、いいことですよ」

「ははは、すみません」

穏やかなからかいの言葉を受けて、千正は悪びれず笑う。里葎子は真っ赤になって立ちすくみ、隣の男の背中を思いきり、はたくしかできなかった。

❁　❁　❁

暗い夜道を歩くのは、怖い。けれど今夜はひとりではないせいか、なんだか心地よくさえあった。

「なにを、きょろきょろしてるんですか」

「ん？　いや、このへんの街並みって、なんかタイムスリップしたみたいだなあと思って」

千正は、しげしげとあたりを眺める。入り組んだ細い路地にはそこかしこの庭から伸びた枝が影をつくり、生け垣や竹垣が古都の風情をかもしだしている。道すがら、通りすぎた酒屋の壁には、いまどきめずらしいホーロー製の看板まで見かけることもある。

東京で事務所兼自宅のマンションに暮らす彼にとっては、たしかにめずらしいものなのかもしれない。里葎子も数年まえに越してきたばかりのころ、似たような感慨を覚えたものだ。暮らすうちに、すっかり見慣れてなにも思わなくなっていたけれど。

「建物も、あんまり高くないのな。なにか決まりとかあるの?」

「景観が悪くなるから、四階……十五メートル以上のマンションは建てるなって訴えが起こされたんですよ。そういう運動してるひとたちもいるみたい」

「たしかに、この雰囲気は壊したくないかな」

古めかしい門のある平屋の屋根ごし、大きな雲のかかった月となだらかな山を眺めてつぶやいた彼に、里葎子もうなずいた。

「空が、ちゃんと見えるんですよね。街のどこにいても」

「里葎子さん、ここ、好き?」

こくんとうなずくと、「ちゃんと言って」と手を引っぱられた。もがいてみせたけれども、しっかりと握りしめてくる長い指はほどけない。

「……好きですよ」

ぼそりと言うと、なぜか千正は「ふうん」と笑う。「鎌倉が、です」と念押しすると、「わかってるよ」とまた笑った。

なかば腰を抜かした里葎子は、恥ずかしい場面の一部始終を見ていたタクシーに乗せられ、おばの家の近くまでたどりついた。門前に車をつけなかったのは、家のまえの私道が一方通行の行き止まりだからだ。

「つきました。ここです」

「お、渋い」

からからと音を立てて木製の門扉をあける。屋根のついたそれは里葎子にも少々低く感じられるものだったけれど、長身の千正では身を屈《かが》めないと通れなかった。じっと見ていると、視線に気づいた彼が「なに」と目をまるくする。

「いや、あらためて背が大きかったんだなと思って」

千正は肩を軽くすくめてみせた。最初は鼻についた外国人のようなオーバーアクションも、彼が年のうち三分の一は海外を渡り歩いていると知ってから、すんなり受けいれられるようになっていた。

引き戸をあけると、バリアフリーとはほど遠い上がり框《かまち》。障子を開けるとすぐに二畳ほどのちいさな玄関間がある。出迎えの際、膝《ひざ》をついて客をもてなすために障子の引手の位置も低い。古めかしい造りの入口に置かれた階段箪笥《たんす》を眺め、千正は「ほお」と声をあげた。

「ますますタイムスリップだ」

「おばの趣味だったの。まだぜんぶ、むかしのままだから」

「いいんじゃないの、そのままで。いい家だ」

居間にはいるときにも鴨居に頭をぶつけそうになりながら、千正は言う。昭和初期の建造物は彼のような大柄な人間にはやはり、サイズがあわなすぎるようだ。なのに、違和感はない。もともとどこにいても、最初からその場所にいたかのような顔をする男は、里葎子が長年の逃げ場にしてきたこの家ですら、同じく自然体に振る舞っていた。

こんなに遅くなる予定ではなかったので、庭に面した雨戸は開けっ放しで出かけていた。しんと冷えた冬の夜気がサッシ窓のガラスを通して伝わってくる。からりと音を立ててガラス戸を開ける。

見慣れた庭。帰ってきたんだなあ、としみじみする。この安堵《あんど》は、アパートのあの部屋では味わえないものだ。「りっちゃん」と、自分を呼んだおばの声すら耳によみがえる。

――この庭、いいでしょう。気持ちがよくて、せいせいするの。

在宅仕事をする彼女は、庭の眺めにこだわっていた。といってもガーデニングデザインを極めたりするわけではなく、自分の好きな木や花を好きなように植えていただけだ。

――あんまりあれこれするのは面倒だし。きれいなものが好きに育てばいいじゃない。

適当な手入れしかしないせいで、ずいぶんと野趣溢《あふ》れる庭になってしまったけれど、それでもおばの愛したものたちだ。ほう、とふたたび息をつくと、白くこごったそれは震えていた。

「……きょうって、寒かったんだ」

「わかってなかったの？」

ぼうっとした里葎子が夜の庭を眺める間に、千正は隣の部屋の雨戸を閉めにさっさと動いていた。本当に、はじめて来たとは思えない馴染《なじ》みぶりだと、里葎子は笑う。くつくつと喉《のど》を鳴らして肩を震わせていると、千正が「なに笑ってんの」と言いながら背後に立った。

「わ、わかりません。はは、あはははは！」

笑いは次第に大きくなり、腹部が痙攣《けいれん》しはじめる。いまはもう、すこしもおもしろくない。なのに笑いが止まらず、感情とかけ離れた身体反応に、まずいと思ったのは背後にいる男のほうだったらしい。

「里葎子さん」

「あはは、ははは、ごめ、わたし、こ、壊れちゃってて」

「俺は壊さないけどさ。こういう場合は笑うより泣きなさいって」

両肩に手をかけられ、くるんとひっくり返される。ヒステリックにひきつっていた顔が広い胸に埋められ、一瞬でぐしゃりと崩れた。ひい、と喉の奥で変な音がした。笑いはそのまま嗚《お》咽《えつ》になり、千正の手が背中を、頭を、肩を撫《な》でる。

「よーしよし」

「い、犬に言うみたいに、言うの、やめて」

暢気《のんき》な口調に文句を言って、発作的な感情の爆発がおさまった。本当に千正といるとこんなのばっかりだと、すこしだけ自己嫌悪になりそうになる。けれど大きな身体に支えられ、遠慮のない手つきで頬を拭《ぬぐ》われると、もういいか、という気分になった。

「わたし、ここに帰りたい……」

「そうすれば？　あのアパートより、里葎子さんち、って感じするよ」

頭を撫でながら言う男にうなずきながら、でも、と里葎子は洟《はな》をすすった。

「ひとりは、さみしい。広すぎるし」

ぼんやりと寝転がっておばが作ったカルピスを飲んだ。あの思い出がいとおしすぎるから、せつなくなる。ぽろぽろとこぼれる涙を止められずにいると、千正はあっけらかんと言った。

「じゃ、俺いっしょに住んでいい？」

「……は？」

目をまるくして顔をあげると「あれ、違うの？」と首をかしげる。

「いまの流れだと、お誘いだとしか思えなかったんだけど」

「え……いや、そういうことじゃ」

あれ、でも、そういうことなのだろうか。混乱した里葎子が目をしばたたかせていると、赤くなった鼻を千正がつまんで軽くこする。

「部屋あまってそうだし、だめですかね」

「だって敷地さん、仕事が……」

「在庫は倉庫に置いてあるし、ネット使えればどこにいてもできるよ、どうせ年中飛びまわってるから、帰る場所はどこでもいいし」

熱心に言いつのったあと、口をつぐんだ千正は里葎子の手を握った。

「まじめな話、里葎子さんほっとくの危なくて怖いから、ひとり暮らし禁止」

「なんですかそれ」

「なんですかじゃないよ。こんな無茶しまくられたら、そのうち俺が心労で倒れる」

大きな手に力がこもる。痛い、と顔をしかめてみせても千正は離してくれない。さきほど泣いてしまったせいで、瞼《まぶた》が熱い。また涙が誘発されてしまいそうだと里葎子はうつむいた。

「そんな迷惑、かけられないです」

「べつに迷惑じゃないし、こんなにおろおろするくらいなら、俺の生活より里葎子さんを優先したほうがまし」

まし、という言いかたがいかにも彼らしく、里葎子の食いしばっていた口元がゆるむ。千正が、こつんと額を押しあててきた。

「俺はもう、おまえのもんだろ」

ささやくような言葉は、なぜか主客が逆に聞こえた。要するに、里葎子も彼のものだと言いたいのだろう。すこし以前の里葎子なら、震えあがっていたような台詞《せりふ》だ。けれどおまえだの、てめえだのと千正に言われても、本当のところあまり腹はたたなかった。彼はちょっと口が悪いし適当でもあるけれど、心がとても健全だ。そうであるがゆえに、所有欲をまるだしにした言葉も受けいれられる。

「わたしのもん、ですか」

「そ。好きに使えばいいよ、門番でも、タオルがわりでも」

言って、さきほど里葎子の化粧と涙が染みついてしまった服を見おろす。千正は気にするなと言いながら、あーあ、という顔をするのがおかしくて、笑った。

「ごめんなさい、シャツ、弁償します」

「いや、洗えば平気。あとで洗濯機貸して。……ところで、さっきの話だけど」

ぎゅっと握った手を、ますます強くして、千正は目を覗《のぞ》きこんできた。

「里葎子さんは俺のことを好きだっつーことでいいんですかね？」

いきなりの直球に、胸のなかで季節はずれの花火の音がした。里葎子は目を逸《そ》らし、手をほどこうとする。

「わたし、この家に男のひと呼んだのははじめてですよ」

「いや、それ答えになってないですから。ていうかさっき、なんだか訊《き》いてきたのそっちだよね？」

千正は、訊いておいて答えないのはずるいと言う。里葎子に好意を示す言葉を言わせようと躍起になって、そのくせ自分こそはっきりしたことは言わないのだ。

ばかだなあ、と思うけれども、ばかなくらいでいてくれたほうが、気が楽かもしれない。

「敷地さん、おいしいパン好きですか」

「また唐突にそういう……」

「エシレバターは食べたことありますか？　すっごい高いけど、すっごいおいしいんです。食べたいならあしたの朝、パン屋さんに買いにいってきます」

手を握りあったまま、里葎子は熱心に言った。はぐらかす気か、と睨《にら》んだ千正は、ため息をついてその手をゆらゆら揺らした。

「エシレなんとかは知らないけど、里葎子さんの食うもんならいつもうまそうだから、なんでもいい。つーかそれ、近所のパン屋?」

「はい」

「じゃあ、道覚えたいし、いっしょにいく」

彼がそう言ったとたん、ぶわっと毛が逆立つほど里葎子は嬉《うれ》しくなった。里葎子が買ってくると言ったのに、こういうふうに答えるのが千正だ。

唐突に、口いっぱいにバターの豊潤な香りと、もっちりしたトーストの歯ごたえがよみがえってくる。夜があけて、朝になるのが待ち遠しかった。

「すっごく、すっごくおいしいので、おすすめなんです」

「わかったよ。ほんっとくいしんぼだよなあ」

苦笑されたけれど、恥ずかしくなかった。そうか、わたしはこのひとにご飯を食べさせたいのだ。自分で作ったりするだけでなく、おいしいものを、よいものを、共有したいのだ。はじめての感覚に戸惑いつつも納得をしていると、千正がぶつぶつ言った。

「へんな女好きになったなあ、俺」

さらりと、けっきょくは折れてみせる。そんな彼を好きだと思うけれど、素直に認めるのはしゃくだった。

「敷地さんも充分へんなひとだから、あきらめてください」

言ったとたん、ぶにっと頬をつねられた。睨み返したところで、今度はさっきより強く額をぶつけられ、痛いと文句を言うはずの唇がやわらかいものにふさがれる。

彼のキスは、エシレバターのトーストに匹敵するくらい、幸福の味がした。

◎　◎　◎

とろとろとした眠りから目が覚めたのは、髪を撫でる手の感触に気づいたからだった。

「……なに?」

「里葎子さんさあ、くせっけ?　寝癖すごいのな」

寝返りをうつと、後頭部の髪をわしわし探られる。やめろと手を振り払うが、眠気と疲労のせいで緩慢な動きをする手は、簡単に捕まえられてしまった。

「これ寝癖じゃないです。さっき、枕にこすれて……」

ぼんやりしたまま言い訳を口にすると、千正の目が細くなった。口走った言葉の意味に気づいて里葎子は赤くなる。

「そうだよね。ごめんねいっぱいこすって」

「いやらしい!　ばか!」

枕を摑《つか》んで、端整な顔をつぶした。げらげら笑う千正の、さらりとした髪が憎らしい。

「伸ばさないの、あたま。こんだけクセあるなら、長いほうが楽じゃないの」

「あたまは伸びません。あと毎朝がんばってブローするわたしの努力無視しないで」

「うん、いつもちゃんとしてるよな。……寝癖かわいいな」

背中にどっと汗がでた。こうストレートにあまいことを言われると思っておらず、里葎子は上掛けをかぶって引きこもる。重たい男の腕がのしかかってきた。逃げたところで、裸の脚はまだ、お互いに絡んでいる。

「俺ねえ、長い髪って好きで」

「さようですか」

「だから里葎子さん、伸ばしてくれたら嬉しいんだけど」

なんだかちょっと、忠を思いだしていやになる。男のために伸ばすとか、そんなことはしないと嚙《か》みつこうとした里葎子だけれど、片肘《かたひじ》をついて見おろしてくる千正の目に、剣吞《けんのん》な言葉が霧散した。顔を近づけた彼が、里葎子の額に高い鼻を押しつけ、すん、と音をたてる。

「……里葎子さんの髪、もっといっぱいさわりたいんですが」

「さわってるじゃないですか」

「足りん。顔埋《うず》めてにおい嗅《か》ぎたいしいじりたいし、指で巻いて遊びたい」

言うなり、ぐちゃぐちゃぐちゃ、と髪をかきまわされる。乱暴で、そのくせやさしい。軽そうに見えて複雑に深い男らしい、ちょっとややこしいかわいがりかた。「わたしの髪はおもちゃじゃない！」と抗議しながら、里葎子はなぜか笑っていた。

女だからこうしろ、ではない。自分がフェティッシュに好きなものをよこせと言う、その勝手さがいっそ、おかしくて気持ちいい。

「敷地さんひとのことSとか言うけど、あなた変態っぽいです」

「ひとのささやかな嗜好《しこう》をののしらないでください」

くだらない会話をして、シーツのなかでの攻防は続いた。そのうち脚の絡む角度が深くなり、手を握り、唇を結んで、また身体がつながった。

ぐらぐらと、薄暗い部屋の天井が揺れる。カーテンの隙間から見える窓は、室内の熱気でうっすら曇っている。汗ばんだ腕を投げだすと手の甲が畳にこすれ、それすらじんわり快感になる。

肩にかかる吐息が湿って熱く、身体の奥にある熱炉がそれを燃料にして、ごうと音をたてた。潤む目をしばたたかせ、庭を見る。月明かりのさす屋根のうえ、真っ黒なねこが見えた。自由に跳ねるそれを見ても、もううらやましくはない。ふふ、と里葎子は笑い、気づいた男が頬を撫《な》でてくる。

「真っ最中に、ご機嫌ですか」

「いまとても、きもちがいいので」

大変めずらしく千正は赤くなり、なんとなく里葎子は勝った気分になった。得意げに見えたのだろう、千正が唇に噛みついてきて、笑いはほどけ、また激しい渦にのみこまれていく。

目を閉じると、胸の奥でまた花火が高く、打ちあげられるのが見えた。

きれいでせつないそれは、かつて礼美も見たものだろうか。そんなことを考えながら、里律子はとろりとした夜に溶かされていった。

◎　◎　◎

被害届をだし、荷物を片づけ、アパートを引き払い——と、あれこれせわしなくしているうちに、あっという間に日はすぎていった。

里律子を怯《おび》えさせた下着泥棒は、近所の中年サラリーマンだった。仕事のストレスでうっかり盗みに手を出し、止まらなくなった——と最初は供述していたそうだが、徘徊《はいかい》していた姿を何人かに目撃されてもいて、家宅捜索をしたら数百着の盗品がでてきたことで、ちょっとしたニュースになっていた。

驚いたことに、それらの事実は警察からではなく、ニュースになってはじめて知った。聴取された被害者にも、具体的な事情を話すことはないらしい。

「しかし、優等生の里律子さんが、よりによって新聞沙汰《ざた》に巻きこまれるとはねえ……」

「わたしのせいみたいに言うのやめてよ、比奈」

相変わらず、見た目はロリータ、心はおっさんな親友が、ばさばさと新聞を読みながら言う。口にくわえているのは、手製のボール型おにぎりだ。ものすごく大きい。思わず比奈のきゃしゃな手と見比べたのち、「ああ」と里葎子はうなずいた。

「えっとそれ、平林さん作？」

「うん。おもしろいよね。一個のなかにたらことこんぶと梅と鮭はいってんの」

照れもせず言ってのけた比奈は、相変わらず献身的らしい平林の気持ちに気づいているのか、いないのか。基本的に鈍いわけではないので、はぐらかしたままにしているのかもしれない。気になりはするものの、自分が口をはさむことではないだろう。

「んで、引っ越しいつになるって？」

「わたしの荷物はもう、ほとんど終わった。もともと家具はあるし。でもあっちが」

「敷地さん、もの多そうだもんね」

「こっちも、いらないものはだいぶ捨てたんだけど」

押しかけ同居すると言った際には、いかにも身軽そうなことを言ったくせして、じつのところ千正の荷物はあの家にはいりきれないレベルだった。マンションから平屋の戸建てに移るとなるとイメージ的には「広くなる」が、意外に収納スペースがあるのは現代建築のほうなのだ。

「仕事の在庫もけっこうあったんで、レンタル倉庫借りて移すか検討してるみたい」

ふうん、と相づちを打ちながらも、比奈はなぜか嬉しそうに笑っている。なんなの、と気まずくなって問えば「友の門出を祝ってるのよ」とにんまりされた。

「不要なものは捨てて、新生活はじめればいいのよ」

そうだね、とうなずいたところで、開店まえのドアがノックされる。

「すみません、まだ準備中――」

ドアを開けたところで、里葎子は固まった。そこには、にこやかに笑う未歩と、どこか気弱に微笑む背の高い男が立っていた。

「ごめんね、まだお店開いてないと思ったんだけど、ちょっと挨拶《あいさつ》だけでもと思って」

「え、あ……いえ」

「ほら、あなたも挨拶してよ」

「……おひさしぶりです、西風さん」

「ど……どうも。お元気でしたか？　三光さん」

里葎子は目をしばたたかせる。見知った顔、けれど知らない顔。パーツだけはたしかに、一時期自分とつきあったことのある男のものだけれど、別人のように弱々しく見えた。面くらいながら愛想笑いを浮かべていると、未歩がひらひらと手を振る。

「あ、違うんですよー。いまは彼、尾崎なんです」

「え？」

「入り婿で、うちの実家でいっしょに商売やってるんです」

にこにこしながら、未歩は彼の左手を握りしめた。薬指のリングはそう新しいものではないらしいと気づき、里葎子はなんだか肩の力が抜けるのを感じる。

記憶のなかにいる男は恐怖に増幅されて、見あげるような大男だったはずなのに、背もそれほど大きくはなく、肩もすくんでいる。

（こわくない。敷地さんに、慣れたせいかなあ）

荷物の仕分けもろくにすんでいないのに、すっかりあの家に入り浸っている男は、しょっちゅう古民家の低い鴨居に額をぶつけて呻《うめ》いている。今朝も寝ぼけたまま洗面所に向かう途中、思いきりごんっと音を立てたのち、スウェット姿で廊下にうずくまっていた。背が高いことが威圧感につながらないという事実を体現している男を思いだして、里葎子はふっと笑う。

「お元気そうでなによりです」

自然に言葉が口からあふれて、忠は面食らったような顔をし、未歩は満足げにうなずいた。

「ね、言ったでしょう。西風さんすごいのよ、この店のオーナーさんだし。かっこいいよね」

「あ、ああ……」

ちらちらとこちらを見る、神経質そうな目。これだけは記憶とそう変わらない気がする。それでもあの当時、好意を逆手にとって里葎子を操ろうとした自信はまるで見えなかった。

（このひと、本当に三光さんなのかな）

あれほど怯え、何年ものトラウマになっていたというのに、目のまえの彼はいっそおどおどしていて、頼りないくらいだ。

すっかり毒気の抜けた忠に驚きを隠せない里葎子のまえで、未歩が隣の男の脇腹を小突く。

「で、あなた、なにか言うことあったんじゃないの」

「……あのころは、いらいらしてて。いろいろすみませんでした」

ひとにトラウマを植えつけておいて、あっさりと言ってくれる忠にはあきれもしたが、そういう考えなしな男を責めてもしかたがないのだろうと思えた。

短いようでいて、四年は長い。たぶんいろんなことがあって、里葎子はいまの里葎子になったし、忠はいまの忠になったのだろうと思う。

それはおそらく、未歩の手綱さばきによるところが大きいのではないだろうか。おぼろな想像があたっていると確信したのは、こっそりささやいてきた元同僚の言葉のせいだ。

「もう、あんなことやらせないから。もし、なんかあったら言ってきて」

かつてのモラハラ男の影も形もない男を捕まえて、未歩はにんまりする。あんな事件までしでかした男と、それでもよりを戻した未歩のことは、やっぱりよくわからない。けれど、どうやら尻《しり》に敷かれている状態らしいのは、短いやりとりの合間にもわかった。

「わかりました。でも、なんでいま？」

「来年はもうひとりのパパになるんだから、しっかりしてもらわないと、と思って」

「あ、それは、おめでとうございます」

ありがとうございます、と頭を掻《か》いて笑う忠は、やはり当時の彼とは重ならない。

「けじめつけさせたかったの」

ぽつりと言う未歩のなかにある、苦い感情は見ないふりをした。いまの里葎子には関係がないことだし、それは夫婦がふたりで解決していくべきことなのだろう。

「どうぞ、お幸せに。赤ちゃん、元気に育つといいですね」

そう返すと、未歩は大きくうなずき、忠は気まずそうに会釈した。それじゃあまた、と去っていくふたりを見送って、なんだかキツネにつままれたような気分を味わった。

(なんだったんだろう……)

忠は記憶にある男と別人のように、弱々しく見えた。少なくとも、突進してくる泥棒より怖くはない。そう思って、はたと里葎子は気づいた。

(あたりまえだ。あのひと、一度も本気でわたしを殴ろうとしなかった)

DVだと怯えていたが、すこし見方を変えれば、ものにあたるしかできない男だったのかもしれない。こそこそ画策し、彼女が自分よりうえに立つのを許せないだけだったのかも。

そして里葎子はそんなことも見抜けないくらい未熟だったし、弱かった。必要以上に大きく忠を見て、いろんなコンプレックスをそのうえにかぶせ、いつの間にか心に怪物を作りだしていたのだろうか。

「現実なんて、そんなもんか」

それでもあのころの恐怖は本物だったし、いまだにちょっと、男は怖い。けれど闇雲に怯えていた時期とは、たしかに違うのだ。

店内に戻ると、ふしぎおにぎりを食べ終えた比奈がべたついた指をおしぼりで拭《ぬぐ》い、じっと里葎子を見つめていた。

「今年の里葎子さんは、厄落としする運勢ですかね?」

会話の流れで相手が誰なのかわかっているくせに、細かいことを聞かない親友はそれだけを言ってお茶をすすった。

「さあ、どうなのかな。ガネーシャさんの御利益かも」

「あれ商売の神様じゃん。それよか強烈なのがそばにきたから、悪運吹っ飛んだんでしょ」

「けさ、鴨居に頭ぶつけたひとのこと？」

くすくすと笑いあいながら、里葎子は掃除を再開する。

「あのさ、きょうの帰り、小町にできた店、いかない？ 食べログに載ってたんだけど」

「比奈さん、また食べ物探索ですか」

笑いながら、里葎子はふと、遠い目になる。

あのあと、試しにふたりで《あの店》を探してみた。ひとりのとき、あんなに簡単にたどりつけた場所は、やっぱり見つけることができなかった。「方向音痴」と千正にさんざんからかわれたけれど、むくれたふりで、里葎子はあのきれいな〝魔女〟の言葉を思いだす。

――里葎子さんのマリアージュのお相手は、どんな方なのかな。

あのやさしい声をもう一度だけ聞いてみたいけれど、たぶんきっと無理なのだろう。

けれど遠く、近く、寄り添うようにしてそこにあった空間を忘れることはきっとない。

その背中に向けて、比奈はぽつりとつぶやいた。

「ところでエンゲージリング、わたしと平林くんのデザイン、どっちがいい？」

「気が早いよ！」

「否定はしないんだあ」

手に持っていたダストクロスを投げつけると、比奈はおおげさに声をあげる。

顔が熱いのは、季節はずれの陽気のせいにして、里葎子は大きく窓をあけた。

さあっと風が吹いて、のばしはじめたばかりの髪をくすぐる。今朝はまた寝癖で千正に笑われた。けれど、からかって笑う男は、いつまでもその寝癖をいじって遊んでいたがる。

ささやかでおだやかな一幕を思いだし、里葎子は乱暴に髪を払った。

唇は、やがてくる春に似た色で、ほころんでいた。

ねこのいる庭

日差しがうららかな——というにはいささか暑いほどの、春の午後だ。今朝の天気予報では、全国的に夏日になるというアナウンスがされていたその日。

敷地千正《しきちせんしょう》は、庭が見渡せる居間の縁側から、花に囲まれている恋人の姿をぼんやりと眺めていた。——などと述べれば、まるで幻想絵画のような姿を想像するだろうけれど、端的な事実は、ロマンティックとはほど遠い。

(色気、ゼロだな)

目のまえにいる彼女は麦わら帽子に軍手をつけ、Tシャツにジーンズという実用一辺倒の服装で、庭木の手入れをしていた。長い脚を曲げ、しゃがみこんでいる姿はどちらかといえば、農作業中のおばちゃん、もしくは自然好きの小学生。

苦笑と同時に、ふわっとあくびが漏れていく。

流れる時間はゆったりとして、ひたすらに、のどか。古めかしい日本家屋にあっては、この場合、長閑、と漢字で記したほうが似合うかもしれない。

古都、鎌倉《かまくら》。どこか時代から切り離されたような街のなかでも、この家はさらに時代がかっている。なにしろ昭和初期に建てられたとかで築年数は八〇年オーバー、平屋の日本家屋で、木造の門と広い庭がついている。

その庭というのが難物だった。よほど土がいいのだろう、ちょっと放っておくと雑草が生えるどころか、ジャングルと化してしまう。そのため、いっしょに住んでいる恋人は、休みとなれば朝からせっせとメンテナンスに励むのだ。

ちなみに、手伝いを申し出たが却下された。はじめて作業にくわわった日、切らなくていい木の枝を切り落とし、抜かなくていい植えたばかりの花を引っこ抜いてしまったため、「庭に関しては進入禁止」を言い渡されてしまっているのだ。

「里葎子さーん」

「なんですか」

「ひまー」

「おとななんだから、時間くらい自分でつぶしてください」

なんともつれないお言葉だ。恋人——西風《にしかぜ》里葎子《りつこ》はいっさい振り向くこともなく、長い脚を曲げてしゃがみこんだ体勢のまま、せっせと雑草を抜いている。

「おしゃれ雑貨ショップの店長が、かたなし……」

つぶやいた言葉は聞こえなかったのだろう、里葎子は苦労して引き抜いた雑草が、きれいに根ごととれたことに感動したのか、しばし土のついた草を眺めて目をきらきらさせている。

ふだんのすました顔とは大違いで、千正はくっくっと笑った。

由比《ゆい》ガ浜《はま》通りからすこしはずれた場所にある、雑貨ショップ《トオチカ》。それが里葎子の経営する、彼女の大事なお城だ。

目玉商品は里葎子の友人であり、共同経営者である、森平比奈《もりひらひな》オリジナルデザインのシルバーアクセサリーと、インポートの小物類。それから里葎子自身が手がける、アンバランスだがおもしろいビーズアクセサリーも、マニアックな筋には人気だったりする。

ついでにそれを作っている当人も、同じような――マニアックな人種に人気だ。

(まあ筆頭が俺か)

いささか自嘲《じちょう》気味に考えて、千正は空を見あげた。

「……あっついな、しかし」

なにもせずとも、日差しを膝下《ひざした》に受けているだけで額にじわじわと汗が浮いてくる。ふと視界をよぎるなにかに気づいて目をやると、気のはやい蚊が飛んでいた。手で払ったあとに、虫を追い払うなんて何年ぶりだとおかしくなった。

三十四歳、いまのところ独身である千正の仕事はインポートもののバイヤーで、そこそこ稼ぐと自負している。つい先日までは都内のおしゃれポイントと言われる場所でひとり暮らしをしていた。デザイナーズで、ファニチャーや部屋に飾る絵、小物の類《たぐい》も揃え、徹底的に趣味を反映させた、それこそ雑誌にでもでてきそうな『インテリアに気を遣う男の部屋』だった。

ところがいまや、縁側に座って、すこしぬるくなった水出しの緑茶をすすっている。ものすごいギャップだなあ、と千正は思った。

　朝晩にはがたついた木製の雨戸を開け閉めする。古い家の造り自体はしっかりしているらしいが、そこは経年変化のおかげできしみや隙間もできていて、冬場は室内にいるというのに、どこからともなく風を感じることもあった。

　コンビニも、いちばん近いところまで徒歩で三十分は歩く。スーパーに至っては鎌倉駅前か、もしくは逗子《ずし》ハイランドのほうへ向かわねばならない。おまけに店が閉まるのも異様に早い。夜の八時をすぎると、街はすっかり眠りについてしまう。

　都心に比べれば、はっきりいって不便。でも悪くない。どころか千正はこの、時代をさかのぼったような空気にすっかり、魅入られている。そもそも不便と言ったところで日本だ。アジア各国の、発展途上地域を歩きまわる人間にとっては、なんの問題もない。

　なによりも、心が凪《な》ぐのだ。時間というものはむかし、こうしてゆっくり流れていたと、そんなことを感じるくらいおだやかになれる。

　いまだ各種名義の変更がめんどうで持ったままにしているマンションのコーディネイトは、サイトやネットショップでのサンプル写真撮影に使うためで、言ってしまえば生活の場というよりも一種のディスプレイだった。じっさいには海外を飛びまわる生活のおかげでほとんど寄りつきもしなかったマンションに、思いいれなどはなかった。

　むしろあそこを生活の場でなくしたことをいい機会に、ショールームふうに改造し、ちいさな展示即売会をやるのもありか、などと考えている。ＳＯＨＯ利用可能なマンションなので、部屋で商売をするのには問題もない。

（ああ、いっそ《トオチカ》オリジナルのアクセとかも、コラボ展示会とかありだな）

新しい企画を思いつくと、わくわくする。庭にいる店長にも、話をせねば。

なんだか楽しくなってきた。無意識に笑みを浮かべつつ手の甲で軽くこめかみをぬぐった千正は、足下に寄ってきた黒くてぶさいくな黒ねこに気がついた。

「でぶだなー、おまえ」

欠けた片耳、つぶれた片目に傷跡、あちこちはげた黒い毛。猛者《もさ》ぶりを全身で表現している黒ねこは、それでも威風堂々と千正の足下に歩み寄り、沓脱石《くつぬぎいし》のとなり、縁側の陰で日よけのできるその場所へ、でん、とうずくまった。

撫《な》でてやろうかと手を伸ばしたところで、庭をうろうろしていた彼女から声がかかった。

「撫でちゃだめですよ、ひっかかれる。ひとに慣れてないし、ペース崩されるのきらいなんで」

「でも、俺の隣に座ってるよ？」

「それは千正さんの隣を選んだんじゃなくて、彼の定位置の近くに、たまたまあなたがいるだけなんです」

なるほど許されたわけでも譲られているわけでもなく、「おれはおれだぜ、好きにするぜ」という態度なわけだ。ますますおもしろくなって、ちょいちょいと指先でねこをかまおうとしていた千正に、里葎子がしれっと言った。

「それにその子、野良だから、間違いなくノミいますよ」

「えっ」

思わずぱっと手をひっこめると、くすくすと彼女が笑った。土のついた軍手をはずし、日よけにかぶっていた帽子をとる。クリップできとうにまとめた髪がはらはらと落ち、汗によって肌にはりつくさまが、色っぽい。

しかし当人は色気とほど遠い表情のまま、はたはたと手のひらで顔を扇ぎながら「暑くありませんか」と言った。

「のど渇いちゃった。もう冷茶ないですよね」

「ん、ああ。これで飲み終わり」

千正が答えると「カルピスの作り置き、まだあったかな」とぶつぶつ言いながら縁側へと近づいてくる。

火照った頬にも、後れ毛がかかっている。ふっと息をつく口元は、化粧気もないのに赤い。健康な肌に汗が浮いていて、どこか少女のような姿に千正は目を細めた。

「……なんですか？」

じっと見つめていたら、照れるどころか心底不思議そうに首をかしげられた。苦笑を呑《の》みこんで、「作ってきてやろうか？」と申し出たところ、あっさり首を振られた。

「いいです、千正さんのは毎回、濃さがばらばらだから」

「あ、そう……」

いかにも彼女らしい答えに、今度こそ苦笑が漏れてしまった。

（あまえる、ってことを知らんよなあ）

里葎子は、客観的に見てきれいな女だと思う。ただし本人にはあまりその自覚がない。原因は間違いなく、一七〇センチを超える長身のせいだろう。学生時代はタカラヅカよろしく『カッコイイ先輩』扱いされてきたことが容易に想像がつく。

「なあ、里葎子さんの高校って共学？」

「女子校でしたが」

「バレンタインのチョコレートはもらった数のほうが多かった？」

「……なんでわかるんですか」

想像したとおりの答えに思わず噴きだすと「なにがおかしい」という顔で眉《まゆ》を寄せた。

「千正さん、いまの流れで笑うのって、失礼な意味にしか思えないですよ」

「ごめん、まじ……りっちゃんほんと、りっちゃん……」

くっくっと腹筋を震わせて笑っていると「だから、なんなの」とむすっとした顔をした。

「もう、意味わかんない……」

縁側から室内に入ってくる彼女の長い脚が、目のまえをよぎる。つっかけを脱いだ裸足《はだし》の爪《つま》先《さき》は、手入れこそされているけれども、色も飾りもついていない。淡いピンクの、健康的な爪をじっと眺め、思わず足のさきをぎゅっと握ると、里葎子は「んぎゃっ」と色気のない声をだした。

「なにするんです！」

「いや、爪、かわいいなと思って」

「……千正さんのかわいいの基準がよくわかりません。手抜きの爪なんだから、あんまり見ないで。それと外にいたんだから、汚いですよ！　手、洗ってください！」

足首を振ってつれなくほどかれ、あげくには小言まで食らった。「はいはい」と苦笑して、ぶらぶらと手を振った千正は、すらりと長い脚の持ち主を眺める。

里葎子は、とにかくきまじめだ。本人の自罰的なほどストイックな性格にくわえ、過去にもろもろあったせいか、女としての自信がつくよりもさきに、かたくなな鎧《よろい》で心を覆う方法を覚えてしまった。

季節は春になり、千正がこの家に引っ越してきてから数ヵ月が経っている。だというのに里葎子は相変わらず、自分に対しての丁寧語を崩さない。そのことがどうにも歯がゆいような、彼女らしいような、なんとも言えない気持ちになる。

（まだまだ、完全にはひらかんなあ）

台所に向かった里葎子のあとを追いかけ、千正はぶらぶらと廊下を歩いた。気をつけていないと、鴨居に頭をぶつける。それこそ何ヵ月経ってもいまだにうっかりしてしまうのは、学習能力が衰えているせいだろうか。

なんとなく頭をかばうようにして入口ドアの上枠に手をかけ、台所を覗《のぞ》きこみ、流しのまえでカルピスを注いでいる里葎子を眺めた。

「……里葎子さん」

「なんですか」

声をかけても振り向かない。一点集中の里葎子は同じときに違うことをすると一気にパニックになるからだ。

背の高いことを気にしているわりに、里葎子は猫背ではない。まっすぐ伸びた背中は彼女の性格そのままだ。凜《りん》としていて、そのくせ細いかたくなな背中。

背後に立たれるのがきらいだから、抱きしめるのもむずかしい。いちど、不意打ちで抱きついたときには、手にしていた菜箸《さいばし》でうっかり目を突かれそうになった。わざとではなく、驚いて振り払おうとしたらそうなったらしいのだが、千正は極端な反応と、そのあとの里葎子のうろたえぶりに胸が痛くなった。

自分のまえでくらい、もっと力を抜いてくれたらいいと思うのだけど、そうしてくれないのが里葎子という生き物だ。

「里葎子さんはさあ、さっきのでぶねこみたいになればいいと思うんだけど」

「……女性に向かって、でぶれとは、いったいどういう？」

彼女は振り向いて、険悪な目を向けてきた。本当に小学生レベルのからかいに引っかかってくれる。《トオチカ》ではいつもすました顔で、クールでかっこいい長身美人の店長と評判なくせに、じっさいの里葎子はけっこう短気で直情だ。

繊細できまじめなぶんだけ、言葉尻《じり》に引っかかってすぐ怒る。わかっていてちょっかいをかけたい自分の性格は、あんまりよろしくないなと思うが、彼女のビビッドな反応はいつもおもしろい。

ゆるむことを知らない里葎子が、まるで子どものように怒る、その瞬間の無防備さが楽しい。

「だから、なんでひとの顔見るとにやにやするんです」

「俺りっちゃんに睨《にら》まれるの好きなんだよね」

「……マゾですか？　これ飲んで頭冷やしたらどうですか」

つっけんどんな声で言った里葎子は、手にしていたグラスをずいとつきつけてきた。受けとって口をつけると、すこし薄めの、さっぱりしたカルピスが喉《のど》を潤していく。

「ん、うまかった」

「ほんとですか？」

「嘘言ってどうするの」

グラスを返しながら苦笑すると「んん、でも薄すぎた気が」と里葎子は眉をひそめていた。彼女はなぜかこの味にこだわりがある。その理由はどうやら、この家のもとの持ち主――里葎子の亡くなったおばで、故人の味がうまく再現できないのが悔しいらしい。

「カルピスとか楽勝、って思ってたのに、むずかしい」

「水の量、一〇ccごととかで加減してみたらいいじゃん。それで似た味になったところで調整つけるとかさ」

微量で希釈を調整してみては、と言ったとたん、里葎子が目を剝《む》いた。千正のほうが驚き、もっと目を瞠《みは》ってしまう。

「ちょっと里葎子さん。まさかいままで、目分量オンリー？　それで同じ味がでないって」

「……雑だって言いたいんですね」

「いや、だっておまえ、料理だってあんま上手じゃないのに、目分量とか……いって、いてえ、蹴《け》るな」

がすがすと膝下《ひざした》を蹴ってくる彼女は、怒ると足癖が悪くなる。これもいっしょに暮らすようになってから知ったことだった。笑いながら勘弁しろと両手をあげ、それでも止まらない攻撃に、うしろにまわって捕まえる。

「思いつかなかったからって、そこまで恥じらわなくてもいいだろう」

「恥じらってないです、へこんでるんです」

「ほんとにめんどくせえなあ、里葎子さんは」

よしよし、と頭を撫《な》でてやる。とたん、腕のなかにあった薄い背中からへしょりと力が抜けていった。胸に寄りかかられ、お、と口元がほころぶ。

「……めんどくせー女なのに、よくかまいますよね」

「俺、簡単なのはつまんない派だから」

「千正さんも、相当めんどくせー男ですよ」

むすっと言いながら、首筋が赤かった。腹に手をまわしても、怒りはしない。

――撫でちゃだめですよ、ひっかかれる。ひとに慣れてないし、ペース崩されるのきらいなんで。

さきほどの彼女の言葉を思いだし、千正は笑いをこらえた。

里葎子はつくづく、ねこのような女だ。そのせいなのか、あの黒ねことも、静かな距離をとって共存している感じがする。

彼女の家、彼女の庭。同居はしていても、ここは千正自身の支配する場ではない。それをわきまえていなければ、つれなく背を向けられてしまうだろう。

それでもいま、腕のなかにいて預けてくれる。このくらいのことで、単純に喜ぶ程度には苦労してきた。

「ここまで長かったなあ」

「なにが？」

いやひとりごと、と返しながら、ちょうどいい高さにある里葎子の頭に顎《あご》を載せた。日にあたっていたせいですこし汗ばんだ髪は、去年に比べてだいぶ伸びた。あまいにおいのするそれを嗅《か》ぐと、腕のなかのねこがじたばたと暴れる。

「やめて、なにしてるんですか」

「りっちゃんのにおい確認」

「汗くさいでしょう！」

真っ赤になって逃げようとする彼女の腰をホールドしたまま、夜を思わせる声で言ってやる。

「汗のにおいとかいまさら」

さて次にくるのは肘鉄《ひじてつ》か、はたまた蹴りか。身がまえていると、里葎子はうつむいてしまった。なんだか予想と違う反応がきて面食らい、「……里葎子さん？」と肩越しに覗きこむ。

そして大変に困った。

「も……そういう生理的に恥ずかしいの、ほんといやだから、やめてください……」

か細い声で言う里葎子は、真っ赤になった顔を手の甲で隠しながら、泣きそうな顔をしている。千正の胸に、なにか得体の知れないものがこみあげた。

「……里葎子さん、不意打ちのエロスは禁止しない？」

「本当にあなた、意味わかりませんが!?」

そして今度こそ足を踏みつけられ、痛みにうめいている間に、とっとと千正のねこは逃げてしまった。

「おお、くそ……本気で踏みやがって。ほんとにめんどくせえ女」

片足を押さえてうずくまりながら、それでも千正は笑った。

はじめて出会ったあの日から、里葎子が簡単だったことはなく、そして千正がスマートに彼女に接することができたためしも、ないのだ。

◎　◎　◎

二年ほどまえ、千正が鎌倉へと立ち寄ったのは、純粋に仕事のためというより、半分は冷やかしだった。

千正の扱うメイン商材は海外で買いつけてくるインポートものだが、国内にもルートがあるに越したことはない。一点ものでも自由に取引できるのが個人ショップの強みだ。

歴史ある観光地として有名なこの街で、ちかごろ若手デザイナーたちが続々とショップをオープンしているのは知られた話だ。しかしその日はあまりめぼしいものはなく、空振りだったか、と落胆していた。

（あれは商売する店じゃなくて、作品発表のためのギャラリーだなあ）

アーティストとしてこだわりがあるのはわかるけれど、趣味的な要素が強すぎて商品として扱うのはむずかしい。廃材や古い家具などを使って一見おしゃれにディスプレイされているが、モノ単体として見た場合、値段と嚙《か》みあっていない。

（玉石混淆《こんこう》、ただし石の確率が高いって感じ）

鎌倉という街のレトロなおしゃれ感、その魔法がかかっているうちはよいけれど、購入した品を家に持って帰ったとたん、輝きを失う。観光地の土産でよくある話だ。

がんばりはわかるし応援もしたいが、バイヤーとしては仕事にならない。それでも、いずれいいものを作ってくれればと、いくつかの商品を購入して名刺を渡しておいたけれど、とある個展をやっていたギャラリーで妙に長く手を握られたのが気になった。

——新作がでたら、ＤＭお送りしますね。

あれが純粋に、商売のための色気であればよかったのだが、女性アーティストの目が違うなにかを期待していて、ますます萎《な》えた。

若いころから身長と顔のおかげで、それなりに女性陣にモテてきたという自覚はある。この仕事をはじめてからも、勘違いした客や取引相手にしつこくされたのは、一度や二度ではない。女性は好きだが、あまりしつこいのは胸焼けがするし、その気がないときに追われるのは恐怖すら覚えることもある。数年まえにはストーカーまがいの人間がいたこともあって、以来、恋愛沙汰《ざた》は控えていた。

(こうなれば、うまいめしでも食って帰るか)

そういえば由比ガ浜のビストロに、いい店があると聞いた気がする。そんな思いつきで逸《そ》れた横道のさきに、彼女の店はあった。

ひっそりとした店構え、シンプルだが書体のしゃれている立て看板。なにより、《トオチカ》という名前が引っかかった。

フリーで生きていくにあたり、千正の強みは運と引きの強さと、第六感だ。ああ、ここ、なんかいいものがある。そう思ったら逃す手はなく、昼食をあとまわしにした千正は、ちいさなドアを開く。

「いらっしゃいませ」

出迎えたのは、小柄できゃしゃな、ロングヘアにフェミニンな長いスカートの似合う、だがやたらと強い目をした女だった。こちらが視線を向けたのと同時に、瞬時で値踏みされたのがわかったけれど、それが男としてでなく『金を落とすか否か』の判断だったのがおもしろい。

軽い会釈をして、店内を見まわす。まず感じたのはセンスのよさだった。シンプルで品がいい。そして清潔。古材を使ったディスプレイにはいささか食傷気味だっただけに、ぴかぴかのガラスケースがぐんと引き立って見えた。

なにより、そのなかにあるシルバーのアクセサリー類。こんな目立たない店で扱うのがもったいないほどの完成度だ。

「すみません、こちらの商品を見せていただけますか？」

「どうぞ」

にっと笑った彼女の誇らしげな目つきに、なるほどこれが制作者かと言われずともわかった。ちいさな身体と不釣りあいなほどの強靭《きょうじん》な目は、かたい金属をやわらかにねじったデザインと共通するものがあった。

ものを手にとり、検分する。デザインはあまいのに、造りはまったくあまくない。金具にパーツ、蠟《ろう》付け、細部にわたって完璧《かんぺき》な仕上げだ。いいものを見つけた。ざわざわと首筋の裏が反応して、千正は笑う。

「ここにあるものは、あなたがお作りに？」

「ええ、大半は。買いつけたものなんかもありますけど」

なるほどとうなずきながらも、千正は堂々と輝くシルバーアクセサリーの群れからすこし離れた場所にある、ビーズのネックレスに気がついた。赤を主体として組みあげられたそれも、くせがあっておもしろい。ますますいい、これはいい。目を輝かせ、千正は名刺をとりだした。

「すみません、わたくし、敷地千正と申します。こういう仕事をしていまして」

差しだしたそれを丁寧に受けとった彼女は、「はあ、バイヤーさん」と短くつぶやいた。

「どうも、森平比奈です」

「こちらの商品、うちのネットショップでぜひに扱いたいのですが」

「んん、ちょっとそれは。敷地さんは、こちらの店、はじめてですよね？　わたし、決定権ないので、いまはなんとも」

素っ気ない反応に、これは手強《てごわ》いかもしれないと身がまえる。見た目はかわいいけれど、中身は鋼のような女だ。軽い興奮を覚えながら、千正は笑みを深くした。

「偶然立ち寄った一見《いちげん》ですし、図々《ずうずう》しいとは思いますが、逃したくないんですよね。いや、ほんとにこんなかわいいひとがいるショップだとは思わなかったな」

「……そりゃどうも？」

にっこり笑って、あえて手を握ってやる。比奈は表情ひとつ変えなかった。ますます楽しくなって、千正の口はなめらかにまわりはじめる。

おそらく彼女は千正と同類だ。見た目の柔和さで中身の強情さや尖《とが》りを覆い隠している。そしてこの、なんの意味もない上滑りの会話で、相手をはかろうとしている。

「作品もすばらしいけど、こんなきゃしゃな手で作られてるとはね。いや、いい出会いだな」

「わたしの手がちいさいのと作品とは、あんまり関係ないと思うんですけど」

「骨格が繊細だから、生みだすものも繊細なんだと思いますよ」

（しらじらしい男）

（きつそうな女）

無言の会話を目で交わしながら、口さきだけは浮いた言葉がでてくる。さきほどのギャラリーでの粘ついた視線に辟易《へきえき》していた千正にとっては、ある意味、比奈のそっけなさが気持ちよくてしかたなかった。

「いや、本当に。このビーズのネックレスなんかも、すばらしく――」

「……いらっしゃいませ」

ドアが開く。はっとして振り返ると、背の高い女がすらりとした身体を不器用そうに動かしながら、警戒心もあらわな目を向けてきた。

（こりゃまた、対照的な）

妙な話だが、千正はあまったるく媚《こ》びてきた女性アーティストでも、あまい顔をしてクールな比奈でもなく、初対面でにらみつけてくる女に、強烈な興味を覚えた。

ミドルショートの髪に、長い脚を見せつけるようなパンツルック。足下は頑固そうなブーツで固めて、これまた頑固そうな唇をぎゅっと結んでいる。最低限のナチュラルメイクはほとんど素顔と変わらず、マニッシュというよりも、あえて女性性を排除したようなスタイルだ。外見だけでいえば、まったく千正の好みではなかった。

なのに、なぜだろうか。さきほど、このアクセサリーを見つけたときよりもずっと、首筋が

――いや、全身の皮膚がざわついていた。

「店長、こちらバイヤーの敷地さん。うちの商品、ネットショップで扱いたいんですって」

戸惑ったように、目が揺れる。自前らしい細いまつげがそよいで、うかがうようにほんのすこし、上目遣いになった。

そして次の瞬間、どかんと頭のなかがはじけた。自分が放った言葉が信じられなかった。

「こちらが店長さん？　ぇぇえっ、でかっ！」

きょとんとしたあとに、彼女は目をつりあげた。あれ、しまった、俺なに言ってんだ。そう思ってフォローをいれようと思ったのに、なぜだかうわすべりした口が止まらない。

「いや、だってでかいでしょう。俺と視線あわせるのに、顔ほとんど動かさなくていい女のひと、はじめて見た。いやあ、新鮮！　お名前、なんて言うんです？」

ちょっと待て、なぜこうなる。背中に冷たい汗が浮いたのがわかった。だが顔だけは笑っている。いったいこれは、なんだ。そう思っているうちに、背の高い彼女がにっこりと、冷たく微笑んだ。

「……西風、里葎子です。手の大きさと作品のナイーブさは、じっさい関係ないと思いますよ」

「え？」

「だってこれ、わたしが作ったものですから。でっかい、わたしが」

言って、くせのあるビーズネックレスをとりあげる。しゃらりとビーズが彼女の手に絡んだ瞬間、背筋から腰にまでざわざわが広がっていくのを感じる。

（なんだこれ、やばい）

これは一筋縄ではいかない相手だ。繊細で厄介、面倒くさいし、できればふれたくないものだ。彼女、里葎子もたぶんそう思っているだろう、さきほどよりもさらに、目の剣呑《けんのん》さが増している。

けれど、清潔でやわらかそうな手に気をとられた千正は、さらにばかなことを口走ってしまっていた。

「……身長のわりに、手はちいさいですね」

そして里葎子の顔が般若《はんにゃ》もかくやというものに変化し、そのうしろで——比奈が必死に、噴きだすのをこらえていた。

＊　＊　＊

（我ながらあれは、最悪すぎた）

思いだした過去に苦笑いどころか自嘲《じちょう》の笑みを浮かべて、ようやく痛みの引いた足を引きずり、逃げた里葎子を追う。

初対面の印象が最悪だったせいだろう、その後の里葎子との関係は、気づけばいじめっ子とそれにムキになる優等生かのようなものになってしまっていた。

途中で軌道修正を試みるも、ファーストインプレッションはなかなか覆せず、なにをしても警戒されるか反発されまくり。ふつうこれで落ちないか？　というあまい言葉をかけてみたところで、軽蔑《けいべつ》の目を向けられるだけ。

本気で腹がたったことも一度や二度ではなかった。もめるたび、もうあんな女ほっとこう、そういうふうに考えもしたが、かまいつづけるのをやめられずに二年、その間の自分はけっこうみっともなかったと思う。

だが、里葎子と――あのきまじめて融通のきかない女といると、いつでも胸の奥にさわやかな風が吹いたような気分になれるのだ。

おそらく、出会ったばかりのころの千正は、仕事にも女にも、すこしばかり倦《う》んでいた。だいたい同じパターンで、こうすれば落ちる、こういう場所にいけばこういうものが見つかる。順調にものごとが進むのはいいことのはずなのに、そこに慣れとルーチン的な飽きを覚えていた。

どこかになにか、目新しいものはないだろうか。そう思って場所を変え相手を変え、ふらふらと生きていた。落ちつく生きかたを選ぶ性格であれば、フリーのバイヤーなどという博打《ばくち》商売に手を染めはしないし、なんだかんだ、自由な自分を愛してもいた。

里葎子は正反対だ。変化をきらうし、じっと同じところに落ちついていたい。冒険するのは苦手で、根本的にまじめな優等生。

けれど彼女の作る、ちょっとだけ突飛なデザインの――などというとまた激怒するだろうけれど――ビーズのアクセサリーは、自由でかわいらしい。内的な世界でだけ大胆になる意外性もたぶん、おもしろかった。

千正がすぐに見すごしてしまうようなちいさなものを、彼女の繊細な感性は拾いあげる。そしてゆらゆらする心を、すらっとした身体のなかで大事に抱えている。

一見は雑多な庭に咲く、まるで雑草のようなちいさな花を、丁寧に育てるのと同じだ。

「里葎子さん」

庭で水まきをしていた里葎子に声をかける。聞こえていないわけがないのに無視された。沓《くつ》脱石《ぬぎいし》に置かれていた、もう一足のつっかけに足をとおす。ひとまわり大きなこれはつい最近になって、里葎子が買ってきたものだ。

「ふてくされてないで、おうちのなかにはいりませんか」

近くにいって声をかけると、さすがに無視しきれずに振り向いた。まだ赤い顔でじろっと睨《にら》んでくる。

「あのさ、もうじき結婚するよね俺ら。あのくらいで、そこまで恥ずかしがらなくてもいいんじゃない」

「結婚とわたしの感覚の因果関係がわかりません」

「ていうか庭木にやつあたりはやめなさいって」

手首を掴《つか》んで過剰な水まきをやめさせると、里葎子は細い首をうなだれさせる。

「なんで妙なとこ大胆なくせに、あの程度でそこまで反応するの。昭和の女学生でも、もうちょっとこなれてたと思うよ？」

「……だって」

また睨んだ。そういえば、女のひとに睨まれたのは里葎子がはじめてだったなあと、千正が散漫なことを考えている間に、里葎子はその場にしゃがみこんだ。

脚が長い里葎子は、それを折り曲げてしまうと非常にコンパクトになる。まるくなるさまもねこのようだと眺めていると、消え入りそうな声で彼女は言った。

「千正さんいやらしいから困るんです」

「嫁さんにするひとにいやらしくできなかったら、俺はどこでいやらしくなりゃいいのですか」

言いながら、赤いうなじをつつっと指でなぞった。すごい勢いで手をあて、ぱっと振り返った律子の泣きそうな目を見て、千正は「あー」とうめいた。

「言っておくけど、俺がいやらしくなるのは里葎子さんのせいなので」

「嘘だ。あなたもともと、エッチじゃないですか！」

「庭で叫ぶとご近所さんに聞こえるよ？」

今度は口を手で覆い、またもや里葎子は逃げる。今度は家のなかで、ばたばたどかんと音を立てて飛びこんださきは彼女の寝室だ。

さきほどまで干していて、取りこんだばかりの布団が畳のうえに積まれている。そのうえに突っ伏している彼女の背中にのしかかると、なにやら意味不明の呪詛《じゅそ》を布団に向かって吐きだしているのが聞こえた。

「朝からしちゃったの、そんなに恥ずかしかった？」

ずっと彼女が避けていた、根本的な理由を口にすると、びくっと背中が引きつった。自分で逃げ場のないところに逃げこむのがうかつなのだと、千正は抱きこんだ腕を強くする。

「あれは、したんじゃなくて、起きたらされてたんです！」

「だって、最近忙しくて、してなかったからつい」

最初は驚いて、泣きそうになって、それでも千正がなだめすかしたあとには、ずっと抱きついていてくれた。寝ぼけた身体はふだんよりずっと反応もよく、とろりと手のなかで溶けそうで、正直きょうは一日中布団のなかでもいいと思ったくらいだったのだが。

「ついって、なんなの。わたしの意志はどうなの……！」

「でも、喜んでたくせに」

言った瞬間、枕で殴られそうになった。予測済みだったそれを片手でキャッチしたあと、細い腕を掴んで逆に押さえこむ。「ばか！」と叫んだ里葎子がじたばたと大暴れするから、まだ大丈夫だろう。抵抗もせず怯《おび》えられるのがいちばん困る。そういうときの里葎子は本気で傷ついているので、こちらは手も足もでなくなる。

睨みつけてくる目を手で覆って、罵詈《ばり》雑言《ぞうごん》を発しようとした唇を古典的な方法でふさいだ。もがもがと言っていても、言葉にはならない。背中をたたく手は容赦がなかったけれども、あきらめずにとにかくキスを続けているうち、ぎゅっとシャツを握って離さなくなった。

「……一カ月ぶりだから、けんかするのやめない？」

「自分が原因作ったくせに、どういう言いざまですか」

「うん、ごめん」

ごつんと額をぶつけて素直に謝る。

たぶん、同棲《どうせい》したとはいえまだぎこちないのは千正の仕事のせいもある。転居を決めてしばらくは、引っ越しに伴うあれこれで忙しく、そこが片づいたと思ったら今度は、もともと決まっていた海外での仕事が続いた。

結果、半年の同棲期間中、実質的にいっしょに過ごしたのは半分もない。おまけに里葎子のほうもそれなりに忙しいため、時間のすれ違いは続いている。

「おかえりなさいってちゃんと言おうと思ってたし、きょうはいっしょにでかけようって考えてたのに」

「ごめん」

「なんで、いきなりあんなことするの」

もう一度、ごめん、と謝りつつ、これぱかりは勘弁してくれとちょっとだけ思う。

長旅で疲れて帰ってきて、くらい部屋にたどりつき、へとへとのまま眠るかと思ったところに、いいにおいがする女がいたのだ。思考力は薄れていて、すっかり本能に従ってしまった。

暴れたせいでクリップははずれ、肩につくほどの髪がすっかり乱れていた。そっと梳《す》いてやると、里葎子が眉《まゆ》をさげている。

「わたし、千正さんのこと怒ってるのいやです。仲よくしたい」

「それは、俺もなんだけど」

しょんぼり言われて、胸が痛かった。気は強いところもあるが、もともと彼女は怒りっぽい性格ではない。むしろおだやかでやさしいほうだ。それが目をつりあげているのは、ひとえに自分が悪いとわかっているのだが。

「……でもごめん、俺、里葎子さんに怒られるのじつは好き。エロい顔になるから」

「ねえ、ほんとにあなた、ばかでしょう⁉」

ばしばしとたたかれて、千正は笑う。その左手には、先日比奈が作ってくれた揃いのリングがはまっていて、ちょっと痛いけれどもきらきらまぶしい。

「眠ってる里葎子さん、いいにおいだったんだよなあ」

「だからにおい嗅《か》ぐのやめてってば。理由になってません！」

いやそうに言われたけれど、性懲りもなく髪に鼻先を埋《うず》める。

どこで読んだか忘れたけれど、男は伴侶《はんりょ》になる女性のにおいの虜《とりこ》というか、中毒にも似た状態になるのだそうだ。同衾《どうきん》する習慣がある欧米ではなおのことで、妻に先立たれた男が鬱《うつ》状態になったり、生命力が弱ってしまうのは、その香りが日常的に嗅げなくなって、心身ともにダメージを食らうかららしい。

眉唾《まゆつば》ものだと思っていたけれども、里葎子と暮らすようになったいまは、それがひどく納得できた。ひなたであたたまった、ねこのようなやわらかい身体と、あのにおい。そしてちいさな手。

なんだか、ほしいものはぜんぶここにあるのだなあと、そんなふうに思った自分を嗤《わら》ってしまって——妙に高ぶった気分が抑えきれなくなった。

そしてそれは、いまもあまり変わらない。

「……ちょっと。わたし怒ってるんですけど」

「それはわかってますごめん。でも男ってままならんのよ。こんな場所でじたばたされると、よけいに」

密着した身体の状態に気づいた里葎子が、またうなじを赤くする。そしてもがいていた手足をぴたりとおとなしくして、身を縮めた。

「出張中、里葎子さんだっこしたくて寂しかったです。ただいま」

「……おかえりなさい」

よくもまあ、歯の浮くようなことを。そう思ったのは目つきでわかる。そして同時に、ちょっと喜んでいる自分を認めたくないと悩んでいる。

「仲よくしていい？」

「……もう、ほんとに」

もう、と言いながら、千正の手をきゅっと握ってくる。首を軽く嚙《か》むと、ふっと息をついて目を閉じる。

高圧的にでると反発するけれど、あまえてみせれば里葎子は許す。そこがつけこみどころだと摑んだのはつい最近のことだ。

まだまだ攻略がむずかしいなあ、と千正は楽しくなりながら、くたんとなった彼のねこを横たえるべく、布団の端を引っ張った。

ねこは夜に恋をうたう

田舎の一軒家といえば、静寂に満たされたものだという印象がある。

けれど、じっさいには案外とやかましいものだ。

春はウグイス、夏に蟬、秋に鈴虫。それ以外も、一年をとおしてざわめく木々の葉ずれの音、そしてそれを奏でる風の音、増設されたトタン屋根に落ちるさわがしい雨音。

なにしろ築八〇年、改修・改築を繰り返しているとはいえ、建てつけの悪くなった雨戸は毎回、風が吹くたびがたがたとうるさいのだ。

鎌倉《かまくら》にあるこの家に、同居人が越してきたばかりのころには「意外なくらいでっかい音するな」と驚いていた。防音のきいた最新のマンションに住んでいた男のコメントとしては、さもありなんだ。

しかしここ半年ほど生活をともにしている男の存在自体がやかましいおかげで、そっと自分とこの家を囲んでいた自然の音を、すっかり忘れていた。

そんな自分に気づき、西風里《にしかざり》葎子《つこ》は、もそもそと布団のなかで寝返りを打つ。

（……眠れない）

今夜はことに風が強いのか、ごうごうと山が鳴っている。谷戸《やと》と呼ばれるこのあたりは、名前のとおり地形が谷間になっているおかげか、山風はしょっちゅう吹きおろしてくる。ばんばんと雨戸をたたくかのような音に、もうだいぶタフになったと自負していたはずの心臓がひっくり返った。

里葎子は、大きな物音が苦手だ。それは過去につきあった男が、そうした音を立てて里葎子を威嚇し、追いつめることがあったせいで、わりと長いことトラウマになっていた。

おかげでいまの同居人と出会ってしばらく、かたくなな態度が崩せずにいた。背の高い、押しの強い色男。そのキーワードが、かつて里葎子を怯《おび》えさせた男を思いださせたからだ。

だが知れば知るほどに正反対の面が見えてきた。たくさんもめて、ちょっとした事件もあって——けっきょく自分を縛りつけていたのは過去の思い出ではなく、自分自身だと気づけたから、ちょっと図々《ずうずう》しい彼の向けてくれる、熱の高い気持ちを受けいれられた。

ひとに、男に心をあずけるのが怖くてしかたなかった。また傷つけられるのかと怯えていたけれど、裏表のない彼——敷地千正《しきちせんしょう》にならいいかなと思った。ストレートな彼によしんば傷つけられることがあるなら、たぶんまっすぐ傷つけられるだろう。そうしたらやり返すことだってできるのだと、そんなふうにも思えた。

だが、いまはちょっと、困っている。

にぎやかで押しの強い男の体温は、性格に似合ってかなり高くて、そろそろあったかい季節になってきたこのごろでは、正直いっしょに眠ると暑くて寝苦しかった。

なのに風が強いせいなのか、こんな夜に限って、肌寒い。末端冷え性の気のある里葎子は、布団のなかでちいさく身をまるめた。

(べつに、そんなにしょっちゅういっしょに寝てないじゃない)

同棲《どうせい》して半年、だがそのうち三ヵ月は、彼の仕事のせいでばらばらの状態だった。しかも大抵海外、地球の真裏にいることだってある。

今回の出張先はどこだと言っていたっけか。インド、オーストラリア、フランス、アメリカ、いつからいつまで？　千正があまりにあちこち飛び歩くせいで覚えていられない。

——里葎子さんって、ほんとに俺に興味ねえなあ。ちゃんと言っておいただろ。

毎回、出張先から電話をよこす彼に「いまどこだっけ」と問いかけたら、苦笑まじりにそんな言葉が返ってきた。それでむくれて電話を切ったら、もうかかってこなかったのが今回の顚《てん》末《まつ》だ。

興味がないとかではなく、ちょっと混乱しただけだ。もともと方向音痴な里葎子だが、地理的な話には全般に弱い。時差がどうの、トランジットで乗りかえがどうのという話を聞いているだけで、ちんぷんかんぷんになってくる。

(だいたい、あんなに楽しそうに話をしなくても)

つきあうようになって半年、いっしょに住むのとまともな交際開始とがほぼ同時だったせいで、千正についていろんなことを知らないのだと知った。もっとも思い知ったのは、彼が心底、旅を好きだということだ。

べつにそれ自体は悪くない。かってつきあった相手にべったりされて息苦しくなった経験のある里葎子からすると、放っておいても楽しそうな千正の性格はある意味助かると思っていた。ただ、自分がこんなに寂しくなるという予想をしていなかっただけだ。

それもしかたないだろう、と自分に言い訳する。なにしろ千正がここ一ヵ月で日本にいたのは、たった一週間。いっしょに見にいこうかなあ、などと考えていた段葛《だんかずら》の参道の桜は、きのうきょう吹き荒れた強風で散ってしまった。

約束していたわけではないし、怒る筋合いはなにもない。けれど、あすは休みで、なのに千正待ちをしていた里葎子はなんの予定もない。ちょっとだけむくれてもいい気はする。

——まじめな話、里葎子さんほっとくの危なくて怖いから、ひとり暮らし禁止。

(あんなこと言っておいて)

実質顔をあわせるのが月のうち半分というのは、さすがにないだろう。おまけに毎回、相手先との商談がまとまるまで、という日程なので帰宅日はあいまい。もういいかげん怒ったぞ、という態度をとるべく、ここ数日は電話も無視した。

そのせいなのか、きょうはついに千正からの電話がなかった。枕元に置いている携帯をちらっと眺めた里葎子は「やめ」とつぶやいて布団を頭からかぶる。

怒らせたかも、などと思うくらいなら意地を張らなければいいのだ。わかっていて、毎度かわいくない態度をとる自分にほとほとあきれる。だいたい、たった一日電話がなかった程度でべそをかきそうになるなど、どうかしていると思う。

（これだから、めんどくさい）

恋愛も自分も。そうつぶやいてぎゅっと目を閉じているうちに、考えつかれてねむくなってきた。まだ風はがたがたいっているけれど、眠ってしまえばどうということもない。

そうだ、起きたら気分転換に庭の手入れでもしよう。風が吹いたからきっと葉っぱもたくさん落ちているし、植え替えたばかりのプランターもりすに荒らされているかも……。

（あ、寝る）

そう考えた瞬間、すとんと意識が落ちた。

夢とも、現実ともわからない狭間《はざま》でゆらゆらしていると、鳥の声が聞こえてきた。ホーホケキョ。鳴き声がずっとへたくそだったウグイスも、このところでずいぶんなめらかにうたうようになった。でも、じつのところ里葎子は春のはじめに聞こえる、不格好な鳴き声がかわいいと思っている。

「……ふ、う」

軽く息をついて笑ったつもりが、なぜか喉《のど》にこもった音になった。気づけば、やけに身体が重たい。あれ、と思ったけれど、まだ寝ぼけているのだろうかと一瞬考え、寝返りを打とうとしたとたん、腰が跳ねた。

なにかおおきなものが、自分の身体を押しつぶしている。全身にざっと鳥肌がたち、急に体温がさがった。直後、なだめるように頭を撫《な》でられて、目が開く。

「……えっ？」

「おはよ」

低い声を耳に直接注ぎこまれて、里葎子は「え」とまた声をあげた。なんだかおなかのあたりがひんやりする。そのくせ部分的に熱い。どういうことだと目をしばたたかせれば、雨戸の閉まった暗い部屋のなか、背後にいる千正が笑った。

「よかった、起きて」

「え、な、え？　夢？」

「じゃないです、ただいま。てかこういう夢見るんだ？　里葎子さんやっぱ意外にエロいな」

ささやきを脳が理解するよりはやく、胸のさきから下半身へとあまい疼痛《とうつう》が走った。状況を理解したとたん、かっと頭に血がのぼる。

おなかが冷えている理由もわかった。下半身の衣服が脱がされている。下着だけはかろうじて穿《は》いているけれど、それもこのぶんでは危うい。

「な、なにしてるの」

「……言ってもいいの？」

いや言語にはしてほしくない。とくに、パジャマ代わりのTシャツのなか、胸のあたりでもぞもぞ器用に動いているおおきな両手に関しては。

「い、いつ、帰ってきたんですか」

「うん、ついさっき。きのうは飛行機が大幅に遅れてさ、空港で十五時間足止めくらうし、電て息を呑《の》んだ。

怒ってかけなくなったわけではなかったのか。ちょっとだけほっとしたとたん、耳を噛《か》まれ
（なんだ）

波状況悪くて電話もできなくなっちゃってごめん」

「……って違う！　なんで帰ってくるなりこれなの⁉」

「だってりっちゃん、いいにおい」

「それやだって言ってるでしょ……！」

千正は里葎子の髪のにおいが好きらしい。しょっちゅう顔を埋《うず》めては、長くなったそれの手ざわりとにおいを楽しんでいる。だから彼がいる間は、こまめに洗ったり香水に気をつけたりと、里葎子なりに注意していた。

だが昨夜は、なんだかいろいろめんどうくさくて、仕事から帰るなり、ざっと身体にシャワーだけ浴びて布団にはいった。長い髪は乾かすまでに時間がかかるからめんどうだ、朝になったらシャンプーしようとか、そんな手抜きなことを考えていた。

（よりによって、そんな日に……！）

いろいろ、どこからショックを受ければいいのかわからずにいると、背後からの長い脚が里葎子の脚に割りいって絡んでくる。すねのざらりとした感触に、彼も下着姿だとわかった。意図的に腿《もも》のあたりを強く挟まれ、ぐっと膝《ひざ》を持ちあげられると身体が震えた。

「里葎子さん、なんで？　きょう、いつもよりいいにおい」

「そんな、わけ……」

背中にふれている身体が熱い。髪を鼻先でわけて、現れたうなじに嚙みつかれた。ただのいたずらではなく、本気だと知れて里葎子は軽くパニックになった。

「え、あの、嘘でしょ？」

「なにが？」

いいながら、千正は片手を胸からおろす。残した指で、おそらくはもう色を変えた部分をもてあそびながら、覆うものがなくて不安に冷えた腹部をゆるゆると撫でた。手のひらのかたちに伝わってくる熱が、里葎子の耳を火照らせる。それが怖くて、とっさに彼の手首を握った。

「ねえ、やだ……」

つぶやいた自分の声が、泣きそうな響きだった。続いて目がつんと痛くなる。反応が逆じゃないかと思いながらちいさく震えていると、ふっと肩口に息を感じた。里葎子はびくっとする。

（ため息ついた……）

拒んで、怒らせたのか。興ざめな気分にさせてしまっただろうか。こんな程度のことで、いいおとながおろおろするのはみっともないと思うけれど、経験不足ゆえにどうすればいいかわからない。

「里葎子さん」

「……は、い」

こっち向いて、という声は吐息だけの音で、ゆるくなった腕の輪のなか、里葎子はおずおずと寝返りを打った。途中、頭のしたでよじれた髪に痛みを覚えると、すぐに気づいた千正が手を添えて頭を浮かせてくれる。

目があって、どきりとした。千正の端整な顔はいまだに見慣れない。とくに至近距離で見るには目力が強すぎてどうしても目をそらしてしまう。わずかに顎《あご》を引くと、こめかみからうなじまでを覆うようにして長い指がふれてくる。そのまま引き寄せられると、里葎子の好きなクリードのにおいで嗅覚《きゅうかく》が満たされた。

ボタンが顔にあたって、またあんどうくさくて着替えなかったな、と思った。

「ふ、布団にはいるときはちゃんと寝間着用の服に着替えましょうって、言ったのに」

「うん、でも眠くてさ。わりと限界で」

言いながら、里葎子の背中から腰、さらにそのしたへと手のひらが這《は》う。また深く脚が絡んで、ぐいと引き寄せられれば伝わってくるその熱に驚くような気分になった。

「ね、眠いなら寝ましょう?」

「うん、里葎子と寝たい。だから抵抗しないでね」

「じっとしてますから、おとなしく就寝を」

「そっちじゃなくて、したい」

ずばりと誤解のしようのない声で言われ、さすがに無駄な抵抗はできなかった。それでもせめてもと、里葎子は口を開く。

「ね、寝起きの口は雑菌が」

「俺インドの生水飲んでも平気なタイプだから平気」

色気のないことを言って萎《な》えさせようと思ったのに、それ以上の台詞《せりふ》でたたき落とされた。直後には里葎子の意図を読んだのか、すこし怒ったような強引なキスがくる。もがいて広い胸をたたいたけれど、後頭部を摑《つか》んだ手に頭の角度を変えられて、口を開かされた。

（あ、やだ）

はいってこないで、と思った瞬間には、口と下着のなかに侵入されていた。舌先に感じた苦みはおそらく煙草と、眠気覚ましに嚙んでいたミントだろう。千正の愛用するミントタブレットは外国製でものすごくからい。一度試しに食べてみたら口のなかがしばらく痛いくらいだった。

いま奪われている唇はそのタブレットと同じほどに強烈だ。里葎子のうちがわを探ってくる指も、いつものようにやさしくいたぶって高めるようなそれではなく、なにか急いでいる気がした。

はじめて彼とこうなったときも、余裕はなかった。けれどあのときは里葎子もずいぶん追いつめられていたから、正直細かいところは覚えていない。

だが、寝起きで、突然襲われて驚いているいまは、気持ちが追いつかないぶんだけなにもかもがなまなましく、怖い。

「……あっ」

左胸をぎゅっと摑まれ、驚いて唇から逃げた。痛みにあがった声に気づいたのか、「ごめん」と言ってすぐにやさしい手つきに変わる。それでもたぶん、指の痕がついただろう。それくらい強いちからだった。

「ごめんな、泣かないで」

言われて目を開けると、視界がぼんやりしている。涙ぐんでいる自分に気づいて軽く洟《はな》をすすると、機嫌をとるかのように額やこめかみに唇を押しつけられた。いつも饒舌《じょうぜつ》な千正が、あまり話さない。ただ頬や頭や肩や、とにかくあちこちをさすっては、里葎子を待っている。

まばたきして涙を払い、じっと見あげると、彼は困ったような顔で里葎子を見つめていた。その目の熱っぽさと余裕のなさに、なんだかよくわからないものがこみあげる。

腰をさすっている手が、ぎゅっとまるみを掴んでくる。ひんやりとしている脂肪の厚いそこにも、千正の熱が感染《うつ》る。さっきからずっとさわがしい心臓の音。それを覆い隠すはずの乳房も彼の胸板に押しつぶされていて、自分がものすごくやわらかい生き物になった気がした。おおきな手とおおきな身体に、簡単にこねられて、かたちを変えられてしまう。それが怖い気もするのに、どうしてこんなに誇らしいような気分にもなるのだろう。

冷えていた爪先《つまさき》は、いまではもう熱いくらいになって千正の脚に挟まれている。そして腹部に感じるこわばりに、里葎子は目がまわった。

「すごい疲れた。だから、里葎子のあったかいとこ、はいりたい……」

とんでもないことをささやかれて、なぜだか一気に力が抜けた。しばらく目を瞠《みは》ったまま彼の顔を眺めていた里葎子は、ふう、と息をつく。

しかたないなあ、という気分になって手を伸ばし、里葎子は彼のシャツのボタンをはずしはじめた。

「……りっちゃん？」

「ボタン、こすれて痛いから」

言うと、頰を撫《な》でていた手をあわてて自分のシャツに向ける。ふたりして奇妙に腕を絡ませながらシャツのまえをはだけると、里葎子のTシャツを首までめくられ、ぴったり胸をあわせるように抱きつぶされた。

素肌が湿っていてむずがゆい。けれどほっとして背中に腕をまわすと、濡《ぬ》れたところをたしかめ続けていた手の動きに変化がでた。そして、里葎子の身体にも。

（ああ）

じいんと走ったものに感じいって、腰がゆるやかに反る。ひとりでに脚が開き、千正を迎え入れる準備が整う――潤っていく。

胸に顔を伏せた男が、さきほどつけてしまった自分の指痕をわびるように舌で撫で、そのくせ吸いついて違う痕を残した。まるくしろい里葎子の胸は、とくにすごくきれいなかたちではないと思うけれど、千正は好きらしくて、いつもここに顔を埋めている。

（ちょっとかわいい）

およそかわいいとはほど遠いことをしかけてくる男の頭を見つめて、そんなことを思う。見おろす角度になるせいなのか、恥ずかしくてもあんまり怖くない。そっとかたちのいい頭を撫でると、一瞬だけ目をあげて、照れくさそうに笑った。

日差しの強い地域にいたせいか、胸を摑んでいる手がやけに黒く見える。まるで赤ん坊が母親にしがみついているかのようだと、そんなことを思った瞬間ふわっと胸が熱くなって、なんだか、すべてがどうでもよくなった。

放っておかれて寂しかったのも、いきなり寝込みを襲われてちょっと怖かったことも、どうでもいいから彼を自分のものにしたくなった。

（ああ、つながってる）

身体と気持ちはひとつだ、とこういうときほど実感することはない。ゆるやかにとろけた心はそのまま、里葎子の身体に表れる。曲げた膝《ひざ》でぎゅっと彼の身体を挟むと、胸のさきに軽くキスをした男が、ぐっと上体を伸びあがらせるようにして覆い被《かぶ》さってきた。

鼻先を首筋にこすりつけながら、りつこ、と名前を呼ぶ。とろりとすこし舌足らずにも聞こえるそれは、千正が里葎子を抱くときの合図のようなものだ。胸があまく痛くなったと同時に、身体を開かされた。里葎子はぐっと首筋をのけぞらせて、いつもより強く感じる圧迫感に唇を嚙《か》む。喉奥《のど》がふくれたような気がするのは、とんでもない声をあげそうな自分が怖いからだ。

「痛い？」

問われて、無言のままかぶりを振る。顔をしかめすぎたせいか、目を開けると心配そうな顔の彼がいた。そんな顔をするくらいなら、強引な真似をしなければいいのにとおかしくなり、くすりと笑えば、今度は千正のほうが眉《まゆ》をひそめた。

「ちょ、笑わないで。振動が」

「ばか」

脇腹をくすぐってやると「ひえ」と変な声をだす。それがおかしくてさらに笑うと、ますます顔をしかめた千正にのしかかられ、めまいがするほど揺さぶられた。

たぶん、こらえていた声はすべて漏れだし、聞かれてしまった。潤んでとろけた場所を暴き立て、まるくくすぐるようにされると涙がでた。爪先が勝手にこわばって、脚がつりそうになったと言えば「色気のない」と笑いながらふくらはぎをさすられ、そのついでに持ちあげられた足首を噛まれて、おかしくなった。

唇が「あ」のかたちに開いたまま戻らず、閉じるのは千正が口づけてきたときだけになる。その間も、身体の奥をぐずぐずに溶かしていく彼が手ひどくあまく、指を、舌を、全身を使って里葎子にふれてくる。

彼の手のなかでぐねりとかたちを変えられる。耳に吹きこまれる、ときどきろこつすぎてめまいがするような言葉に脳が染まる。うちがわが勝手にぎゅうっと絞りあげられていき、男の口から熱っぽい息とかすかな声を引きだして、またあの不思議な満足感を覚える。

気がつくと、千正のうえで髪を乱しながら里葎子は揺れていた。まるみを掴むでもなく、したからそっと支えるように両胸へと手を添えた彼の長い指は、赤く硬くなった先端をそろりと撫でている。やさしすぎるくらいのかすかな接触なのに、ほんの数ミリ指を動かされるだけで頭から爪先まで痺《しび》れ、泣いているような声がこぼれた。

ぜんぶがあふれていく。涙も汗も——彼を包んだ場所からとろけて、流れてしまう。

「もう、だめ……」

揺れる乳房から片手を離した彼が、冷えやすい腹部をそっと撫でる。そのままさらにしたへと向かった指にいたずらされて、里葎子がちいさく悲鳴をあげたとたん、天地がひっくり返った。

あとはもう、目を開けてすらいられなかった。痛いくらいに抱きしめられたまま身体をぶつけられ、必死にしがみついているのが精一杯で、その間中ずっと、彼はキスをしていた。ちかちかと閉じたまぶたの裏に星が見えて、まるで宇宙だとばかなことを考えた。

ときどき息苦しくなって唇を離すと、至近距離の潤んだ目——こういうときにしか見られない、濡れた目をした千正が食い入るように里葎子を見つめていて、彼が撫で梳《す》く髪の先にまで神経が走っているかのような錯覚を覚えた。

りつこ。

大事なものの名前を呼ぶようにつぶやいた彼が、腕のなかでぶるりと震える。

無防備な背中を抱きしめて、里葎子は身体の奥にある宇宙に身を投じた。

❁

けっきょく、ひさしぶりの行為は昼近くまでかかって終わりを告げた。

それも千正の放った「ごめんもうゴムない」という情緒もへったくれもないひとことによる

ものて、けっきょく里葎子はまたもやむくれ、退屈だという彼をほったらかして、予定通りの庭仕事へと没頭した。

「里葎子さーん」

「なんですか」

「ひまー」

「おとななんだから、時間くらい自分でつぶしてください」

縁側でだらだらする男の言葉をたたき落としつつ、ぶちりぶちりと雑草を引き抜く。

案の定昨晩の風のせいで、庭は落ち葉だらけになっていた。掃き掃除をして、土を整えて、雑草を抜いて植え替えて——本当に手間がかかると思う。

（あっちも同じだ）

ちらっと振り向けば、千正が暢気《のんき》な顔で手を振ってきた。ぷいと背中を向ければ、苦笑したのが気配でわかる。その顔は、今朝方薄暗がりで見つけた表情とは、まるで違う。

——すごい疲れた。だから、里葎子のあったかいとこ、はいりたい……。

あまったるくいやらしかったあの言葉にショックを受けたのは、見あげた彼があまりに疲れきっていて、どうしていいのかわからなかったからだ。

なんだか一瞬、彼がはかないもののように思えて怖かった。……その後の元気さを考えると取り越し苦労だったのだけれども。

こっそり肩越しにうかがうと、いつも庭にでいりする野良《のら》の黒いでぶねこが、千正の近くで、でんと居座っていた。ちちち、と舌を鳴らして手を伸ばす彼を見ながら思う。

（ほんとに、めんどくさい男なんだから）

かつて、千正はりっこをねこのようだと言ったけれど、いったいどちらがだ、と思う。神出鬼没で、どこからどこまで本気かわからないし、ほったらかしたあげくにとんでもない方法であまえてくる。

立ちあがると、腰が痛かった。しゃがみこんでの雑草取りに夢中になっていたせいだけでなく、ちょっとばかりあの男に無理させられたからでもある。

それでも、風で吹き飛ばされた雲のように、里葎子のなかのもやっとしたなにかはもう、消え去っているのだ。

割れ鍋《なべ》に綴《と》じ蓋《ぶた》。そんな言葉が頭をよぎって、あーあ、と里葎子はため息をつく。

そして土まみれの軍手をとって、いるだけでにぎやかな彼の待つ縁側へと歩きだした。

ちょっとだけ足取りが浮かれているのは、見透かされたくないなあと思いながら。

ヴァジェトの目

色男がおたおたするさまというのは、かなりおもしろい。

森平比奈《もりひらひな》はこのところ、日常から消えない娯楽を大変に楽しんでいた。

敷地千正《しきちせんしよう》。海外を飛び歩くバイヤーの身長はおそらく一九〇センチ近い。それなりに鍛えているらしく、三十代なかばにしても身体は締まっている。股下《またした》はおよそ一メートル。顔だちは端整で、なんというか、しゅっとしてすらっ、という感じだ。要するに理想的なモデル体型・モデル顔だが、整いすぎていて絵にするには逆におもしろみがない。

西風《にしかぜ》里葎子《りつこ》。比奈の相棒で《トオチカ》店長。こちらも身長一七二センチと長身のうえ、きりっとした美人だ。でるところはでて引っこむところは引っこんでいる。最近おなかまわりを気にしているけれど、若いころはむしろ痩《や》せすぎていたせいで、いい具合のお肉の乗り具合だと比奈個人は思っている。ついでに最近、千正とあれこれあったらしく、とろんとした雰囲気がでて、エロくなったんではないだろうか。

正直、いまの里葎子のヌードならちょっと描いてみたいなあ、などと思わなくもない。

——とつぶやいたら、千正があからさまにいやな顔をした。

「……まえまえから思ってたけど、比奈ちゃんてそっちのひと？」

小町《こまち》通りにあるアンティークカフェの一角、すこしちいさめのテーブルと椅子は千正には狭いらしい。長すぎる脚を窮屈そうに組んだ男へ、コーヒーをすった比奈はちらりと視線を流した。

「セクシャリティ的にはまったくのヘテロですけど、うつくしいものを愛《め》でるのに男女の差はないですねえ」

にんまり笑ってやると、千正はますます顔をしかめる。

「あのさあ、比奈ちゃんのその本性、里葎子さんは知ってるわけ」

「さあ。あの子鈍感だから、見ててもよくわかってないかも。そこがおもしろいんだけど」

「だよね……」

あきらめたようにため息をつく彼は、この一年以上、大変ばかばかしい空回りを続けていた。

正直、彼らが顔をあわせた瞬間、比奈は噴きだすのをこらえるのに必死だったのだ。いい歳をして、よもやあんなにわかりやすい『ひとめぼれの瞬間』を目の当たりにしたのははじめてだった。

「まあその鈍感さん相手に、小学生男子が好きな子いじめするかのようなアプローチをしていた敷地さんも、たいがいおもしろかったですが」

「……ほっといてくださいよ」

「ほっといたじゃないですか。失言につぐ失言、失態につぐ失態。いやほんと、いい娯楽でした。くっついちゃってつまんない」

「比奈ちゃん、まじで妨害すんのだけはやめてね。俺、きみに対する里葎子さんの信頼と尊敬については、まるっきり勝てる気してないから」

千正がことの起こりから比奈を口説きにかかってきたのは、里葎子とのべったりした関係からどうにか引きはがせないかと思ってのことだったらしい。しかし結果としてそれは、里葎子の男性不信に拍車をかけるだけのものとなっていたわけだ。

詰めのあまい男がしでかす失敗を、比奈はにやにやとただ、見ていた。

「そう簡単に勝たれても困りますから」

数年まえ、アクセサリー教室で出会った里葎子は、いまどきこんなまじめでまっすぐな女がいるのかと、比奈を感動させた。そのまっすぐさのおかげで、体当たりして傷つき、へこたれるさまを長年横で見る羽目になったのだ。

歯がゆかったし腹がたつこともあった。むろんけんかもしたし、いいかげんにしろと小突きまわしたくなったことも一度や二度ではない。それでも、怒ったあとにあのまじめさのまま、ドツボにはまって反省する里葎子を見ていると、しょうがないなあ、と許してきた。同時に、比奈の身勝手さも、里葎子のやさしさで許されてきたと思う。

「でもねえ、すっごいむかつくけど、男につけられた疵《きず》って男でしか癒《いや》せないんですよねえ」

「不穏な発言、やめてくれません？」

「そう警戒しなくてもいいですよ。それなりに協力してあげたでしょ。まあ、わざと里律子に不安になるようなこと吹きこんだら、彼女がどっち信じるかはわかりきってるけど」

「だから、本気で怖いから比奈ちゃん！」

ばんばんとテーブルをたたく千正に「うっさいなあ」と比奈は頭を掻《か》いた。

「そういうこと言ってるとこれ、納品しませんよ。わたしの力作のリング」

ぽん、とテーブルに置いたそれに目をやり、千正は驚いた顔をする。

「え、もうできたの」

「準備期間は、あほほどありましたので」

にやにやしてやると、「そりゃどうも」と顔をしかめた千正がリングケースの蓋《ふた》を開ける。

一対のペアリングはシンプルなデザインで、流線が絡みつくようなラインのなかに、ごくちいさなダイヤを埋め込んであった。素材はプラチナ。ひさびさに扱った最高級の金属は、最後の最後まで丁寧に磨いて仕上げた。

「あのね敷地さん。それ、大事にしてくださいね。頑固な材質だからって、傷つかないわけじゃないの。ダイヤだってね、世界一硬い物質だけど、たたけば砕けるのよ」

ほおづえをついた比奈の言葉に、千正は目を瞠《みは》ったあと、ふっと笑った。

「比奈ちゃんの次くらいには、大事にできると思ってますよ」

「……そこでいちばんって言わないあたりが、にくったらしいわ」

「先輩には敬意を表するタイプなんで」

言いながら、千正は大事そうにケースを胸ポケットにしまった。そのやさしい手つきで、この男があの、すらりと背の高い親友をどんなふうに扱っているのかがいま見えた気がして、さすがの比奈もちょっと照れた。

「お支払いはまた振込でOK？」

「内緒にしたいなら、現金払い推奨。あの口座、里葎子管理だから」

「あー、じゃあ今度会ったときにでも」

そわそわする千正に思わず笑って、比奈は「もういったら」と手を振った。

「いまなら里葎子さん、お店にひとりですよ。誰かさんが放浪の旅に出てなかなか戻らないんで、しょぼんとしてるけど」

「……ごめん、じゃあまた」

大急ぎで席を立った千正は、ちゃんとレシートを摑《つか》んでいった。こういうところは隙がない。

（あれがわかんないって、ほんとに里葎子の目は節穴だ）

けれど、すべったアプローチをする千正に怒り続ける里葎子を見ていたこの一年ちょっと、比奈はとても楽しかった。うちひしがれていた里葎子が日に日に、怯《おび》えながらも元気になっていくさまは純粋に嬉《うれ》しかった。

ただ、本当に女ともだちのしてやれる範疇《はんちゅう》というのは、限界があるものなのだ。

（うむ、ちょっと寂しいけど）

あの様子では、おそらく今後も千正は里葎子を怒らせ続けるだろうし、比奈の娯楽はつきないだろう。残ったコーヒーをすすり、さてどんなへたくそなプロポーズをするのかと考えていたら、勝手に唇が笑っていた。

あとがき

この作品は、BL作家を長年やっていたわたしにとって、はじめての文芸小説であり、ある意味での処女作でもあります。

文庫化に際して改稿を施しましたが、読み返してしみじみと、主人公の里葎子《りつこ》と同じく、混乱しつつ手探りで書いていった記憶が大変になまなましくよみがえりました。

よく「現実が立ちはだかる」と言いますけれども、この数年で「現実はむしろ出会い頭に、予備動作なしで殴りかかってくる」ものだな、と思うことが多々ありました。

里葎子もおそらく、がつんとやられて折れてしまったひとです。でも倒れっぱなしではいられるわけもなく、へたくそな生き方で、もがきつつなんとか歩いています。

いろんなことをじょうずにできない、でもそんな自分をきらいになりたくない。懸命にあがく里葎子自身の不格好さは、わたしの文章のかたちそのものなのだなあと、数年ぶりに向きあってしみじみ感じました。

わたしの状況的にも、ここ数年はある意味、冒頭の里葎子にすこし似ていたかもしれません。

体調を崩し、身内を続けざまに亡くしたこともあって、いろいろと抱えきれなくなり、しばらくの間、じっとすることを選ばせてもらいました。

身体のほうもかなり落ちつき、なんとか立ちあがって、また不格好に歩いていこうかな、と思ったタイミングでのこの文庫化、なんだか奇妙なものだな、と思います。

いまならもっと違う里葎子に、物語に、なったのかもしれない。改稿しつつそんなことを思いました。古い作品と向きあうといつもそんな気分になりますが、逆にそのときだからこそ生まれるものであったのだな、とも同時に思うのです。

不器用なひとが、あがきながら、あちこちぶつかりながら、「それでも」と顔をあげて言い続ける姿が好きです。

これからも、そんなお話を綴《つづ》っていけたならと、考えています。

この本を出版するにあたり、ご尽力くださった、担当さんをはじめとする皆様、大変お世話になりました。ずっと見守ってくれた家族や友人たち、本当にありがとう。

そしてはじめてわたしの作品を読んでくださった方にも、待っていてくださった旧知の友人のような読者様方にも、心から感謝を申しあげます。

崎谷はるひ